묘비 세우기

✣
✣✣
✣

묘비 세우기

✳
✳
✧

정은우
소설집

창비
Changbi Publishers

차례

묘비 세우기 007

피존 033

사계 059

이지의 다카코 095

심해로부터 133

캐리어 173

하비의 책 201

복된 새해 237

해설 | 소유정 272

작가의 말 292

수록작품 발표지면 295

✢
✢ ✢
✢

묘비 세우기

재언은 식탁에 앉자마자 높은 곳에서 떨어지는 꿈을 꾸었다고 말했다. 연주는 놀라지 않았다.

"그거 키 크는 꿈이라던데."

오늘 식사 당번은 연주였다. 연주는 아침 준비를 하려고 일찍 일어났다가 바닥에서 잠든 재언을 발견했다. 곧 있으면 벚꽃이 핀다지만, 해가 없을 때는 여전히 추웠다. 재언아, 연주가 불러도 재언은 몸을 잔뜩 웅크린 채 꿈쩍도 하지 않았다. 어디선가 저런 자세가 태아와 비슷해서 안정 효과가 있다고 들었는데, 사실 연주에게 재언은 태아보다 공벌레에 가까워 보였다.

공벌레에게는 독이나 침 같은 무기가 없었다. 조금 단단한 외피가 다였다. 공처럼 움츠러든 채 안전해지기만을 기다리는 게 공벌레의 최선이었다. 버티기는커녕 짓눌리기 일쑤지만.

재언이 너무 생생한 꿈이었다며 도리질을 쳤다. 아주 높은 곳에서 내동댕이치듯 떨어졌는데, 온몸의 뼈가 으스러졌는지 꼼짝도 할 수 없었다고 했다. 떠오르는 이름들을 차례대로 외쳤으나 아무도 오지 않았다. 연주는 무슨 꿈을 꾸었는지 다 기억하는 재언이 귀엽다고 생각했다. 그녀도 가끔 꿈을 꾸었다. 하지만 일어나서 움직이다보면 금세 잊어버렸다.

"난 몇번째로 불렀어?"

"제일 먼저 불렀지."

"도와주지 못해서 미안."

"별수 없잖아. 으, 아직도 아프네."

"진짜 성장통 아냐? 아직도 성장판이 안 닫혔나보다."

"더 자랐다가는 머리로 천장도 박겠네."

"일단 전등부터 깨지겠지."

연주가 너스레를 떨자 재언이 웃었다. 요즘 들어 재언은 툭하면 거실 전등에 이마를 부딪히곤 했다. 매번 높이를 조절해야 한다며 말만 하고선 잊어버렸다. 그보다 키가 반 뼘 정도 작은 연주는 별 탈 없이 거실을 지나다닐수 있었다. 부딪친 적이 없으니 그녀 역시 깜박하기는 마찬가지였다.

둘은 잽싸게 식사를 마친 뒤 출근 준비를 했다. 연주가 머리에 만 롤을 풀고 셔츠와 바지로 갈아입는 사이 재언은 뜨거운 물로 그릇을 꼼꼼하게 헹궜다.

"오늘은 어디로 가?"

"서초에서 송파로."

재언은 젖은 옷소매를 걷어 올리면서 대답했다. 그의 팔뚝에 실오라기처럼 길고 가느다란 흉터가 남아 있었다. 작년 말 이삿짐을 나르다가 베인 상처였다. 그날 야근을 마치고 퇴근한 연주의 성화로 함께 응급실에 가서 소독하고 꿰맨 일이 있었다. 이삿짐 트럭 기사로 일한 지 일년이 다 되어갔지만 그는 여전히 신출내기 취급을 받았다.

"재개발 때문에 정든 집을 떠나야 한다니, 안됐어."

"송파도 좋은 동네잖아."

"그래. 서초 가는 김에 너도 태워주고 잘됐지."

재언은 태평하게 대꾸했다. 연주는 그의 등을 다정하게 다독여주었다. 설거지를 마친 후 재언은 회색 항공 점퍼에 노란색 조끼를 걸쳤다. 아무리 안전이 중요하다지만 형광 노란색 조끼는 누구에게든 썩 어울리는 색이 아니었다. 그 지나치게 밝은 색 때문에 재언의 낯빛은 더 창백해 보였다. 연주는 조수석에 타자마자 룸미러로 뒷좌석에 옷가지들이 얼마나 쌓여 있는지 살폈다. 재언은 일을 마치면 꼭 옷을 갈아입었다. 그는 먼지와 곰팡이로 뒤덮인 채 집으로 들어가기 싫다고 했다.

"오늘 많이 바빠?"

"아니, 지난주에 문제집 나왔으니까 당분간은 모니터링만 하면 돼."

"다음 문제집은 언제 나와?"

"위층에서 제때 문제만 주면 다음 달 초순 정도?"

연주가 다니는 출판사에서는 중고등학생들을 대상으로 문제집을 출간했다. 어느 정도 일정한 판매량을 유지했지만 대표는 만족하지 못하는 눈치였다. 그는 다른 출판사들이 지난해 기출 문제에서 숫자만 바꾸어 내는 꼼수를 쓴다고 비난했다. 그러고는 사무실 바로 위층에 위치한 연구소의 존재를 운운하면서 우리 출판사야말로 정통에 가깝다며 뽐냈다. 연구소라고 해봤자 결국 대학원생들 몇몇이 문제를 만드는 공장에 불과했다. 연주는 연구소 아래 사무실에서 문제집을 편집하는 일을 맡았다. 대표의 터무니없는 자부심과 착각에 진저리가 났지만 매달 밀리지 않고 무사히 월급을 받는다는 점에는 만족했다.

재언은 오른쪽으로 핸들을 돌렸다. 차가 부드럽게 방향을 틀었다.

"어제 편의점 잠깐 들렀는데 연주 네가 좋아하는 아이스크림, 겨울 한정 맛 나왔더라."

"벌써?"

연주가 탄식했다. 가을 한정이라고 밤맛 아이스크림이 나온 게 불과 이주 전이었다. 손바닥만큼 조그만 통인데도 어지간한 아이스크림보다 배로 비쌌다. 하지만 살지 말지 망설이다가 아예 먹지 못할 수도 있었다. 연주는 고민 끝에 사다 달라고 부탁했다. 재언이 웃었다.

"무슨 맛인지 맞혀봐. 네 특기잖아."

"겨울 한정이니까 치즈케이크 아닐까."

"맛있겠네."

"재언이 너도 치즈케이크 맛 좋아했지?"

재언은 대답 대신 어깨를 으쓱거렸다. 연주는 차창 밖을 쳐다보는 척했다. 눈에 익은 가게들, 벌써 연주가 일하는 출판사 근처였다. 재언은 출판사 건물 바로 앞에 차를 세웠다. 어찌나 부드럽게 브레이크 페달을 밟았는지 멈춘 줄도 모를 정도였다. 연주는 서둘러 차에서 내렸다. 마음 같아서는 재언에게 커피라도 한잔 사주고 싶었지만, 곧 있으면 조례가 시작될 예정이었다. 재언이 등 뒤에서 뭐라고 말했으나 바람 소리가 거세서 들리지 않았다.

점심시간 즈음 그녀는 재언이 사다리에서 떨어졌다는 전화를 받았다. 재언은 이송 도중 사망했다.

작년 여름에 재언은 아이스크림을 먹지 않겠다고 선언했다. 연주는 농담인 줄 알았다. 그러나 재언의 말은 진담이었다. 재언과 연주는 속상한 일이 생기면 함께 매운 음식을 먹었고, 얼얼해진 속을 아이스크림으로 달랬다. 얼마나 비싼 아이스크림이든 그들이 먹고 싶은 걸 골랐다. 아이스크림은 그들이 합의한 몇 안 되는 사치 중 하나이자 기꺼이 공유하는 호사였다.

오랜만에 들른 아이스크림 가게에서도 재언은 점원에게 싱글사이즈 컵 하나를 사면 하나를 더 주는 쿠폰을 더블사이즈 컵 하나로 바꿀 수 있는지 물어보았다. 점원은 웃는 얼굴로 거절과 사과를 두차례 반복했다. 얼마나 열심인지 점원의 마우스가드에 희뿌옇게 김이 서릴 정도였다. 재언도 점원처럼 고개를 조아리며 사과했다. 둘의 사과는 연주가 재언의 팔꿈치를 잡아당기기 전까지 연달아이어졌다. 결국 연주와 재언은 싱글사이즈 컵을 하나씩 들고 나왔다.

"싱글 두개보다 더블 하나가 더 이득이지 않나, 콘이든 컵이든 하나는 절약하는 거잖아."

"규정 때문이겠지."

재언은 손에 들고 있던 아이스크림 컵을 연주에게 내밀면서 대답했다. 연주는 얼떨결에 양손에 든 아이스크림 컵을 혼란스러운 눈으로 번갈아 보았다. 숟가락을 쥘 손이 없다는 걸 알아채고는 재언이 웃으면서 도로 컵을 가져갔다.

다 먹고 나면 주겠다는 재언의 말에 연주는 어쩐지 마음 한구석이 쓰렸다. 그래도 일부러 어깨를 들썩이며 신난 척했다.

"무슨 맛일까? 너무 맛있으면 내가 다 먹어버릴지도."

"다 먹어도 돼. 진짜."

"갑자기 왜 그래?"

"꿈 때문에 그래. 요즘 계속 냉동 탑차에 갇힌 꿈을 꾸거든."

그 사고는 재언이 탑차 기사로 일한 지 삼개월쯤 됐을 때 벌어졌다. 재언의 선임은 별것 아닌 장난이며 일종의 신고식이라고 우겨댔다. 재언이 탑차 바닥을 청소하던 도중 그의 등 뒤에서 문이 닫혔다. 문을 열어보려 있는 힘껏 보조문에 몸을 부딪쳤지만 소용없었다. 탑차 안 비상벨을 주먹으로 수차례 내리치기를 반복한 지 십분만에 문이 열렸다. 선임은 재언에게 사과하기는커녕 문을 고정시키는 걸 잊어버리는 바람에 탑차에 갇혀 얼어 죽은 기사들을 들먹거리면서 꾸짖기까지 했다. 재언은 한시간은 족히 지난 줄 알았다. 고작 십분이었다니. 자초지종을 들은 뒤 연주는 새파랗게 질린 얼굴로 재언의 손을 움켜잡았다. 그 사람들은 왜 그렇게 널 미워해? 재언은 되레 신입이라면 한번씩 겪는 장난이라며 연주를 달랬다. 그나마 탑차 비상벨을 열심히 눌러서 다른 사람들보다 빨리 나온 편이라고 덧붙였다. 그 선임도 그래봐야 재언보다 서너살 많을 뿐이었다. 연주는 비상벨 소리를 잠자코 듣고만 있던 사람들의 속내까지 이해하고 싶지 않았다. 만약 새로운 후임이 들어온다면 재언도 밖에서 탑차 문을 잠가버리게 될까. 다행히도 재언은 후임이 들어오기 전에 이삿짐 센터로 이직했다.

"꿈에서 탑차 문이 잠겨 있어서 일단 비상벨을 눌렀어. 손이 얼얼해질 만큼 눌러도 안 열어줘서 좀 기다려야겠다 싶었지. 그런데 구석에 냉동 닭 한마리가 떨어져 있더라."

마트는 탑차 기사들의 주된 거래처 중 하나였다. 마트 직원들은 탑차가 들어오자마자 냉동식품이 녹기 전에 얼른 나르고 진열해야 한다며 성화를 부리곤 했다. 그 어수선한 상황에서 자칫 물건을 흘리거나 수를 잘못 헤아리면 그 책임은 탑차 기사에게 돌아갔다.

"꿈속인데도 놀랐어. 일단 숨기고 보자 싶어서 그 냉동 닭을 잠바에 쑤셔 넣었지. 얼마나 꽁꽁 얼어 있는지 내 몸도 얼어붙는 것만 같았는데 아무리 기다려도 문이 안 열리는 거야. 계속 잠바에 닭을 넣고 있자니 춥고, 꺼냈다가 문이 열리면 들켜서 혼날 테고. 꿈에서도 혼나는 건 별로였거든. 그러니까 괜히 그 닭한테 짜증이 나더라? 얘는 왜 죽어서 날 이렇게 힘들게 하나. 살아 있으면 소리라도 내서 여기 처박혀 있는 줄 알았을 텐데. 죽었는데 차가워지기까지 하고."

"죽었으니까 차가워지지."

"그러네. 그런데 넣고 있을수록 더 꽁꽁 어는 것 같아서 내팽개칠까 했어. 그런데 잠바를 열어보니 닭이 없는 거야. 고민하다가 추우니까 다시 지퍼를 여몄지. 또 뭔가 묵직하고 차가운 게 느껴져. 그래서 다시 벗었는데 또 없어. 문은 안 열리고, 꿈에서도 안 깨고."

"그럼 어떻게 깨어난 거야?"

"그냥 포기하고 잤어. 너무 피곤했거든."

연주는 손등으로 재언의 볼을 가볍게 쓸었다. 방금 전까지 아이스크림 컵을 쥐고 있던 손이라 그런지 차갑고 축축했다. 차갑다, 차가워. 재언은 막 잠에서 깨어난 사람처럼 웅얼거리면서도 손길을 피하지 않았다. 연주가 슬쩍 볼을 꼬집고 나서야 또렷한 목소리로 아프다고 말했다.

"재언아, 꿈은 원래 반대잖아. 돼지꿈 정도는 아니라도 나름 횡재하는 꿈 아닐까."

"언제부터 그렇게 해몽에 관심이 많았대."

"그게 뭐 별거라고. 김재언이 아이스크림을 안 먹고 얼마나 버티는지 보자. 난 석달 본다."

하지만 재언은 정말로 아이스크림을 먹지 않았다. 연주가 보란 듯이 눈앞에서 아이스크림을 먹어도 꿈쩍없었다. 오히려 연주에게 따뜻한 차를 한잔 타주기까지 했다. 감기에 걸리지 않게 조심하라고.

그즈음부터 연주에게는 기묘한 습관이 하나 생겼다. 연주는 주로 컵 아이스크림을 먹었는데, 반만 먹고 남은 반에는 새 플라스틱 숟가락을 꽂아두곤 했다. 재언의 몫이었다. 한정 아이스크림은 그때가 아니면 팔지 않으니까 재언을 위해 남겨두겠다는 핑계였다. 재언은 그녀의 습관에 묘비 세우기라는 별명을 붙여주었다. 더는 차가운 음식을 먹지 않겠다는 재언의 다짐은 변치 않았고, 냉동고는 일종의 공동묘지가 되어갔다.

재언의 부모는 재언을 화장해 집 근처 산에 뿌리겠다고 했다. 연주가 상가에서 이틀 밤을 꼬박 새우다가 잠시 눈을 붙인 사이 결정된 사안이었다. 소식을 전해준 재언의 동생은 미안하다는 듯 양해를 구했다. 연주는 괜찮다는 말과 어쩔 수 없다는 말 중 어떤 대답도 할 수 없었다. 둘은 오랫동안 함께 살았지만 법적으로는 서로 무관했다. 재언의 죽음은 연주에게 어떤 법적인 책임도 지우지 않는 동시에 어떠한 권리조차도 허락하지 않았다. 동생은 재언처럼 두꺼운 눈썹을 꿈틀거리면서 짐 정리를 도와주겠다고 제안했지만 연주는 거절했다. 아무리 재언과 닮았다한들 생판 모르는 남이 집에 드나들게 할 수는 없었다.

삼일간의 연차를 몰아 쓴 뒤 출근한 사무실은 쑥대밭에 가까웠다. 연주가 편집을 맡았던 수학2 문제집이 화근이 되었다. 전국의 고등학생 반 이상이 가입했다는 까페에 올라온 리뷰 몇줄이 문제였다. 리뷰어는 자신이 고등

학교 2학년이라고 했다. 그는 풀리지도 않고 해설조차 이해할 수 없는 문제를 내면 어떡하냐고 비난을 퍼부었다. 자신과 같은 문제집을 푼 전교 일등도 거진 다 틀려서 쓸데없이 스트레스를 받았다고 했다. 차장은 출제자보다는 문제를 충분히 검토하지 못한 편집자의 탓으로 몰아갔다. 연주도 반성하는 척했다. 중요한 건 문제 수습과 다음 문제집의 순조로운 출간이었다. 연주는 시말서와 대처 방안에 관한 제안서를 작성하는 한편 해당 학생에게 사과 메일을 보냈다.

재언의 물건들은 한달 넘게 방바닥을 굴러다녔다. 자질구레한 영수증이 꽂힌 노트와 옆구리가 터진 지갑, 브랜드 로고가 박힌 모자, 라면 국물이 튄 만화책, 배터리를 간지 얼마 안 된 전기면도기, 한쪽만 남은 블루투스 이어폰, 둘둘 말린 채로 굳어버린 1종 수동 운전면허 문제집. 피곤에 찌든 연주가 귀가할 때마다 그 물건들은 염치도 없이 각자의 자리에서 뻔뻔하게 버티고 있었다.

이삿짐센터로 이직한 지 한달 정도 지났을 때, 재언은 연주에게 종종 고객들이 불쌍해 보인다고 했다. 처음에는 다른 집으로 이사하는 고객들이 부럽기만 했지만, 그중 일부는 서울 도심에서 밀려난 이들이었다. 그런 사람들은 이삿날 내내 표정이 어두웠다. 한창 뉴스에서 경제가 어렵다고 떠들어대던 시기였다. 하지만 연주가 기억하기로는 이 나라는 불경기가 아닌 적이 없었다.

연주는 재언의 마음 씀씀이가 고와서 좋았지만, 가끔은 과하다고 생각했다. 재언은 그런 고객들이 부탁하면 무리하더라도 들어주려고 애썼다. 솔직히 연주의 눈에는 몇 년째 이사 갈 엄두조차 내지 못하고 낡은 연립에 사는 자신들의 처지가 더 불쌍해 보였다. 집주인은 재개발만 애타게 기다렸지만, 터무니없는 소망이었다. 재개발을 추진하자는 플래카드들도 자취를 감춘 지 오래였다.

그 과한 헌신이 끝내 재언을 자개장과 함께 운반용 리프트에서 낙하하게 만들었다. 이삿짐을 포장하고 나르는 건 그의 소관이 아니었다. 업무상 과실에도 해당하지 않았다. 자개장은 리프트에 실어도 되지만 사람은 안 된다. 분명한 위법이지만 짐과 사람의 동승은 일종의 관행이었다. 관행이란 귀찮은 일을 빠르고 깔끔하게 끝내는 방법이었고 거절하는 건 불가능했다. 남자 직원 중 제일 젊은 사람이 리프트에 타는 일이나 이십오층 정도의 높이가 아니면 사람이 올라가도 괜찮다고 여기는 것도 관행이었다. 누군가는 바람 때문에 자개장과 재언이 탄 턴테이블이 눈에 보일 만큼 흔들렸다고 진술했다. 차는 문제가 되지 않았다. 재언은 매사에 철저한 사람이라 바퀴가 움직이지 않도록 고임목까지 꼼꼼하게 확인했다. 재언의 부모님은 이삿짐센터 계장이라는 사람의 설명을 잠자코 듣고 있었다. 연주도 같이 그 정황을 들었다.

연주는 평소 이삿짐센터 직원들이 재언을 어떻게 생각했는지 알고 있었다. 그들은 빠른 포장과 신속한 운반을 미덕으로 삼았다. 이사 도중 어떤 물건이 사라지거나 파손되더라도 무조건 미리 조심하지 않은 고객 잘못이었다. 하지만 재언은 고객들에게 바로 사과하고 진심으로 안타까워했다. 다른 직원들은 그처럼 잘못을 인정했다가는 괜히 진상 고객들을 부추기는 꼴이라며 면박을 주었다. 모른 척할 융통성이 없다면 차라리 입이나 다물라고 했다.

당장이라도 그 사실을 폭로하고 싶었지만 연주는 간신히 입을 다물었다. 괜히 상가를 들쑤시고 싶지 않았다. 재언의 부모님은 지친 낯빛으로 이삿짐센터 계장이 건네는 위로금을 수락했다. 그들은 십년도 넘게 보지 못한 자식의 불운을 어떤 저항도 없이 받아들였다. 계장은 함께 온 직원들과 밥 한술 뜨는 둥 마는 둥 하더니 훌쩍 가버렸다. 저들 중 대다수가 재언과 함께 이삿짐을 나르고 포장했을 터였다. 그러나 그 누구도 유감이나 애도를 표하지 않았다. 연주는 군말 없이 남은 음식을 치운 뒤 상에 덮인 비닐 끄트머리를 있는 힘껏 잡아당겼다. 어차피 자신에게는 소송을 걸거나 이의를 제기할 권리가 없었다.

최선생은 연주보다 먼저 회의실에 와 있었다. 연주는 일부러 오늘 점심으로 뭘 먹었는지 묻거나 사무실 근처 커피 전문점이 급작스럽게 폐점한 사실을 아느냐고 다소 장황하게 이야기했다. 최선생은 두어번 고개를 끄덕거릴 뿐 입을 열지 않았다. 영 불편했지만, 연주는 애써 분위기를 가볍게 만들려고 노력했다.

"선생님, 메일 보셨어요?"

"네."

사실 연주는 오기 전에 수신 여부를 확인했고, 최선생의 석연찮은 표정도 어느 정도 예상한 바였다. 문제에 대한 항의가 드문 일은 아니었다. 다만 대처가 늦어질수록 사태가 더 심각해졌다. 빠른 사과와 대처가 필요했다. 사과야 연주가 했으니 이제 대처할 차례였다. 그러나 최선생의 태도를 보니 영 협조할 기미가 없었다. 사춘기 학생도 아니고, 연주는 목구멍까지 튀어오른 말을 꾹 참았다.

소장은 종종 연구원들의 수준이 연구소의 동력이라고 입버릇처럼 말했다. 출제하는 연구원들이 없다면 문제집도 출간할 수 없고, 사무실 직원들 역시 일자리를 잃는다는 논리였다. 연주 역시 내로라하는 대학에서 논문을 쓰고 학위를 받는 건 대단한 일이라고 생각했다. 그러나 연구원들은 대단한 일을 하는 데 익숙해져서 그런지 종종 사소한 사건들을 일으켰다.

가령 논문을 써야 한다는 이유로 출제 마감을 미루거나 기출 문제와 유사하게 만드는 대신 듣도 보도 못한 고난도 문제를 만드는 것. 최선생은 둘 다 저질렀다. 그래서 연주는 문제를 검토할 시간도 없이 맞춤법과 양식만 편집해서 인쇄소에 넘겨야 했다. 학생들의 항의는 예견된 결과였다. 연주는 굳이 책임 소재를 따질 생각은 없었다. 다만 최선생도 어느 정도는 수습을 도와야 했다.

"제가 듣기로는 최선생님께서 미적분 파트를 맡으셨다고요."

"윤선생님이랑 같이 했어요."

윤선생은 연구소 최고참이고, 그에 비하면 최선생은 반년도 채 안 된 신출내기였다. 윤선생은 이런 사고가 생기면 순순히 실수했다는 사실을 받아들이고 협조했다. 한편 최선생의 말투에는 꼿꼿이 날이 서 있었다. 어떻게든 시시비비를 가리겠다는 태도였다. 연주는 애써 그러냐고 맞장구를 치는 척했다.

"선생님, 이번에 많이 놀라셨죠? 그런데 이런 일은 수두룩해요. 제 친구 중에 출판사 다니는 애가 있는데, 소설책도 내고 경영서도 내요. 책을 낼 때마다 수번 교정을 해도 출간되고 나서 보면 꼭 오탈자가 발견되더래요. 더 놀라운 건 뭐냐면, 그러고 나서 다음에 낸 책이 정말 대박이 난대요. 일종의 액땜이라고 보시면……"

"연주씨, 제가 낸 문제가 틀렸어요? 아니잖아요. 학생이 풀면 맞는 문제고, 못 풀면 틀린 문제라는 게 말이 되나요? 그 학생이 못 푼 건 본인 실력이 부족한 건데, 왜 제가 잘못한 게 되나요. 사과문이라도 써야 하나요?"

"당연히 선생님께서 잘못하신 건 없죠. 사과문을 왜 쓰세요. 그냥 문제만 정정해주시면 돼요. 애들이 풀기 좋은 문제로요. 저희가 그 리뷰를 쓴 학생이랑 신청자들에게 미적분 파트 책자만 출력해서 보내줄 예정이거든요. 아마 늦어도 다음 주까지는 보내야 할 거예요. 시간이 없으면 작년 문제를 참고하셔도 괜찮고요."

"풀이만 다시 쓰면 될 일 아닌가요?"

어쩌면 최선생보다 항의문을 작성한 고등학생이 세상 물정에 더 밝을지도 모른다는 생각이 들었지만 연주는 말하지 않았다. 사무실 게시판에 붙여놓은 일정표가 떠올랐다. 언뜻 빽빽해 보였으나 결국 일정한 패턴의 반복에 불과했다. 그뿐이었다. 쉽게 풀리지 않는 문제로 여러 연구자들이 몇백편에 달하는 논문을 쓴다는 것은 대단한 일이기는 했다. 그러나 문제집의 목적은 수학의 신비나 아름다움을 찬양하는 것과는 거리가 멀었다. 문제집의 역할은 학생들로 하여금 교과 과정에서 나오는 특정 공식을 외우고 연습할 수 있도록 돕는 것이었다. 일정한 가능 수에 따라 공이 나오는 피칭 머신과 비슷했다. 최선생처럼 듣도 보도 못한 문제를 내느니 차라리 이전에 나온 문제를 베끼는 편이 훨씬 더 나았다. 전혀 예상치 못한 방향에서 공이 날아온다면 그 피칭 머신은 대단하다기보다 고장이 났다는 평을 듣기 마련이었다.

"선생님, 당연히 공부 잘하는 애들이야 이런 항의를 안하죠. 못하는 애들도 그렇고. 그런데 어중간한 애들이 꼭 기분 나빠하거든요. 고작 연습 문제인데 틀렸다고 남 탓을 하는 거예요. 평가원에서 일하는 사람들이 그러는데 항의가 제일 많이 들어오는 때가 삼월이래요. 아직 주제를 모르는 거죠."

연주는 말하는 내내 최선생의 반응을 살폈다. 최선생
은 말없이 손끝으로 테이블 가장자리를 두드리기만 할
뿐, 연주가 항의 리뷰 전문을 출력한 페이지를 찾아서 내
밀어도 받지 않았다. 차장은 직원들에게 되도록 연구원들
의 자존심을 건드려서는 안 된다고 주지했다. 연주도 아
는 바였다. 하지만 휴가 기간만큼 대처도 늘어진 이상 더
는 낭비할 시간이 없었다.

"저도 예전에 이 까페에 올라온 리뷰 보고 문제집 골랐
거든요. 여기서 사지 말라고 하면 안 샀어요. 종교였다니
까요. 선생님, 정 어려우시다면……"

연주는 말하면서 슬쩍 시계를 확인했다. 다음 회의가
열리는 시간까지 십오분 정도 남아 있었다. 최선생 말고
도 문제를 낼 사람은 많았다. 최선생에게 기회를 준 셈이
었다. 본인이 낸 문제 때문에 발생한 사고를 스스로 수습
하지 않는다면 여러모로 입장이 불리해질 터였다. 연주는
확실히 못 박았다.

"다른 선생님께 부탁드릴게요."

최선생은 결국 본인이 하겠다고 말했다. 연주의 감사
인사를 듣고 나서도 그녀는 탐탁잖다는 눈빛으로 자신

이 낸 문제와 풀이를 살폈다. 최선생의 말은 맞았다. 그녀가 만든 수학 문제는 틀린 문제가 아니었다. 연주는 최선생이 끝내 자신의 실수를 납득하지 못할 것이라고 생각했다. 풀리지 않는 문제는 틀린 문제나 다름없었다. 최선생은 약속한 대로 제시간에 문제를 만들어 메일로 보냈다. 연주는 고맙다고 짤막하게 답장했다. 반응은 기대하지 않았다. 수습은 일사천리로 이루어졌다. 학생들은 까페 댓글로 출판사의 대처에 어느 정도 진정성이 느껴진다고 평가했다. 어디서든 진정성이 문제였다.

연주는 회식 권유를 물리치고 바로 퇴근했다. 집 근처 마트에서 바싹 마른 빈 상자들을 챙겼고, 노끈과 도시락도 샀다. 집 안은 어깨가 절로 오므려질 만큼 싸늘했다. 연주는 상자를 조립한 뒤 보이는 대로 짐을 던지고 쑤셔 넣었다. 패턴이 이미 입력된 로봇처럼 주저하지 않고 그 모든 행동들을 해냈다. 가져온 상자들을 다 채웠을 즈음에야 입고 있던 코트를 벗었다. 재언의 짐은 생각보다 많았다. 그녀는 아직 할부 기간이 남은 게임기 전원을 켰다. 누가 남은 할부금을 내게 될까. 그게 누구든 간에 재언이 열심히 키우던 캐릭터의 세이브 데이터는 지워질 것이다.

연주는 재언이 죽은 줄도 모르는 게임 캐릭터가 태평하게 모험을 계속하도록 내버려둘 생각이 없었다.

전자레인지에서 도시락이 데워지는 동안 연주는 상자가 몇개나 더 필요할지 가늠해보았다. 오늘 안에 재언의 짐을 다 정리할 생각이었지만 무리였다. 무엇 하나 쉽게 버릴 수 있는 게 없었다. 풀리지 않는 문제는 잘못된 문제였다. 풀어보려고 붙잡고 있는 대신 깔끔하게 포기하고 다른 문제에 집중하는 편이 나았다. 하지만 어떤 문제들은 떨쳐내는 것이 불가능했다.

엘리베이터를 타고 오르내리거나 출퇴근 도중 인파에 치여 아무것도 하지 못하는 동안 연주의 머릿속에는 재언에게 가능했을 미래들이 수도 없이 떠올랐다. 물론 그 미래들은 순식간에 꺼질 물거품이나 다름없었다. 무엇이 정답이었을까. 연주가 아는 재언은 매번 최선을 선택했다. 대학 전공에 맞는 구직 활동을 그만두고 운전면허를 땄다. 덕분에 안정된 수입을 얻어 함께 살 수 있었다.

하지만 만일 다른 선택을 했다면 다른 결말을 맞이했을지도 모른다는 생각이 연주의 머릿속에서 떠나지 않았다. 아무리 똑똑하고 신중한 사람이라도 문제를 풀다가 실수할 수 있었다. 계속 구직 활동을 포기하지 않고 사무직으로 취직하거나 운전면허 대신 공무원 시험을 준비했더라면. 온갖 선택지들이 틈나는 대로 그녀를 들쑤셨다. 가장 괴로운 건 연주는 재언이 무엇을 택하든 둘이 함께 하는 결말을 그리게 된다는 점이었다. 하지만 지금 그녀는 혼자였다.

최선생은 학생이 괜한 엄살을 부리는 것일 뿐이라고 했다. 반은 맞고 반은 틀렸다. 그 학생에게는 풀어야 할 문제들이 산더미처럼 쌓여 있었다. 풀지 못하고 포기한 문제는 그중 하나에 지나지 않았다. 그 포기한 순간이 계속 마음에 걸림돌처럼 남을 뿐. 연주는 상자에서 재언의 티셔츠를 꺼냈다. 티셔츠에는 브랜드 로고가 대문짝만하게 박혀 있었다.

"재언아, 나 이거 입어도 돼?"

연주는 허공에 대고 물었다. 대답은 돌아오지 않았다. 티셔츠에서는 익숙한 섬유유연제 향기가 풍겼다. 재언의 윗옷 중 입을 만한 것들을 골랐다. 플리스 점퍼나 와이셔츠, 조끼 등. 주머니에 들어 있던 영수증과 사탕 껍질 등 자질구레한 것들을 하나하나 펼쳐보다보니 어느새 자정이었다. 그렇게 추리고 나니 상자 속 짐들은 상당히 줄어 있었다. 마트에 가지 않아도 될 정도였다.

그래도 아직 버려야 할 게 많았다. 냉동고를 열자 줄줄이 서 있는 아이스크림 통들이 보였다. 연주는 그 컵들을 모조리 쓰레기봉투에 쏟아 담았다. 그리고 봉투를 싱크대까지 끌고 왔다. 아이스크림 통을 하나씩 열자 짓쑤시고 파낸 흔적과 그 가운데 당당하게 꽂힌 플라스틱 숟가락이 보였다. 얼마나 단단하게 얼어붙었는지 숟가락은 좀처럼 뽑히지 않았다. 연주는 어금니를 악물고 있는 힘껏 숟가락을 잡아당겼다. 재언의 일부는 이제 자신이 가본 적도 없는 산에 흩뿌려질 것이다. 묘소라고 할 만한 것도 없으니 묘비를 세울 일도 없었다. 그런데 인간도 아닌 아이스크림 주제에 묘비라니. 재언이 무슨 생각으로 그런 별명을 붙였는지 궁금했다. 묘비는커녕 조금만 힘주어 당기면 부러지고 말 플라스틱 숟가락에 불과했다.

턱이 얼얼할 즈음 아이스크림 통과 숟가락째 뽑힌 아이스크림이 싱크대에 가득 찼다. 온수를 틀자 아이스크림이 녹으면서 달큼한 냄새를 풍겼다. 연주는 구역질이 났지만 참았다. 얼마 안 되어 플라스틱 숟가락들만 남아서 싱크대 바닥에서 나뒹굴었다. 그녀는 그 딱딱하고 조그마한 묘비들을 모조리 쓸어다가 쓰레기봉투에 버렸다.

연주는 기절하듯 순식간에 곯아떨어졌다. 까마득하게 높은 곳에서 떨어지는 꿈을 꾸었다. 허공을 가로지르는 내내 팔과 다리는 무력하게 허우적거리기만 했다. 기절할 만큼 피곤해도 꿈을 꿀 수 있다니 놀라웠다. 이내 그녀의 몸은 바닥에 두차례 튕긴 후 떨어졌다. 짓뭉개진 볼과 가슴팍은 얼얼했고 팔과 다리는 부러졌는지 움직이지 않았다. 연주는 눈앞을 가리는 머리카락들을 귀 뒤로 넘기고 싶었다. 눈물과 피로 범벅이 된 눈을 깜박거렸다. 꿈속이라지만 아무도 사람이 떨어졌다고 비명을 지르거나 달려오지 않았다.

재언아.

연주는 찢어진 입술을 달싹이면서 간신히 재언의 이름을 불렀다.

재언아.

아무리 불러도 오지 않았다. 잠에서 깨고 난 뒤에도 온몸이 욱신거려서 꿈인지 현실인지 분간할 수 없었다. 연주는 팔다리를 주무르면서 시계를 확인했다. 일어나기엔 이른 시간이었다. 연주는 차분하게 쌀을 한 컵만 씻어 밥솥에 안치고 반찬을 꺼내 상을 차렸다. 출근 준비를 하는 동안 최선생이 메시지를 보냈다는 알림이 떴다. 그만두겠다는 내용을 예상하면서 문자함을 열었지만 그 반대였다. 최선생은 문제가 잘 해결되었다니 다행이라고 답장했다. 문제집은 순조로이 간행될 터였다.

다소 헛헛한 마음으로 연주는 나갈 채비를 서둘렀다. 코트를 들고 현관으로 향하던 중 별안간 눈앞이 번쩍거렸다. 무언가에 머리를 부딪힌 모양이었다. 꽤 얼얼했다. 그녀는 양손으로 얼굴을 감싼 채 그 자리에 멈춰 섰다. 잠시후 다시 고개를 들어 거실 천장을 바라보았다. 정말로 좀 낮네. 혼잣말치고 큰 목소리였다. 이제는 출근해야 했다.

피존

*
**
✣

수진은 관리실 손님들에게 할 만한 이야깃거리가 필요했다. 관리실에서는 잔잔한 클래식 음악을 켜두고 긴장을 풀어주는 아로마 향을 피웠다. 손님들은 저도 모르게 졸다가 차갑고 미끄러운 팩이나 따뜻한 손가락이 닿는 순간 깼다. 대부분 머쓱하게 웃고 넘어갔으나 소스라치게 놀라는 경우도 더러 있었다. 간혹 잠들 새도 없이 수다를 떠는 손님들도 있기는 했다.

어느 쪽이든 어색하기는 마찬가지였다. 생판 모르는 사람이 자신의 얼굴이며 몸을 주무르는 상황이니까. 손님들은 관리사 앞에서는 관심 없는 척했지만, 막상 다른 사람들과 있을 때면 자기 관리사가 어떤 사람이고 왜 휴가를 냈는지 안다는 걸 자랑처럼 넌지시 내비치곤 했다. 약간의 친분만으로도 그 사람이 제 것인 양 굴었다. 아무리 손이 꼼꼼하고 베테랑인 관리사라고 한들 말수가 적으면 속내를 영 모르겠다는 불평이 따라붙기 일쑤였다. 수진이 그랬다.

이야기는 손님의 잠을 쫓아주는 한편 적당한 친분을 쌓아서 손님이 회원권을 사도록 이끌었다. 너무 슬프거나 웃긴 이야기는 꾸며냈다는 의심을 사기 마련이고, 평범하고 빤한 이야기는 하느니만도 못했다. 기삿거리를 소재로 삼았다가는 자칫 말실수로 이어질 수도 있었다. 적당히 참견할 수 있으면서도 가볍게 흘려 넘길 수 있는 이야기여야 했다. 너무 자세하게 말하면 부담스러웠고, 너무 단순하게 말하면 괜히 의뭉스럽게 보였다.

하지만 수진은 별다른 이야깃거리가 없었다. 수진은 원룸에서 혼자 살았고, 별다른 취미나 애인도 없었다. 요즘 유행하는 연예인 이름이나 가십거리도 잘 몰랐다. 평일에는 관리실에서 일하고 주말에는 밀린 집안일을 했다. 아는 책이나 영화도 다 까마득한 옛날에 나온 데다 그다지 대중적이지 않은 터라 제목만 언급하는 데서 그쳤다. 그마저도 어느 손님이 아는 척하면서 그녀에게 은근히 반골 기질이 있다고 평한 후로는 말하지 않았다.

수진의 삶은 이상적인 이야깃거리와 거리가 멀었다. 그

렇다고 해서 실장처럼 손님들에게 입안의 혀처럼 구는 것
도 어려웠다. 너스레도 일종의 재능이었다. 어느 날 한 손
님이 수진에게 우스갯소리를 던졌다.

"그리 심심하게 사느니 강아지라도 키우지 그래?"

그래서 수진은 강아지에게 피존이라는 이름을 붙여주
기로 했다.

재영이 사는 동네는 깨진 보도블록 사이로 풀줄기가
무성하게 자라나 있었다. 수진은 재영이 보내준 주소를
다시 확인했다. 같은 서울시지만 그들이 근무했던 피부관
리실 인근에 비하면 낙후된 동네였다. 수진은 무릎을 스
치는 풀줄기에 놀라 물러섰다. 종이가방을 든 손에 절로
힘이 들어갔다. 차라리 시끌벅적한 동네였다면 인파에 조
용히 섞였을 텐데, 인적이 뜸하고 조용한지라 더 눈치가
보였다.

골목을 돌자 수진의 눈에 낯익은 뒷모습이 들어왔다.
재영은 통화 중이었다. 입고 있는 패딩 점퍼며 바지, 신발
까지 여전히 다 검은색투성이였다. 한달 사이 변한 점이
라곤 밝은 주홍색으로 물들인 머리카락뿐이었다. 수진은
재영이 통화를 마무리할 때까지 기다렸다. 재영은 고개를

까닥이는 것으로 인사를 대신했다.

"언니가 정말 여기까지 오실 줄 몰랐는데."

"내가 전에 놀러 오겠다고 약속했었잖아."

"그랬나요?"

약속이라기보다는 겉치레에 가까웠다. 재영이 함께 사는 부모님 눈치를 보느라 모임에 번번이 빠질 때 위로차 했던 말이었다. 재영은 툭하면 대학 졸업 후 바로 집을 나가겠다고 호언장담했지만, 부모님이 먼저 시골에 내려가면서 혼자 살게 되었다고 했다. 같은 피부관리실에서 근무하지 않았더라면 몰랐을 이야기였다.

"재영아, 넌 점심 먹었니?"

"아직요."

"그럼 같이 점심 먹자."

"아, 이 동네는 먹을 만한 데가 별로 없어서요."

"오다 보니 패스트푸드점 같은 게 있던데. 괜찮으면 거기라도 갈래?"

"그럼 칼국수는 어때요?"

"좋아. 거기로 가자."

칼국숫집은 다른 건물들보다 더 허름했다. 주홍색 슬레이트 지붕 모서리가 날카롭게 깨져 있었고, 암회색 시멘트 벽에 길고 깊숙한 금이 남아 있었다. 그나마 뿌옇게 김이 서린 유리창이 영업 중이라는 사실을 알려주는 듯했다. 식당으로 들어가자 열기와 소음 천지였다. 샛노란 장판에 거무스름하게 든 멍이며 평일 대낮부터 새빨간 얼굴로 낄낄거리는 사람들. 조용하다 못해 서늘하기까지 한 바깥과는 딴판이었다.

수진은 구두를 벗어 신발장에 가지런히 놓았다. 밋밋한 갈색 가죽 구두였다. 구두 뒤축이 검게 닳긴 했으나 먼지나 갈라진 곳 하나 없었다. 재영이 운동화를 벗다가 슬쩍 눈길을 주긴 했지만 아무 말도 하지 않았다. 다행히도 구석에 빈 테이블이 있었다. 수진이 들고 온 종이가방을 조심스럽게 벽에 세워두고 코트를 벗는 동안 재영은 방석을 놓고 메뉴판을 가져왔다. 방석은 숨이 죽어 종잇장처럼 납작했다. 재영이 물었다.

"뭐 드실래요? 칼국수뿐이지만."

"종류가 정말 많다. 칼국수 맛집인가보네."

"안 되는 것도 있어요. 맛없는 것도 있고요."

"그럼 여긴 뭐가 맛있어?"

"딱히 더 맛있는 건 없어요. 다 무난무난해요."

직원이 다가오자 재영은 바지락 칼국수를 주문했다. 수

진은 메뉴판을 만지작거리다가 개중 눈에 띄는 메뉴를 그대로 읽었다. 매생이 굴 칼국수. 처음 보는 메뉴였다. 그녀는 직원이 두고 간 물수건으로 손을 닦았다. 미지근했지만 언 손을 녹이기엔 충분했다. 재영이 눈썹을 들썩이다가 괜찮냐고 물었다.

"매생이요. 언니 뜨거운 거 잘 못 드시잖아요."

"괜찮아. 천천히 식혀서 먹으면 돼."

그런 사소한 점까지 기억하고 있다니, 수진은 조금 놀랐다. 재영의 말마따나 그녀는 뜨거운 음식을 먹을 때마다 혀를 데었다. 애인은 수진에게 고양이 혀라며 놀리곤 했다. 그러면서도 뜨거운 국물 음식이 나오면 식을 때까지 먹지 않고 같이 기다려주었다. 다른 사람들이 유난이라며 핀잔을 주어도 개의치 않았다.

"신기하네. 재영이 너라면 파스타 같은 거 먹자고 할 줄 알았는데."

"그래요?"

커뮤니티 회원들과 식사 메뉴를 정할 때마다 재영은 양식을 먹자고 우겼다. 한식보다 양식이 더 세련되었다느니 운운했지만, 막상 주문한 카르보나라 파스타는 몇 입 먹다 마는 반면 해물찜은 볶음밥까지 싹싹 긁어 먹었다.

수진의 애인은 그런 재영을 놀리기에 바빴다. 어릴 적 자신의 모습을 보는 것 같다고도 했다. 재영과 수진의 애인은 금방 친해졌다. 그러다보니 정기 모임 말고도 셋이서 자주 만나서 놀았다. 둘보다는 셋이 다니는 게 눈치가 덜 보였다.

세상 사람들은 타인에게 별 관심이 없었다. 그러나 참견하는 건 좋아했다. 애인의 유무나 결혼 여부를 묻는 데서 그치지 않고 이유를 물었다. 딱히 악의가 없는 질문이라 더 난감했다. 커뮤니티 회원들 앞에서는 둘러대거나 구구절절하게 설명할 필요가 없었다. 그들과 함께 있으면 솔직해지는 게 쉬웠다. 솔직해질수록 서로 가까워졌다. 그만큼 더 치명적인 상처를 입을 수 있다는 걸 수진은 나중에서야 알았다.

함께 일하던 고참이 그만두었을 때 수진은 금방 다른 사람이 올 줄 알았다. 관리사 둘로는 꾸려나가기 벅찬 상황이었다. 바로 구인 공고를 올렸지만, 실장의 눈에 드는 사람은 나타나지 않았다. 쓸 만한 피부관리사를 구하는 건 어려웠다. 괜히 사람 한명 잘못 들였다가는 소문이 안 좋게 날 수도 있었다.

관리실을 지탱하는 고정 회원들은 인근 주민들이 대다수였다. 그들은 서로 동창이거나 학교 선후배 사이로 같은 산후조리원을 다녔고, 아이들이 자라면 같은 학군에 보냈다. 국제학교에 가지 못한 아이 중 공부머리가 없는 아이들은 유학 코스를 밟았다. 그들 사이에서 낙오란 없었다. 그물처럼 탄탄하고 촘촘한 정보망 덕분이었다.

정보망을 유지하기 위해 남자들은 함께 골프를 치러 다녔고 여자들은 같이 까페에 갔다. 운동센터나 편집숍, 음식점 등 일상을 공유하면서 그들의 관계는 돈독해졌다. 그런 교집합 중 하나가 피부관리실이었다. 그들은 대형 체인이나 이벤트 때만 사람들이 북적거리는 관리실에는 발길조차 하지 않았다.

그들은 까다로운 손님이 아니었다. 관리사들이 선생님이라도 되는 양 깍듯하게 예의를 차렸고, 가끔은 간식거리를 가져와서 함께 차를 마시고 수다를 떨기도 했다. 뜨내기처럼 할인율이나 서비스에 목을 매지 않았다. 그들의 호의는 일종의 습관이었다. 실장은 그 바람에 신입 관리사들이 착각해서 실수를 저지르기 쉽다고 했다.

호의는 공짜가 아니었다. 일종의 경고였다. 그들은 호의를 베풀면서 분명하게 선을 그었다. 선을 넘었을 때 그들은 어떤 항의나 기분 나쁘다는 내색조차 하지 않았다. 회원권이 몇회 남았든 조용히 예약 시간을 옮겨서 담당 관리사를 바꾸거나 관리실에 발길을 끊어버렸다. 그러면서도 마주치면 아무렇지도 않게 인사를 건넸다. 그들의 정보망에 끼려는 사람들도 덩달아 회원권 환불을 요청하기 일쑤였다. 수진도 아무나 고용할 수 없다는 실장의 말에 수긍했다.

재영은 다른 지원자에 비해 경력이 짧았고 호감을 주는 인상도 아니었다. 하지만 실장은 면접 본 사람 중 재영이 제일 맘에 든다고 했다. 우선 담배를 피우지 않았고, 무채색 옷차림이 깔끔해 보인다는 이유였다. 그리고 4년제 대학 졸업장이 있으니 어느 정도 교양은 있을 것이라고 기대하는 듯했다. 수진은 찬성은 물론이고 반대도 할 수 없었다. 대신 재영에게 서로 모르는 사이로 해두자고 했다. 재영도 수긍하는 눈치였다. 수진은 안도했다.

실장은 재영의 꼼꼼한 손길이며 부지런한 모습을 좋게 여겼다. 다만 재영이 휴일은 물론이고 식사하거나 쉬는 시간에는 전화를 받지 않는다는 점을 못마땅해했다. 손님들이 같이 간식을 먹자고 불러도 거절하기 일쑤였다. 손님을 우선으로 두는 실장이나 수진과는 달랐다. 하지만 그런 재영을 마음에 들어하는 손님들이 있었다. 그중 한 명이 소미였다.

소미는 재영처럼 재미있는 사람이 좋다고 했다. 우선 재영은 이야깃거리가 많았다. 그리고 둘 다 미국에서 생활한 경험이 있어서 그런지 죽이 잘 맞았다. 재영은 종종 소미에게 들은 이야기를 해주었다. 소미가 뉴욕대 경영학과에 다니는 동안 인종과 국적을 불문하고 친구들을 사귀었고, 퀴어 퍼레이드에 참여한 적도 있었다고 했다. 수진은 소미의 이야기보다 재영이 무슨 이야기를 한 건지 궁금했으나 애써 묻지 않았다.

재영의 말마따나 매생이 굴 칼국수는 뜨거웠다. 수진은 짙푸른 매생이로 뒤덮인 그릇을 숟가락으로 휘휘 저으면서 식기만을 기다렸다. 가끔씩 국물을 뜨는 척했다. 공복이었지만 그다지 배고프다는 생각은 들지 않았다. 제때 식사하는 것도 일이었다. 애인은 수진과 전화할 때마다 밥은 먹었느냐고 잔소리를 했다. 이제는 잔소리 없이도 그 필요성을 몸소 느낄 만한 나이였다. 재영이 고개를 들었다.

"언니네 개는 잘 지내요? 이름이 뭐랬더라."

"피존? 죽었어."

"언제요?"

"얼마 안 됐어."

손님들은 피존의 이야기를 좋아했다. 피존은 원래 슈나우저로 팔릴 예정이었으나 주둥이가 너무 짧았다. 입양되지 않는 이상 안락사당할 운명이었다. 수진처럼 말수가 적고 차가워 보이는 사람이 동정심에 못 이겨 강아지를 입양했다니, 손님들에게는 나름 흥미로운 이야깃거리였다. 특히 반려동물을 기르는 손님들은 좋은 일을 했다며 호감을 표시했다.

수진은 손님들에게 피존이 신나서 달리다가 창문에 머리를 박았다거나 양말을 숨겨놓았다는 이야기를 들려주거나 휴대전화에 저장해둔 피존의 사진들을 보여주었다. 피존은 아직 한살도 채 되지 않았으나 두툼하고 축 처진 눈썹에 뭉툭한 주둥이 때문인지 자못 진지해 보였다. 그중 가장 반응이 좋았던 사진은 피존이 뼈다귀 쿠션 위에 앉아 있는 사진이었다. 재영도 그 사진이 제일 귀엽다고 했다. 그때 수진은 말없이 고개만 주억거렸다.

"어디가 안 좋았어요?"

"심장이. 어릴 때부터 안 좋았던 거라 별수 없다고 하더

라. 수술하는 것도 생각해봤는데 의사가 너무 많이 진행된 상태라 더 괴로울 거라고 했어."

이야기는 의식할 새도 없이 줄줄 흘러나왔다. 수진이 멈추려고 해도 멈출 수 없었다. 앞서 나온 말이 말을 끌어냈다. 약값도 비싼데 수술비는 갑절로 비싸다고 했다가 그래도 피존만 괜찮다면 수술비를 낼 자신이 있었다고 하고선, 수술 후 피존이 제대로 회복하지 못할까 두려웠다는 말을 덧붙였다. 재영의 굳은 표정이 눈에 들어온 순간 수진은 급히 칼국수 면발을 제 입에 쑤셔 넣었다. 눈물이 글썽거릴 만큼 뜨거웠다. 재영이 그녀의 어깨를 토닥였다.

"언니, 괜찮아요? 내가 뭐랬어. 매생이 잘 안 식는다고 했잖아요."

재영은 주방에서 국그릇을 받아오더니 수진의 칼국수를 조금 덜었다. 젓가락으로 저어주면서 입김을 후후 분 다음 수진 앞에 내려놓았다. 수진은 잠자코 젓가락을 들었다. 훨씬 더 먹을 만했다.

"이러면 좀 빨리 식어요. 언니, 전 괜찮으니까 천천히 드세요."

"미안해. 이런 이야기나 해서."

"제가 먼저 물어본 건데요, 뭘. 저도 어릴 적에 고양이랑 같이 살았는데, 먼저 보내니 힘들더라고요. 지금도 생각나요. 한참 그럴 거예요. 원래 이별이라는 게 그렇잖아요. 그냥 연이 다했다고 생각해야죠."

"고마워."

"피존은 좋은 곳으로 갔을 거예요."

다정하고 솔직한 사람, 이제야 수진이 아는 재영 같았다. 수진의 애인이 결혼한다는 소식을 듣고서 재영은 화를 냈다. 그리고 아무 말도 하지 않는 수진을 안쓰럽게 여겼다. 그녀는 수진이 커뮤니티를 탈퇴한 뒤에도 가끔 안부 문자를 보냈다. 한번은 애인을 용서했느냐고 물어본 적도 있었다. 수진은 그렇다고 대답했다. 굳이 솔직하게 말할 이유는 없었다.

손님들은 수진에게 왜 강아지 이름을 그렇게 지었느냐고 묻곤 했다. 그저 피존과 평화롭게 살아가고 싶었다고 대답했다. 덕분에 손님들은 수진이 좋은 사람이라고 생각했다. 피존은 평화의 사자였다. 수진도 피존이 좋은 곳으로 가길 바랐다.

먼저 선을 넘은 사람은 재영이었다. 재영의 애인은 종종 퇴근 시간에 맞춰 관리실에 들르곤 했다. 가끔 재영이 늦게 끝나면 휴게실에서 기다렸다. 수진은 인사를 건네기는커녕 시선조차 주지 않았다. 반면 실장은 재영의 애인과 몇번 말을 섞더니 요즘 애들답지 않게 싹싹하다며 호평했다. 참다못한 수진이 조심하는 게 좋겠다고 말했을 때, 재영은 되물었다.

"저희가 뭘 잘못했나요?"

"그건 아니지만, 손님이나 직원도 아닌데 드나드는 건 삼가야지. 그리고 실장님은 모르잖아."

수진은 그 정도면 재영도 충분히 알아들었으리라고 생각했다. 오산이었다. 재영은 사귀는 사람이 있냐는 실장의 질문에 곧이곧대로 대답했다. 관리실에 왔던 친구가 애인이라고. 실장의 반응이 어쨌든 다음 날 재영은 보란 듯이 왼손 약지에 커플링을 끼고 왔다. 그러고는 애인과 여행을 갈 거라며 휴가까지 요청했다. 실장이 꾸짖자 사생활까지 간섭받을 이유는 없다고 맞받아쳤다. 그나마 일할 때는 반지를 끼지 않아서 다행이었다.

실장은 사장이 알면 가만있지 않을 거라고 안달을 냈다. 사장이라면 직원들을 다 갈아치울 게 뻔했다. 무심코 떨어뜨린 물감 몇방울 때문에 물통의 물을 다 비워야 한다고 믿는 사람이었다. 수진이 어차피 사장은 한달에 두

세번 수금하러 들르는 게 다라며 다독였으나 실장의 불안
은 멈출 줄 몰랐다. 실장은 오십대 후반처럼 보이진 않았
으나 다른 관리실에 취직하기에는 나이가 많은 편이었다.
남편과 맞벌이라도 사정이 좋지 않은지 몇년 내내 같은
가방만 들고 다녔다.

그렇다고 무작정 재영을 해고할 순 없었다. 재영은 손
이 야무지고 깔끔해서 별다른 잔소리가 필요 없었고, 손
님들에게 조금 데면데면하기는 해도 무례하게 굴지는 않
았다. 실장은 틈만 나면 수진을 붙잡고 하소연했다. 같은
여자인 줄 알고 제 살 주무르게 놔두는 거지, 실상을 알면
맘 놓고 맡기겠느냐고. 수진은 재영이 그렇게 사리 분별
을 못 하진 않을 거라며 실장을 타일렀다. 그런 바람이 무
색하게도 재영은 자신에게 골몰할 뿐 주변을 살필 줄 몰
랐다.

재영의 휴가 날 소미는 태닝숍에서 화상을 입는 바람
에 급히 관리실을 찾아왔다. 수진은 대신 관리를 해주겠
다고 나섰다. 소미가 좋아하는 재스민 향을 피우고 다마
스크 장미잎이 든 팩을 준비했다. 피존 이야기를 할까 싶
었지만, 그녀가 알기로 소미는 동물을 그다지 좋아하지
않았다. 소미가 물었다.

"재영씨는 평창 잘 도착했대요?"

"글쎄요. 잘 모르겠어요."

"오늘 스키 탈 거라고 했는데."

"소미님은 재영씨랑 친하시네요."

"뭐, 저보다는 수진씨랑 친하지 않을까요? 두분이서 알고 지낸 지 꽤 오래되었다면서요."

하마터면 수진은 손에 든 스패출러를 떨어뜨릴 뻔했다. 다시 고쳐 잡은 다음 그녀는 능숙하게 소미의 얼굴에 팩을 발랐다. 긍정하면 재영과 비슷하다는 사실을 인정하는 셈이 되고, 부정하면 괜한 의구심만 던져주는 꼴이었다. 대체 재영이 소미에게 어디서부터 어디까지 말했는지 궁금해서 미칠 것 같았다. 하지만 추궁할 수는 없는 노릇이었다.

"맞아요. 그런데 요즘은 소미님이 재영씨하고 더 친하시잖아요."

"그야 수진씨가 강아지를 애지중지 여기니까 그런 게 아닐까? 이름이 특이했는데."

"피존이요."

"맞아. 난 수진씨도 재밌는 사람이라고 생각했어요."

"저도요. 재영씨한테 소미님 이야기 들었거든요."

평소대로라면 그냥 소미의 말에 적당히 호응하고 넘어가야 했다. 수진은 재영에게 들었던 소미의 이야기를 그대로 읊어주었다. 소미의 눈썹이 살짝 꿈틀거렸다. 수진은 소미와 같은 사람들에게 익숙했다. 누구든 살갑게 대했지만 다 친구로 여기지는 않았다. 가령 자신이 다른 사람들과 관리사에 대해서 떠드는 건 괜찮지만, 관리사가 자신을 대화거리로 삼을 순 없었다. 분명한 선이 존재했다.

다음 날 소미의 전화를 필두로 담당 관리사를 바꿔달라는 요청이 줄줄이 이어졌다. 늘 그랬듯이 사유는 밝히지 않았다. 수진은 실장에게 소미가 재영에 관해서 알고 있다고 했다. 틀린 말은 아니었다. 실장은 아직 휴가 중인 재영에게 전화를 걸어 해고했다. 수진의 예상을 뛰어넘는 결과였다.

수진은 재영에게 기다리라고 타일렀다. 실장을 설득해보겠다며, 대신 앞으로 조심하겠다는 약속만 하라고 했다. 수진이 바라는 건 그뿐이었다. 조용히 살아가는 것. 재영은 캐비닛에 남아 있는 자신의 짐을 버려달라고 부탁했다. 이내 전화가 끊겼다.

칼국수는 재영이 샀다. 커피라도 사겠다는 수진의 제

안에 재영은 고개를 저었다. 여기는 괜찮은 까페가 없다고 했다. 그러고는 수진이 구두를 신는 동안 밖에서 기다리겠다며 먼저 나갔다. 수진은 문 너머에서 재영이 누군가와 통화하는 목소리를 들었다. 애인인 듯했다. 웃음소리와 속삭이는 목소리가 메아리처럼 멀게 들렸다. 수진은 종이가방을 들고 조심스럽게 문을 열었다. 재영이 전화를 끊고선 말했다.

"그건 뭐예요?"

"네 짐이야."

재영의 캐비닛에서 딱히 값나가는 물건은 없었다. 읽다가 말았는지 중간에 책갈피를 끼워놓은 책이나 늘어난 머리끈들, 반쯤 남은 냉각 스프레이와 손목보호대, 뜯은 지 오래된 사탕봉지 정도. 재영은 순순히 종이가방을 받아들었다.

"정말 버려도 되는데."

"실장님이 네 걱정을 많이 했어."

"그래요?"

"그럼. 널 얼마나 마음에 들어했는데. 실장님 말 너무 신경 쓰지는 마. 옛날 사람이라서 익숙하지 않으니 쓸데 없는 걱정을 사서 하시는 거지."

"네, 언니. 저 실장님 안 싫어해요. 그래도 돌아갈 생각은 없어요."

"소미님이 신경 쓰인다면……"

"소미님하고 저, 그렇게까지 친하진 않았어요. 그리고 언니, 저도 이제 사회생활은 해볼 만큼 해봤잖아요. 그냥 이제 진저리가 나는 거죠. 잘됐어요. 저 이제 애인이랑 같이 살려고요."

"잘됐네."

"직장도 그 근처에서 구할 거예요."

"그럼. 어디서 살 거야? 사람 구하는 곳 있으면 소개해줄게."

"괜찮아요. 제 후임은 구하셨어요?"

"아니, 아직은……"

"제가 아는 사람 소개해줄까요?"

수진은 반 박자 늦게 대답했다.

"그럴까?"

재영이 웃었다.

"농담이에요. 언니."

피존이 죽은 건 재영이 그만둔 뒤였다. 손님들이 피존

의 안부를 물으면 수진은 사실대로 대답했다. 그러면 대부분 안타까워하거나 위로하는 반응이 돌아왔다. 수진의 눈가에 드리운 그늘이나 핏줄이 불거진 손등을 보면서 맘고생을 많이 한 모양이라며 넘겨짚는 사람도 있었다. 재영의 손님들까지 맡는 바람에 퇴근 시간이 늦어진 것뿐이었지만, 수진은 해명하는 대신 피존에 대해서 이야기했다. 손님 중 누구도 죽은 피존에게 관심이 없다는 건 알고 있었다.

피존의 진짜 이름은 밍키였다. 밍키의 주인은 수진처럼 원룸에서 혼자 살았다. 별다른 취미는 물론이고 연락하는 친구도 없었다. 대신 블로그에 꼬박꼬박 밍키에 관한 글과 사진을 올렸다. 다른 블로거에 비해 특출하진 않았다. 슈나우저와 비슷하게 생겼지만 완벽한 슈나우저라고는 할 수 없는 밍키처럼 어딘가 어설퍼 보이는 블로그였다. 덕분에 수진은 그럴싸한 이야기를 지어낼 수 있었다.

밍키는 주말에 죽었고 주인은 다음 날 연차를 냈다. 그동안 쓴 글 중 가장 짧은 글이 올라왔다. 밍키를 집 앞 공원에 묻어주고 싶지만 그럴 수 없어서 슬프다고 했다. 동물의 사체를 묻는 건 불법이었다. 다 쓴 휴지처럼 종량제 쓰레기봉투에 넣어서 버릴 수밖에 없다고 했다. 그게 합법이었다.

댓글 내용들은 대부분 가볍고 다정한 위로였다. 개중 은근슬쩍 주인을 힐책하고 나무라는 사람도 있었다. 주인이 처음부터 밍키를 꾸준히 병원에 데려갔어야 한다거나 예방주사를 맞히는 데 소홀하지 않았느냐고 비난했다. 혹은 강아지가 죽었을 뿐인데 연차를 신청할 이유가 있냐며 엉뚱한 데를 쿡쿡 찌르는 댓글도 보였다. 주인은 그 댓글에 일일이 답변을 달았다. 그럴수록 진정되기는커녕 점점 더 반발이 거세졌다. 수진은 마음 같아서는 주인에게 알려주고 싶었다. 밍키를 사랑한 적 없는 사람들에게 밍키에 대한 사랑이 진짜라는 사실을 증명하는 건 불가능하다고.

커뮤니티 게시판이 욕설로 도배되면 운영진이 나서서 대대적으로 회원들을 정리했으나 그마저도 무용했다. 커뮤니티는 폐쇄되었다. 애인은 수진에게 믿지 못할 이유를 제시하는 건 믿고 싶어서 그러는 거라고 했다. 저들이야말로 우리가 사랑한다는 사실이 진짜이기를 바라는 게 아닐까. 이제 와서 생각해보면 지나치게 낭만적인 생각이었다. 수진은 주인에게 반려동물을 화장해주는 업체 연락처를 보낸 다음 즐겨찾기 폴더에서 블로그를 삭제했다. 스마트폰에 저장했던 강아지 사진들도 모조리 지웠다. 강아지가 죽어도 얼마든지 피존에 관해서 말할 순 있었지만, 입만 열면 죽은 피존에 관한 이야기만 흘러나왔다. 차라리 입을 다물기로 했다. 그러자 수진의 삶은 다시 조용해졌다. 그것만으로도 족했다. 행복하진 않았으나 불안하지도 않았다.

재영은 수진을 버스 정류장까지 데려다주었다. 정류장에 있는 의자라곤 반쯤 무너진 벤치가 다였다. 수진이 먼저 가봐도 된다고 했지만, 재영은 자판기에서 커피를 뽑아왔다. 둘은 커피를 홀짝이면서 전광판을 바라보았다. 버스는 이십삼분 뒤에 온다고 했다. 오가는 이야기는 별것 없었다. 차를 한대 뽑으면 좋겠다는 바람이나 보험이나 유지비에 관한 우려 같은, 평범하고 무해해서 기억하든 잊든 문제없을 이야기였다. 수진은 까마득한 옛날로 돌아간 기분이 들었다.

"좋은 사람 만나서 다행이다, 재영아."

"고마워요. 언니도 좋은 사람 만나면 좋겠어요. 그 구두도 이제 그만 신고."

"난 됐어. 나 하나 감당하기도 힘들어."

"왜 그래요. 다 늙은 사람처럼."

수진은 긍정도 부정도 하지 않았다. 그저 재영에게 행복하게 살라고 했다. 그 말만큼은 진심이었다.

버스에 탄 수진은 차창 너머로 재영을 보았다. 재영은 손을 흔드는 대신 입술 끝을 살짝 올렸다. 기쁜 건지 화난 건지 그 속내를 읽을 수가 없었다. 수진은 어색하게 손을 흔든 다음 앞을 보는 척했다. 이내 버스가 움직였다. 그녀는 슬쩍 뒤돌아보았다. 재영이 보였다. 재영은 손에 든 종이가방을 쓰레기통에 버린 다음 빠르게 자리를 떠났다. 수진이 소리 없이 웃었다. 재영은 끝까지 상냥했다.

한때 수진도 재영처럼 사랑하는 사람만 있다면 언제든 과거를 버리고 새롭게 삶을 시작할 수 있다고 믿었다. 그러나 현실은 주변으로 소리 없이 밀려드는 물과 같았다. 발 디딜 곳은 점차 줄어들었다. 어떤 확실한 전망조차 없이 서로의 애정에 무작정 기대면서 버틴다는 건 불가능했다. 끝내 도망치거나 변절하는 수밖에 없었다. 살아남았다. 애인은 후자였다. 그들에겐 도망칠 돈도 시간도 부족했다.

둘은 어떤 잡음도 없이 헤어졌다. 수진이 피부관리사로 취직하고 나서 두어달이 지났을 즈음 통장에 전세금 반액이 들어왔다. 애인은 선을 본 남자와 결혼할 예정이라고 했다. 수진은 애인이 불행하지 않길 바랐다. 차마 행복은 빌 수 없었다. 전쟁터에서 벗어났으니 평화로운 삶을 누렸으면 했다. 아무것도 변하지 않는 세상에서 어떤 희망도 없이, 순탄한 미래로 흘러가길. 그후 수진은 누군가를 사랑하기를 그만두었다.

버스는 알 수 없는 길을 달렸다. 수진은 차창에 머리를 기댔다. 달랑거리는 구두 밑창이 보였다. 애인은 수진에게 구두를 사주면서 오래오래 신으라고 했다. 그래서 오래오래 신었다. 그동안 쓴 수선비가 구두 가격보다 더 들었을 만큼. 재영의 말대로 버려야 했다. 하지만 버릴 힘이 없었다. 언제쯤 버릴 수 있을까, 수진도 궁금했다. 버스가 덜컹거리자 차창에 기댄 머리도 함께 흔들렸다. 아픈데도 눈물은 나지 않았다. 우는 법은 잊은 지 오래였다.

사계

✤
✳
✣

명조와 미주는 팔짱을 끼고 행진하듯 시청으로 들어갔다. 이제 둘은 부부였다. 지인들이 결혼식은 언제 올릴 거냐고 물어보면 서로 맞춘 것처럼 똑같이 대답했다.

"때가 되면."

그러고는 곧 입주할 신축 아파트로 화제를 돌렸다. 나날이 집값이 오르는 와중에 청약에 당첨되다니, 모두가 부러워했다.

만일 빌라 주인이 전세 보증금을 올리거나 반전세로 바꾸자고 하지 않았더라면 일어나지 않았을 일이었다. 미주와 명조는 이사할 생각이 없었다. 그들이 칠년 넘게 거주한 빌라는 역세권이라 교통이 편리했고 마트나 병원도 가까웠다. 대신 언덕이 가팔라서 올라갈 때는 허리를 앞으로 바싹 숙여야 했고, 내려갈 때는 등을 한껏 뒤로 젖혀야 했다. 명조는 그동안 올린 보증금만 해도 에스컬레이터 하나쯤은 설치해줄 만하다며 웃었다.

미주는 웃지 못했다. 전세가는 점점 오르는 추세였고 전세 사기도 횡행했다. 예산에 맞춰 다른 집을 구한들 전세 계약을 갱신할 때 빌라 주인처럼 굴지 않으리라는 법이 없었다. 보증금을 5퍼센트만 올린다고 해도 천만원이었고, 반전세로 바꾸면 월세로 꼬박꼬박 돈이 새어나갈 터였다. 수원이나 인천으로 이사하자니 통근만 두시간 넘게 걸렸다. 자동차를 한대 장만하면 나을 수도 있겠지만, 보험료나 유지비를 생각하면 엄두가 나지 않았다.

그들의 마음이 집주인의 요구를 들어주는 쪽으로 기울어질 무렵 명조의 선배가 청약 공고를 하나 보내왔다. 공고문 표지 사진은 완벽했다. 하늘을 향해 솟아오른 아파트와 총천연색의 상가들, 바로 건너편에 있는 전철역 출구까지. 명조는 인터넷 지도 뷰로 주소를 검색했다. 주소지만 서울시일 뿐 아무것도 없는 벌판이나 다름없었다. 버스 정류장도 걸어서 십분, 전철역까지는 한시간 거리였다. 미주는 웃으면서 주말에 구경이나 가보자고 했다.

그날 명조와 미주는 견본주택에서 세시간 넘게 머물렀다. 둘은 돌아오는 내내 생각에 골몰했다. 먼저 입을 연

사람은 미주였다. 집값은 점점 올라갔고, 티끌 같은 돈은 아무리 모아도 티끌이었다. 그들이 꿈꾸는 미래는 너무나도 멀어 보였다. 도약이 필요했다. 미주가 명조의 손을 잡았다.

"여기가 우리의 발판이 될 거야."

명조도 동의했다. 다시는 최선을 운운하며 타협하는 척하고 싶진 않았다. 사실상 타협이 아니라 포기였다. 계획보다 이르게 찾아온 아기를 포기하겠다고 했을 때, 의사는 후회하지 않겠느냐고 물었다. 혹독한 시기였다. 명조는 이직을 준비했고, 미주가 일하던 피부관리실은 폐업할 예정이었다. 일상마저도 부지하기 버거웠다. 어쩔 수없다고, 그들은 주문처럼 읊조리면서 하루하루를 견뎠다. 후회하지는 않았다. 그래도 포기는 한번으로 족했다.

청약에 당첨된 날, 명조와 미주는 기뻐할 새도 없었다. 전세 보증금과 예금 통장, 대출을 한도까지 채워 받았지만 끝내 부모님에게 손을 벌려야 했다. 예식 비용도 아까웠다. 만져본 적도 없는 금액들이 통장에 찍혔다가 사라질 때마다 심란했지만, 입주할 아파트 동호수가 정해지고 나서는 마음이 한결 가벼워졌다. 명조는 미주에게 그간 고생한 보람이 있다고 말했다. 미주도 그제야 미소를 지었다.

아파트 실측을 마친 다음 미주와 명조는 유유히 단지를 구경했다. 아직 입주가 시작되지 않아서 그런지 아파트는 이제 막 포장지를 뜯은 장난감처럼 어설퍼 보였다. 화단에 심은 나무들은 잎이나 가지라고는 하나도 없어 막대기를 일렬로 꽂아놓은 모양새였고, 놀이터의 놀이기구들도 쇠사슬로 친친 감겨 있었다. 모두 다 새것이었다. 둘은 벅찬 마음으로 서로를 마주했다. 이전과는 다른, 새로운 삶이 펼쳐질 것만 같았다. 그들은 행운아였다.

"명조야."

미주가 화장실에서 수차례 불러도 명조의 대답은 돌아오지 않았다. 미주는 푹 젖은 치맛자락을 힘껏 비틀어 짠 뒤 거실로 나왔다. 소파에 대자로 누운 명조가 보였다. 친구들에게 선물로 받은 로봇 청소기는 연신 모서리만 들이받고 있었다. 미주는 로봇 청소기의 전원을 끈 다음 명조의 어깨를 두드렸다. 명조가 잠긴 목소리로 물었다.

"무슨 일이야?"

"샤워기 밸브가 또 고장 났어. 수도로 돌렸는데 샤워기에서도 물이 나와. 보일러도 안 돌아가고."

미주의 기침이 도무지 멈추질 않자 명조는 건조대에 널어둔 수건들을 걷어왔다. 미주가 괜찮다고, 다시 널어두라며 말렸지만 막무가내였다. 명조는 그녀의 어깨와 머리, 젖은 팔다리를 수건으로 닦아준 다음 아직 차가운 손을 감싼 채 입김을 불어주었다. 가을 날씨치고는 습해서 빨래도 잘 마르지 않았다. 미주는 조금 막막했다. 명조가 한숨을 쉬었다.

"여기 관리사무실은 관리비만 비싸게 받고 제대로 하는 일이 없네. 공구상자, 괜히 버렸나봐."

이전에 살던 빌라 주인은 수리할 곳이 생기면 차일피일 미루거나 세입자에게 어물쩍 책임을 떠넘기려고 했다. 보다 못한 명조가 홈쇼핑에서 가정용 공구상자를 하나 샀다. 상자에는 드라이버나 니퍼, 렌치 등 간단한 수리에 필요한 공구가 다 들어 있었다. 꽤 유용했지만 이사할 때 버렸다. 아파트 관리사무소와 시공사 측은 임시변통을 일절 금지하면서 수리할 일이 생기면 지정된 전문가에게 연락하라고 했다. 하지만 전문가들은 늘 느렸다. 미주는 걱정스러웠다.

"샤워 밸브는 그렇다 치고 온수까지 안 나오면 어쩌지. 나 내일 오전부터 전신 관리 예약 있는데."

"관리실에서 씻으면 안 돼?"

"안 돼. 실장이 싫어해."

관리실에서 머리를 감았다는 이유로 해고된 직원도 있었다. 물론 실장은 곧이곧대로 해고 사유를 밝히지 않았다. 그저 손님이 줄어서 어쩔 수 없다고만 했다. 그러고는 다른 직원들에게는 관리실이 무슨 목욕탕이냐며 험담을 늘어놓았다. 미주는 그때 잠자코 듣기만 했다. 삼년이나 함께 일해도 한번 미운털이 박히면 끝이었다. 게다가 요즘은 호흡기 감염병 때문에 문 닫는 피부관리실이 늘어나는 마당이니 가벼운 감기도 피해야 했다.

"미주야, 너 갈아입을 옷 좀 가져다줄까?"

어느새 미주의 발아래에 웅덩이가 고여 있었다. 미주는 괜찮다고 했다. 지금 시급한 문제는 옷이 아니었다. 내일 아침에 찬물로 씻고 출근하는 건 무리였다. 그녀는 명조에게 온수가 언제 다시 나오는지 알아봐달라고 부탁했다. 명조가 인터폰을 들었다가 내려놓았다. 인터폰 수리를 요청한 지 한달이 다 되어가는데도 관리사무소 측에서는 아무 연락이 없었다. 명조가 말했다.

"주말이라 사무실에 아무도 없을 텐데."

"경비 아저씨는 계실 거 아냐."

그냥 순순히 다녀오면 좋을 텐데, 미주는 그렇게 말하는 대신 허리를 구부리며 기침을 했다. 기침은 눈물이 핑 돌 정도로 매섭고 끈질겼다. 기침이 잦아들 즈음 현관문 열리는 소리가 들렸다. 새삼 명조가 마스크를 제대로 쓰고 나갔을지 걱정됐다. 배달 음식을 받을 때마다 마스크를 쓰고 나가라고 몇번이나 말했지만, 명조는 배달기사만 마스크를 쓰면 된다고 우겼다. 도리어 미주더러 사서 걱정한다며 핀잔을 주었다.

미주에게 걱정이란 일종의 대비였다. 언론에서는 일종의 유행병이라 금세 사라질 거라고 여겼지만, 이 바이러스는 이내 세계를 정복했다. 관리실에 자욱하게 드리웠던 아로마 안개는 습할수록 바이러스 균이 더 오래 살아남는다는 뉴스가 나온 뒤로 사라졌다. 손님들도 하나둘씩 발길을 끊었다. 삼주년을 기념해 회원권 할인 이벤트를 열 때만 해도 예상치 못했던 미래였다.

관리실장은 회원권을 구매한 손님들에게 위생 관리를 철저히 하겠다는 문자를 보냈다. 관리실을 무균실로 만들 태세였다. 미주를 비롯한 직원들은 KF94 마스크를 두개씩 쓰고 일회용 라텍스 장갑을 긴 채 근무했다. 관리실로 꼬박꼬박 배달되던 직원용 식사도 끊겼다. 음식 냄새가 나면 손님들이 불안해한다는 이유 때문이었다. 식당에 갈 수도 없는 노릇이라 휴게실에서 대충 빵이나 간식으로 끼니를 때워야 했다. 휴게실은 햇빛이 들기는커녕 환기한다는 명목으로 창문을 늘 열어두는 터라 냉골이었다. 직원들은 수시로 따뜻한 물을 마셨다.

그래도 누구 하나 그만둔다는 소리가 없었다. 미주는 가끔 직업을 바꾸면 자신의 삶이 얼마나 달라질지 상상하곤 했다. 손가락 관절이 닳도록 다른 사람의 몸을 문지르고 누르는 일에는 이제 진절머리가 났다. 하지만 무언가를 처음부터 다시 시작할 여유는 없었다. 차가운 김밥을 씹을 때마다 그녀는 계단을 상상했다. 삶은 계단과 같았다. 올라가거나 내려가거나 둘 중 하나였다. 자신이 바라마지않던 미래에 다다르기 위해서는 올라가야 했다. 쉬지않고, 계속.

아파트 지하에 있는 관리사무실은 물론이고 로비 측 경비실 문도 잠겨 있었다. 명조는 전화를 수번 걸다가 포기했다. 문이라도 한번 걷어차면 분이 풀릴 것 같았지만 모서리에 달린 CCTV가 마음에 걸렸다. 잘못했다가는 갑질이라고 역으로 비난받을지도 몰랐다. 하지만 빈손으로 집에 돌아갈 수도 없었다. 그는 아파트를 나와서 입구 쪽으로 향했다. 편의점에 들를 생각이었다.

정문 옆에는 삼층짜리 상가가 있었으나 입점한 가게라곤 부동산과 휴대전화 대리점이 다였다. 가장 가까운 마트는 도보로 이십분 거리에 있었다. 다행히 아파트 입구 건너편에 있는 편의점에서 간단한 생필품과 상비약을 판매했다. 명조는 미주가 먹을 종합 감기약 하나 정도는 있을 거라고 믿었다.

편의점에 가려면 4차선 도로를 건너야 했다. 도로에는 승용차뿐 아니라 트럭이며 화물차가 쉴 새 없이 오갔다. 보행자용 신호등은 아직 없었고, 구청에서 임시방편으로 그려놓은 횡단보도가 다였다. 순순히 멈추거나 속도를 늦추는 차는 드물었다. 누가 길을 건너려고 하면 굉음이 날 정도로 속도를 높이면서 지나가는 차들이 더 많았다. 고작 자동차 한대 모는 게 뭐 대수라고, 명조는 순식간에 멀어지는 자동차들을 흘겨보면서 조심조심 길을 건넜다.

편의점 불은 켜져 있었으나 문이 열리지 않았다. 팻말 없이 문만 잠근 걸 보니 잠깐 자리를 비운 모양이었다. 명조는 파라솔 아래에서 편의점 직원을 기다렸다. 사방이 어둑어둑했다. 그 와중에 저 멀리서 흰 불빛이 반짝였다.

약국 간판이었다. 지난번 미주가 약국이 곧 들어올지도 모른다고 말했던 게 기억났다. 그러면 병원도 생길 테고, 기본 내과 병원이면 좋겠지만 이비인후과나 치과, 안과 같은 전문 병원이 들어와도 나쁘지 않다며 신나서 떠들던 모습이 눈에 선했다.

명조는 설레는 마음으로 도로를 건너다가 자빠졌다. 그리고 자동차 경적에 허둥지둥 일어나서 뛰었다. 얼굴이며 손바닥이 다 화끈거렸다. 그는 멀어지는 자동차 뒤꽁무니를 노려보았다. 마음 같아서는 욕이라도 퍼붓고 싶었지만 접질린 발목 때문에 신음만 나왔다. 하는 수 없이 명조는 약국까지 절뚝거리며 걸어갔다. 약국은 열려 있었다. 턱을 괸 채 텔레비전을 보던 약사가 자리에서 일어났다.

"어머, 발목 삐셨어요? 일단 거기 앉아보세요. 파스랑 소염제 드릴까요?"

약사의 얼굴은 유난히 희고 둥그런 데다 목소리도 부드러웠다. 명조는 어쩐지 마음이 차분해지는 것만 같았다. 그는 순순히 약사가 이끄는 대로 의자에 앉아서 기다렸다. 약사가 약장 사이를 바삐 오가면서 파스며 소염제를 종류별로 가져오더니 하나하나 효능을 설명해주었다. 그러고는 직접 파스를 뜯어주고 소염제도 먹고 가라며 물을 떠다주기까지 했다. 명조는 어쩐지 위로받은 기분이 들었다. 그래서 오천원짜리 압박붕대 대신 삼만원 넘는 발목 밴드를 샀다.

"약사님, 저 감기약도 하나 주세요."

"양약하고 한방약 있는데, 어느 쪽으로 드릴까요?"

"잘 듣는 걸로 주세요. 저 말고 아내가 먹을 거예요."

"애처가다, 애처가. 그럼 한방으로 드릴게요. 한방약을 먹어야 한방에 낫지."

평소라면 질색할 만한 농담이었으나 명조는 진심으로 웃었다. 약사는 봉투에 비타민 음료를 두병이나 넣어주면서 부부가 같이 먹으라고 했다. 약국을 나서자 찬바람이 바로 들이닥쳤지만, 명조는 의연하게 아파트를 향해 절뚝이며 걸었다. 약국이 잘되면 병원이 들어설 테고, 언젠가는 건설사 홈페이지에 걸린 그림처럼 번화한 동네가 될 거라고 상상하니 그의 발목 통증도 가시는 것 같았다. 새삼 모든 일이 순조롭게 잘 풀릴 거라는 예감이 들었다.

약국은 오래가지 않아 문을 닫았다. 명조는 아쉬워했다. 좋은 약사였다는 말에 미주는 떨떠름하게 웃기만 했다. 약사는 유리문에 붙여놓은 영업시간보다 늦게 왔고,

마스크를 살 때도 다른 사이즈로 주기 일쑤였다. 표정뿐 아니라 말투도 늘 시큰둥했다. 게다가 손님이 올 때만 마스크를 썼다. 명조는 미주가 너무 예민하게 구는 거라고 일축했다.

"마스크를 온종일 끼고 있으려니까 힘들었겠지. 그리고 손님이 배로 많아졌으니 더 답답하지 않았겠어? 그동안 사람들한테 정이 쌓여서 겨우 버틴 거야."

"일년도 안 돼서 문 닫았는데 무슨. 그리고 손님이 많아지면 장사가 잘되니까 좋은 거지."

"마스크 한장에 얼마 한다고 그래. 마스크로는 수익이 안 난대."

"그런 얘기도 했어? 사이좋네."

"안됐잖아. 요즘 세상에 그렇게 좋은 사람은 찾기 힘들어."

미주는 대꾸하지 않았다. 명조는 한번 좋은 사람이라고 생각하면 끝까지 그렇다고 믿었다. 한때 미주도 명조가 의리 있고 긍정적인 사람이라서 그런 줄 알았다. 순진해서 귀엽다고도 생각했다. 하지만 사회생활 연차가 쌓이다보니 점점 다르게 보였다. 명조는 그저 자신이 틀렸다는 사실을 받아들이기 싫은 것뿐이었다. 미주는 답답한 한편 부럽기도 했다. 그 고집 덕분에 양가 어른들의 우려 섞인 참견을 물리칠 수 있었기 때문이었다.

유일하게 꺾지 못한 사람이 있다면 미주의 어머니였다. 어머니는 아직도 전화할 때마다 언제 예식을 치를 예정이냐고 물었다. 결혼도 관혼상제 중 하나인데 서류 몇장 접수하고 끝내는 건 너무 성의가 없다며 미주를 들들 볶았다. 거창하게 식을 치르는 게 싫다면 스몰웨딩이라도 하라고 했다. 요즘 젊은 애들 사이에서 유행이지 않냐면서. 미주는 절로 한숨이 나왔다. 스몰웨딩은 이름만 단출할 뿐 어지간한 공장형 결혼식보다 비쌌다. 하지만 사실대로 말한들 어머니라면 수긍은커녕 어른들을 무시한다고 화낼 게 뻔했다.

미주가 어머니의 공로를 인정하지 않는 건 아니었다. 어머니는 아이를 셋이나 낳아서 무사히 길러냈다. 절약과 재활용은 의당 따라붙는 습관이었다. 어머니는 직접 뜬 스웨터를 큰딸에게 입혔고, 그 스웨터가 줄어들면 풀어서 미주의 조끼를 짰다. 그다음 쪼그라든 조끼를 다시 풀어서 막내가 쓸 모자를 만들었다. 시장에서 묶음으로 파는 싸구려 털실이라 그런지 보풀이 일거나 생채기가 나곤 했다. 어릴 적 미주에게 뜨개질은 가난의 증표나 다름없었다.

나중에서야 뜨개질이 호사스러운 취미이자 최고의 애정 표현이 될 수 있다는 걸 알았다. 페루산 알파카나 메리노 울로 만든 털실은 보풀이 잘 일지 않았고, 앙고라나 캐시미어 털실은 가볍고 부드러웠다. 그만큼 비쌌다. 미주는 자신의 아이에게는 제일 좋은 털실로 예쁜 장갑을 짜주겠다고 다짐했다. 털실 한타래 값에 연연하거나 시간에 구애받는 일 없이 뜨개질을 해보고 싶었다. 오로지 아이만을 위해서. 그야말로 사치스러웠다.

약국이 있던 자리에 공방이 들어왔을 때 명조는 회의적인 반응을 보였다.

"무슨 가게 이름이 저래. 케 세라세라라니, 될 대로 되라는 뜻 아냐?"

"그래도 뭐든 들어오는 편이 낫지."

공방 선생님은 그런 대화가 오갔다는 이야기를 듣고 웃었다. 친구들이 지어준 이름이라고 했다. 공방에 장식해둔 액자마다 선생님과 친구들의 사진이 들어 있었다. 미주는 사진 속 그들의 환한 미소며 어깨 너머로 보이는 다채로운 풍경, 액자 가장자리를 감싼 레이스 덮개까지 무엇 하나 행복이라는 단어에 어긋나는 게 없다고 느꼈다. 레이스 덮개를 비롯하여 공방에 있는 모든 소품이 선생님의 두 손에서 나온 작품이었다.

"미주님, 신기하지 않아요? 레이스 장식 하나면 평범한 목도리나 장갑도 특별해져요. 단 하나뿐인 소품이 되는 거죠."

레이스 장식이 달린 장갑은 얼마나 더 예쁠까. 미주는 레이스 덮개를 뜨는 법부터 익히기로 했다. 목도리나 장갑 뜨는 법이야 차차 배워나가면 될 터였다. 시간은 충분했다. 아파트 시세가 오르고 있지만 그들이 정한 목표액에 다다르기까지는 아직 한참 멀었다. 그녀는 매주 두번 공방에 다니기로 했다. 목도리도 떠줄 거냐는 명조의 호들갑도 달갑게 들렸다. 소품이 하나씩 완성될 때마다 미주가 바라던 미래도 점점 가까워지는 것만 같았다. 미주는 설렜다.

귀가한 명조가 제일 먼저 마주한 건 미주의 구두였다. 뒤도 돌아보지 않고 벗어던졌는지 구두 한짝은 현관 문턱에, 다른 한짝은 수납장 앞에 놓여 있었다. 그는 구두를 가지런히 놓은 다음 침실로 향했다. 미주는 침대에 누워 있었다. 문을 등진 터라 자는지 깨어 있는지는 알 수 없었으나 명조는 조용히 가방만 내려놓고 화장실로 들어갔다. 손을 닦고 나와도 미주의 몸은 미동조차 없었다. 그는 조심스럽게 침대 가장자리에 걸터앉았다.

"왜 그래, 몸이 안 좋아? 저녁으로 만두 사 왔는데."

"생각 없어."

오늘따라 미주의 말이 쌀쌀맞게 들렸다. 명조는 더는 권하지 않고 방에서 나왔다. 역전 상가에서 찜통째 쌓아놓고 파는 만두는 제법 먹음직스럽게 보였는데, 막상 사서 집에 가져오니 밀가루 맛만 났다. 그는 젓가락으로 만두를 헤집기만 했다. 혹시 큰 소리로 유튜브라도 틀어놓으면 미주가 일어날지도 모른다는 생각이 들었지만, 딱히 볼만한 영상도 없었다. 어제 있었던 일 때문이라면 명조도 서운하기는 마찬가지였다.

부장은 몇주 전부터 회식을 입에 달고 살았다. 재택근무로 팀 내 결속력이 떨어지는 데다 신입사원 환영식이 늦어진다는 이유였다. 아직 집합금지령이 공고한데도 몇명씩 테이블에 나눠 앉으면 된다는 부장의 고집을 꺾을자가 없었다. 명조는 사람들과 함께 안주를 나눠 먹는 게영 찜찜해서 맥주만 마셨다. 그러다보니 금세 취했다.

택시를 탔을 때는 분명히 마스크를 쓰고 있었는데, 내

리고 나서 보니 마스크가 사라졌다. 명조는 손으로 입가를 가린 채 비척거리며 아파트를 가로질렀다. 오가는 사람이 없어 다행이라고 생각했다. 막상 집 앞에 도착했지만 도어록 번호가 떠오르지 않았다. 누르는 족족 틀렸다. 그는 홧김에 문을 걷어찼다. 세입자가 아니라 집주인인데도 마음대로 들어갈 수 없다니. 이내 문이 열렸다. 미주가 퉁퉁 부은 눈을 비비면서 말했다.

"조용히 들어와."

구두를 벗고 가방을 내려놓는 동안 명조는 미주에게 부장 욕을 늘어놓았다. 부디 미주가 자신이 고의로 늦은 게 아니라는 사실을 알아주길, 회사 생활의 고충을 이해해주길 바랐다. 안주에는 손대는 일 없이 마스크만 내렸다 올리면서 맥주만 마시니 헛배가 찼다. 그래서 속이 쓰린 와중에 부장은 명조에게 마스크를 열심히 쓰는 걸 보니 오래 살겠다며 핀잔을 주었다. 아내의 직업 때문에 감염병을 조심해야 한다는 사정을 설명한들 귀담아들을 리 만무했다.

마음 같아서는 명조도 그만두고 싶었다. 조금 더 상식적인 상사가 있고 야근 수당도 챙겨주는 회사로 이직한다면 더 열심히 일할 수 있을 것 같았다. 그가 말을 채 마치기도 전에 눈앞이 캄캄해졌다. 현관 조명이 꺼진 모양이었다. 미주는 불을 켜지 않았다. 바로 옆에 거실 불 스위치가 있었으나 그저 우두커니 서 있기만 했다. 그제야 명조는 혼자서만 떠들었다는 걸 알아차렸다. 미주가 입을 열었다.

"제발. 철 좀 들어."

귓가가 뜨겁게 달아오르고 주먹에는 절로 힘이 들어갔지만, 명조는 가만히 바닥만 바라보았다. 미주의 창백한 발등에는 푸른 핏줄들이 툭툭 불거져 있었다. 바닥을 움켜잡듯 구부러진 발가락과 금방이라도 흔들릴 양 앙상한 발목. 미주는 그의 옷가지를 추스른 다음 침실로 돌아갔다. 명조는 욕실로 가서 찬물로 세수를 했다. 술은 깼으나 마음만은 도무지 진정되지 않았다. 그는 미주의 말을 납득할 수 없었다.

철든 게 아니라면 명조는 이런 유배나 다름없는 아파트에서 버티느니 다시 전셋집을 전전하는 편을 택했을 것이다. 그에게 철이 든다는 건 고통을 스스로 짊어지는 일을 의미했다. 당연히 회사를 그만둘 생각은 없었다. 그저 하소연했을 뿐. 그러나 미주는 위로는커녕 매몰차게 대했다. 이사 오기 전에는 이러지 않았다.

빌라에서 살 적만 해도 그들은 서슴없이 싸웠고 다음 날이 되면 기다렸다는 듯이 화해했다. 얼마든지 그럴 수 있었다. 사랑하니까. 사랑했으니까. 지금은 차마 싸울 용기가 나지 않았다. 사랑하지 않는 건 아니었다. 그래서 두려웠다. 서운하다는 말을 신호로 싸움이 시작될 테고, 상처가 될 말인 줄 알면서도 내뱉었다가 그 순간 상대방이 짓는 표정을 보고는 기이한 억울함과 호승심에 해서는 안될 말까지 할지도 몰랐다. 네가 날 나쁜 사람으로 만들었으니 네가 나쁜 거라면서.

서로 화해를 청하거나 용서하지 않고, 부딪치지 않기 위해 가까워지는 걸 피하는 한편 끝내 놓지 못한 채 영원히 함께 살아간다는 게 가능할까? 영원이라는 두 음절의 단어가 주는 무게감이 명조를 내리누르는 듯했다. 명조는 자신의 부모님처럼 아이를 위한다는 핑계로 서로를 견디며 살아가고 싶진 않았다. 아이에게도 괴로운 일일 터였다. 누구에게 끌려다니거나 매였다는 핑계 없이 넉넉한 삶을 주고 싶었다. 그들이 이 아파트에 온 이유였다.

복잡한 마음을 몇번의 고갯짓으로 털어낸 다음 명조는 반 이상 남은 만두를 냉장고에 넣었다. 발소리를 죽이면서 침대로 들어갔다. 부스럭거리는 소리가 들리더니 미주가 그를 향해 돌아누웠다. 불그스름하게 달아오른 미주의 눈가를 보니 가슴이 덜컥 내려앉는 것만 같았다.

"미안해."

"뭐가?"

"목도리, 못 짜줄 것 같아. 선생님이 공방 닫으신대."

그 말에 내심 마음이 놓였으나 명조는 애써 안타까운 척했다. 미주가 사과할 필요는 없었다. 목도리야 어차피 이미 쓰는 게 있거니와 몇주에 걸쳐 비싼 실로 목도리를 짜는 것보다 인터넷에서 사는 편이 나았다. 가격도 저렴하고 품도 덜 들었다. 공방 하나 닫았다고 우울해하느니 그냥 캐시미어 목도리 하나 사주면 될 텐데. 그렇게 말하는 대신 명조는 미주의 등을 토닥였다.

미주와 명조는 주말 저녁마다 운동 삼아 아파트 단지를 한바퀴 돌았다. 화단에 심은 나무들은 잎사귀는 물론이고 꽃 피울 새도 없이 겨울을 지내서 그런지 대부분 허옇게 말라 죽은 채로 서 있었다. 놀이터는 쇠사슬이며 표지판을 치우긴 했으나 늘 조용했다. 가끔 맞은편에서 그들처럼 산책을 나온 사람들이 다가왔다가 인사 한마디 없이 멀어졌다. 산책의 종착지는 상가에 있는 부동산이었다. 미주는 부동산 유리창에 붙어 있는 전단을 짚으면서 말했다.

"매매가는 올라가는데 도무지 팔리질 않나보네. 역시 로열층이 아니라서 그런가봐."

"로열층이 뭔데?"

"25층 기준으로 치면 10층부터 로열층이라고 보면 돼. 전망까지 좋으면 로열동이고."

"우린 로열층이고 로열동이네."

좋아하는 명조를 보면서 미주는 다소 마음이 가벼워지는 것 같았다. 매매가가 오르는 속도는 예전만 못했고 팔리지 않는 매물도 점점 더 늘어나고 있었다. 들어온다던 전철역은 공사 소식조차 들리지 않았으며 상가도 대부분 비어 있는 상태였다. 그래도 그녀가 구독하는 유튜버의 말에 따르면 서울 쪽에서 거주하던 사람들이 차츰 덜 비싼 외곽을 찾는 추세라니 다행이었다. 유튜버는 부동산 전문가에 책까지 펴낸 사람답게 말을 참 잘했다.

"미주야, 여기 까페 들어오나봐."

지난주까지만 해도 비어 있던 점포에 둥근 테이블이며 상자가 보였다. 불이 켜져 있지 않아 유리창 안쪽은 어둑어둑했다. 창고로 쓰는 게 아니냐는 미주의 추측에 명조가 고개를 흔들었다. 그러고는 벽에 붙어 있는 포스터를 가리켰다. 인디언 서머, 요즘 유행하는 글씨체로 큼지막하게 쓰여 있었다.

명조가 유리창에 얼굴을 붙인 채 눈만 데굴데굴 굴렸다. 미주는 웃었다. 괜찮은 까페가 들어왔으면 했다. 그러면 아파트에서 웅크리고 있거나 서로 눈이라도 마주칠세라 발걸음을 재촉하는 사람들도 까페에서 흘러나오는 커피 향을 맡으면서 한결 부드러워질지도 모른다는 생각도 들었다. 비록 감염병으로 인해 많은 까페가 문을 닫았다지만, 어제 뉴스만 봐도 차츰 감염률이 줄어든다고도 했다. 가망은 충분히 있었다.

까페는 목도리가 거추장스러워질 즈음 영업을 시작했다. 미주는 퇴근길에 까페에 불이 켜진 모습을 보았다. 초록색 페인트로 칠한 벽에는 흰 선반이 있었고, 문에 달린 유리 풍경은 손님이 드나들 때마다 청량하게 울렸다. 까페 주인은 마스크를 쓰고 얇은 니트릴 장갑까지 끼고 있었다. 미주가 라떼 두잔에 브라우니를 주문하자 주인이 눈을 둥글게 휘며 웃어 보였다. 포장하는 동안 미주는 까페 곳곳을 구경했다. 선반에는 요리와 여행에 관한 책들이 꽂혀 있었다.

까페에서 직접 만들었다는 브라우니는 명조의 취향에 딱 들어맞았다. 진하지만 너무 달지도 않고, 꾸덕꾸덕하니 초콜릿을 아낌없이 넣은 듯했다. 기뻐하는 명조를 보니 미주도 기분이 좋았다. 밤에 잠을 설치니 커피는 삼가겠다는 다짐을 잠시 미뤄두길 잘했다는 생각이 들었다. 커피에는 살짝 산미가 돌아 산뜻했다. 다 좋았다. 그녀는 명조에게 이번 주말에 함께 가보자고 했다. 명조는 예전처럼 환하게 웃으면서 고개를 끄덕였다.

까페 바깥에는 테이블과 파라솔이 있었다. 미주가 이 까페를 마음에 들어하는 이유 중 하나였다. 명조는 안에 있는 의자가 더 폭신해서 좋았지만 아직 방심할 순 없었다. 확진자 수는 조금씩 줄어들었다가 이내 다시 늘어나기를 반복했다. 어차피 날씨가 많이 풀린 터라 바깥에 앉아 있는 것도 나쁘진 않았다. 그가 잡지나 스마트폰을 보다가 고개를 들 때면 지나가는 사람들이 보였다. 이 아파트에는 생각보다 많은 사람이 살고 있었다.

까페 주인은 매주 주말마다 바깥에 둔 철제 의자에도 폭신한 쿠션을 깔고 테이블을 깨끗하게 닦아놓았다. 그 사소한 배려에 명조는 살짝 감동했다. 솔직히 그는 까페에서 파는 디저트가 세 종류뿐이고 샌드위치라곤 땅콩잼과 딸기잼을 얄팍하게 바른 게 다라서 좀 아쉬운 마음이 들었다. 하지만 주인 혼자서 이 까페를 운영하는 이상 지금이 최선이라고 생각했다. 커피뿐 아니라 청결 상태도 좋았다. 먼지 하나 없는 건 물론이고 곳곳에 손 소독제가 있었다.

명조는 맞은편에 앉은 미주를 바라보았다. 미주는 어느 작가의 수필집을 읽고 있었다. 까페 선반에 꽂혀 있던 책 중 한권인데, 주인이 직접 추천해준 책이기도 했다. 명조도 거기서 사진집 한권을 골라왔다. 화려한 표지를 보니 꽤 유명한 사진작가 같았다. 사진 속 거대한 폭포며 자국 하나 없이 깨끗한 설원, 빽빽이 솟아오른 나무들의 사진에는 인간이 없었다. 유일한 인간이라곤 보이지 않는 사진작가뿐. 명조는 작가가 대단하다고 생각했다. 혼자라서 무섭진 않았을까.

명조의 손이 미주의 손을 조심스럽게 잡았다. 미주가 웃으면서 그와 시선을 맞췄다. 명조는 새삼 가슴이 벅찼다. 비록 눈에 띄는 삶은 아니더라도 그들은 법을 어기지 않고 성실하게 일했으며 허투루 돈을 쓴 적 없이 살아왔다. 이 아파트는 일종의 포상이었다. 하루하루를 흘려 넘기지 않고 고군분투한 결과였다. 그리고 그들이 바라는 미래로 도약하기 위한 발판이기도 했다.

빌라에 살던 시절 미주와 명조는 뭐든 열심히 했다. 열심히 살기만 했다. 십년 후의 미래라면 모를까 한달 뒤의 미래는 상상할 수 없었다. 주말이면 그들은 환하고 넓은 까페로 피신했다. 수다를 떨든 공부하든 까페에 온 사람들은 쉴 새 없이 무언가를 하고 있었다. 덕분에 시간이 금세 흘러갔다.

당시 그들에게 현재란 임기응변의 연속이었다. 아무것도 정해진 게 없고 정할 수도 없는 미래를 상상하는 것만으로도 짓눌리는 기분이 들 만큼 삶은 연약했다. 전세 계약 만료 즈음 집주인이 보낸 문자 메시지나 정리해고가 있을지도 모른다는 뜬소문에 이리저리 휩쓸려 다녔다. 하지만 이제는 아니었다. 그들 앞에는 분명한 미래가 존재했다.

풍경 소리에 명조가 무심코 돌아보았다. 주인이 서비스라며 스콘과 딸기잼을 담은 접시를 문 사이로 내밀었다. 갓 구운 스콘인지 아직 뜨끈뜨끈한 김이 올라왔다. 명조는 스콘을 반으로 쪼갠 다음 딸기잼을 듬뿍 발라서 미주 앞에 놓았다. 버터 향이 진하게 풍기는 스콘은 고소했고,

딸기잼은 새콤달콤했다. 미주가 웃었다.

"행복하다. 정말."

"나도."

하늘이 어둑해질 즈음 명조와 미주는 자리에서 일어났다. 까페 주인은 괜찮다면 원두 찌꺼기를 가져가라고 권했다. 화장실이나 주방 냄새 제거에 좋다는 말에 둘은 원두 찌꺼기가 든 봉투를 하나씩 골라 들었다. 봉투에서는 그윽하고 깊은 커피 향이 났다. 명조는 공짜 스콘에 공짜 탈취제까지 받다니 운이 좋다고 생각했다. 아파트로 돌아가는 길에 그들은 부동산 유리창을 살폈다. 매매 전단이 붙어 있던 자리가 비어 있었다. 호조였다.

까페는 몇주째 휴점 팻말만 걸어두다가 끝내 문을 닫았다. 명조와 미주가 모았던 까페 쿠폰들은 다 쓰레기가 되었다. 몇주 뒤 같은 자리에 창고 정리 매장이 들어왔다. 바닥에는 신문지가 깔려 있었고, 간판 대신 사장님이 미쳤다는 플래카드가 펄럭였다. 영업시간도 딱히 정하지 않은 모양인지 미주와 명조가 그 앞을 지나칠 때마다 불이 꺼져 있었다. 유리창 안쪽을 힐끔거리는 명조와 달리 미주는 눈길조차 주지 않았다.

주말 산책 도중 가게가 열려 있는 모습을 먼저 발견한 사람도 명조였다. 미주는 마지못해 가게로 따라 들어갔다. 가게 바닥에는 옥수수 열개는 너끈히 들어갈 만큼 큰 찜기들이 차곡차곡 쌓여 있었고, 푸르고 화려한 터키식 문양의 샐러드볼도 보였다. 너덜너덜한 종이상자에는 울긋불긋하게 칠한 소주잔이며 나무 수저들이 담겨 있었다. 명조는 나무 수저가 마음에 드는 눈치였다. 미주는 그의 옷소매를 잡아끌었다.

"그거 나무 아닐걸."

"그래도 튼튼해 보이는데? 가격도 싸잖아. 샐러드볼도 있네."

"필요 없는 건 사지 마. 어차피 저런 건 싸구려야. 얼마 쓰지도 못하고 다 버리게 되어 있어."

싸구려든 아니든 꾸준히 팔리는 듯했다. 벽에는 일주일에 한번씩 트럭으로 신상품을 실어 나른다는 안내문이 붙어 있었다. 미주는 첩첩이 쌓인 밥그릇에 내려앉은 먼지를 손가락 끝으로 털어냈다. 아무래도 주인은 물건을 싼값에 빨리 팔아 치우는 데만 골몰한 모양이었다.

명조의 말마따나 물건은 나쁘지 않았다. 먼지투성이라도 깨끗하게 씻어서 쓰면 됐다. 빌라에서 살 적부터 지금까지 쓰는 그릇과 수저도 다 시장이나 생활잡화점에서 싸게 구매한 물건들이었다. 깨진 데 없고 무난하게 쓸 수 있는 것들. 노랗게 변색이 된 부엌 찬장에는 그 정도면 충분했다. SNS에서 보이는 예쁜 그릇이나 독특한 모양의 수저는 어울리지 않았다.

물론 이 아파트에 있는 가구들은 거의 다 새것이었다. 장판이 살짝 들떴고 베란다 문이 잘 닫히지 않는 등 여러 하자가 있긴 했지만, 새것이라고 생각하면 미주는 마음이 누그러졌다. 하지만 새 그릇이나 수저를 살 마음은 들지 않았다. 어중간한 가격에 적당한 품질로 타협해서 살 생각은 없었고, 어차피 몇년 후면 이사할 예정이기도 했다. 이사 도중 깨지거나 버려도 아깝지 않은 물건이면 족하다고 여겼다.

만약 돈을 써야 한다면, 미주는 조금이라도 흠집이 없고 완벽한 물건을 사는 데 쓰고 싶었다. 그녀는 만지작거리던 그릇의 바닥을 살폈다. 바닥에 표시된 상표를 보니 언뜻 보면 제법 유명한 브랜드 제품 같았으나 무늬가 미세하게 달랐다. 이런 차이를 못 알아봤다면 거부감이 들지 않았을 테지만 지금은 어렵지 않게 알아볼 수 있었다. 그래서 더욱 사고 싶지 않았다. 가게에서 나와 아파트로 걸어가면서 미주가 흘리듯 말했다.

"저런 데는 얼른 망했으면 좋겠어."

"열심히 사는 사람한테 왜 그런 소리를 하냐."

"저기 먼지 덩어리 굴러다니는 거 봤어? 열심히 살면 저렇게 안 살지. 싸구려나 쌓아놓고."

"품질이 괜찮으니까 사람들이 와서 사는 거지."

"아까 나무젓가락 못 봤어? 짝이 안 맞는 걸 무작정 상자에 쏟아놓은 거잖아. 그릇도 그래. 무늬가 이상하게 밀렸다고. 품질이 좋은 게 아니라 싸구려나 사서 쓰는 사람들이 환장하는 거야. 그런 사람들이 있으니까 신나서 싸구려를 파는 거고."

"파는 건 저 아저씨 자유잖아."

"망하라고 말하는 것도 내 자유지. 넌 손님한테 저런 거 내놔도 부끄럽지 않을 자신 있어?"

"요즘 왜 그렇게 예민하게 굴어. 관리실에서 무슨 문제라도 있었냐?"

미주는 대답하지 않았다. 요즘 달라진 사람은 자신이 아니라 명조였다. 서로 목소리가 높아질라치면 명조는 어떻게든 화두를 다른 쪽으로 돌리려 애썼다. 그러고선 다음 날이면 아무 일도 없었다는 듯이 태연한 척했다. 미주

역시 더는 말하려 들지 않았다. 그저 손으로 명치끝만 쓸어내렸다. 어쩐지 묵직한 게 얹힌 것처럼 쓰리고 아팠다.

그릇이 깨졌을 때 명조는 소파에 앉아 있었다. 미주의 외마디 비명이 들렸다. 그는 부리나케 부엌으로 향했다. 바닥에 나뒹구는 깨진 유리 조각과 두 손을 맞잡은 채 서 있는 미주가 보였다. 어디 다친 데 없냐고 물었으나 미주는 아무런 대답이 없었다. 명조가 청소기로 큰 파편들을 밀어내고 작은 파편들을 빨아들여야 했다. 무늬나 생긴 걸 보니 깨진 건 밥공기였다.

명조가 검은 비닐봉지에 깨진 조각들을 주워 담는 동안 미주는 꼼짝도 하지 않았다. 이제 남아 있는 밥공기는 하나뿐이었다.

"미주야. 내가 앞접시로 먹으면 되니까 걱정하지 마."

"아냐. 나 어차피 오늘 입맛도 없어. 난 안 먹으면 돼."

최근 미주는 부쩍 수척해졌다. 외식이나 배달 음식도 생각이 없다며 거절하곤 했다. 명조로선 걱정스러웠다. 그래서 방송 프로그램에서 본 소라구이를 해줄 작정으로 소라를 한상자 주문했다. 그의 기억 속 미주는 조개나 소라구이라면 배부르다는 소리를 하면서도 다 먹었다. 그러나 상자에 들어찬 소라들을 본 미주의 낯빛은 창백하게 질렸다. 기뻐하기는커녕 왜 이렇게 돈을 펑펑 쓰냐고 말했다. 명조의 예상과 사뭇 다른 반응이었다.

"그러면 내가 요 앞 가게에 가서 하나 사 올게."

"싫어. 그럼 짝짝이가 되잖아."

"그럼 두개 사면 되겠네."

"내가 내일 퇴근하면서 마트 들러서 살게."

"늦게 끝나면 마트도 못 가잖아. 거기서 적당한 거 골라서 쓰다가 나중에 사면 되지."

"내가 거기 싫어하는 거 알잖아. 알면서 왜 이렇게 사람을 괴롭혀?"

괴로운 건 명조도 마찬가지였다. 애당초 밥그릇을 여분으로 한두개 더 사놨더라면 일어나지 않았을 일이었다. 그는 이제 절약이라면 신물이 났다. 돈을 아낀답시고 밥그릇을 딱 두개만 사다니. 영리하기는커녕 구차하기만 했다. 찬장에 홀로 남은 밥그릇도 구차해 보였다. 그 구차한 꼴이 보기 싫어서 마저 깨버리고 싶었다. 그러면 모든 게 조용해질 것 같았다. 미주의 어깨가 떨리는 모습을 본 순간, 명조는 고개를 젓고는 최대한 부드럽게 말했다.

"그러면 우리 같이 시내 가서 사 오자."

그들은 아파트 정문을 벗어나 시내 쪽으로 걸었다. 구청에서 대충 줄을 그어서 만든 임시 인도는 성인 두명이 나란히 걷기에는 좁았다. 명조는 미주의 등을 바라보면서 걸었다. 바로 옆에서 차들이 빠르게 지나가도 미주는 걸음을 늦추지 않았다. 명조가 함께 있다는 사실도 잊은 듯했다. 아파트에서 이십분 거리에 있는 시내에는 마트가 있고 약국과 까페, 공방도 있었다. 그들에게 없는 모든 게 당연하다는 듯이 존재했다.

집으로 돌아올 때면 모든 게 자연스럽게 해결되리라고, 명조는 믿었다. 다시 손을 맞잡고 걸어오거나 택시를 타도 괜찮겠다고 생각했다. 시내에는 택시가 많았다. 그러나 조금만 느리게 걸어도 금세 멀어지는 미주의 등을 보니 막막해졌다. 도망치고 싶었다. 자신이 갑자기 뒤돌아서 반대로 뛰어가더라도 미주는 차 소리 때문에 바로 알아채지 못할 것 같았다. 아니면 모르는 척 시내까지 걸어갈지도 모른다.

거대한 화물차가 굉음을 내면서 스쳐 지나가는 순간 미주는 그 자리에서 멈춰 섰다. 금방이라도 차로로 쓰러질 것처럼 위태로워 보였다. 명조는 황급히 다가가 미주의 어깨를 감싸 안았다. 그러고선 화물차를 향해 욕을 퍼부었다. 화물차는 이미 보이지도 않을 만큼 멀어진 후였다. 화물차 운전사는 물론이고 빠른 속도로 지나치는 이들 중 그 누구도 그들을 신경 쓰지 않았다. 명조는 무서웠다. 그는 미주를 껴안은 채 속삭였다.

곧 있으면 회사에서 보너스가 나올 예정이라고. 그 보너스로 식기 세트를 하나 장만하거나 근교로 여행이라도 다녀오면 좋을 것 같았다. 아니면 좀더 돈을 보태서 경차 한대를 뽑는다면 출퇴근은 물론이고 주말에 나들이도 나갈 수 있었다. 적어도 지금보다는 훨씬 나아질 거라고 말했다. 그러면 그들은 계속 나아갈 수 있었다. 명조가 미주와 자신에게 할 수 있는 최선의 격려였다. 미주는 계속 명조의 시선을 피하기만 했다. 좋지 않은 징조였다. 명조는 미주를 안은 팔에 힘을 주었다. 여기서 깨진다면 그들은 아무것도 되지 못했다. 그릇은 깨지면 다시는 쓸 수 없는 쓰레기가 된다. 그들이 지닌 모든 가능성을 쓰레기처럼 버리고 싶진 않았다. 미주가 웅얼거렸다. 식기 세트를 사거나 근교로 여행을 가는 일은 물론이고 새 차를 장만하는 건 더 어려울 거라고. 그녀의 목소리는 점차 줄어들었지만, 못 알아들을 정도는 아니었다.

"다음 달에 휴가 내. 이틀 정도. 병원은 내가 알아볼 테니까…… 또 생겼어."

두번째였다. 너무 일렀다. 태몽 같은 예고조차 없이, 느닷없는 급습이라는 점은 첫번째와 다르지 않았다. 누구의 실수일까. 명조는 책임을 묻는 순간 모든 게 깨질지도 모른다고 생각했다. 아직은 일렀다. 아무것도 되지 못했으니까. 하지만 무슨 말을, 뭘 해야 할지 알 수 없었다. 그래서 그저 멍청하게 되묻기나 했다.

"또?"

가로수 한그루 없는 도로로 햇빛이 무너지듯 쏟아졌다. 바람은커녕 차들이 지나갈 때마다 탄 냄새가 코를 찔렀다. 있는 그늘이라곤 서로의 그림자가 다였다. 명조는 괜찮다고 말했다. 무엇이, 어떻게 괜찮아질지는 모르나 그 말밖에 나오지 않았다. 미주와 명조는 서로의 눈을 들여다보면서 미래에 대한 확신을, 남아 있는 부스러기를 찾으려고 했다. 그러나 보이는 건 핏발 선 흰자와 탁한 눈동자뿐. 받아들여야 했다. 이제는 꿈꾸는 일이 두려웠다.

이지의 다카코

* * ✤

자리로 돌아온 이지는 다카코에게서 부재중 전화가 왔다는 걸 확인했다. 지금 자신이 있는 브루클린은 막 정오를 지났지만 다카코가 있는 한국은 아직 새벽일 터였다. 이지는 파티션 맞은편에 앉아 있는 캐빈에게 눈짓으로 양해를 구한 다음 전화를 걸었다. 다카코는 통화연결음이 채 끝나기도 전에 전화를 받더니 대뜸 목소리를 낮추라고 했다. 그러고는 단순한 일사병 증상일 뿐인데 의사의 호들갑으로 병원에 입원했다며 불평을 늘어놓았다.

"다카코, 정말 괜찮으신 거예요?"

수화기 너머로 다카코의 코웃음 소리가 들렸다. 다카코는 이지의 질문에 대답하는 대신 퇴원 예정일을 불러주면서 제주행 비행기 탑승 일자와 겹치지 않는지 확인해보라고 채근했다. 이지가 무슨 일이 있었느냐고 묻자 한숨을 쉬었다. 집 앞에 있는 선인장 화분에 물을 주러 나갔다가 쓰러졌다고 했다.

"선인장은 더위에 강하잖아요."

"가시 끄트머리가 갈색으로 타버릴 정도였어. 한국 더위는 끔찍하다니까."

이지는 구글로 한국 날씨를 찾아보았다. 올해는 어느 나라나 극악한 더위에 시달렸고, 그로 인한 사망자 중 다수는 노인이나 아이들이라고 했다. 다카코를 발견하고 구급차를 부른 사람은 이웃에 사는 대학생이었다. 다카코는 이제 옆집에서 아무리 시끄럽게 굴어도 한소리 할 수 없다며 마뜩잖아했다.

"게다가 이 병실에는 노인밖에 없어. 작정하고 몰아넣었나봐. 가뜩이나 좁은데 침상은 여섯이라니. 기지개도 마음대로 못 켠다니까."

"괜찮으시겠어요?"

"너나 여권 잘 챙겨 오고, 입단속 잘해. 네 외할머니한테는 절대 비밀이다."

"지금이라도 솔직하게 털어놓으시는 건 어때요?"

"시끄럽다."

다카코는 이지에게 면박을 주었다.

"내 장담컨대 언니가 알면 뒤집어질걸."

이지도 동의하는 바였다. 몇년 전 이지의 남동생인 영수가 친구들과 한국에 놀러갔을 때 외할머니는 입에 거품을 물 정도로 난리를 피웠다. 영수는 한국이 안전한 곳이라고 호소했다. 자정이 넘어도 거리가 밝고 사람들로 넘쳐난다고 했지만 소용없었다. 외할머니는 기어코 영수에게서 다시는 한국에 가지 않겠다는 약속을 받아냈다. 한국만 가도 난리법석인데 제주도에 간다고 하면 그 여파가 얼마나 클지 차마 상상조차 할 수 없었다.

통화를 마친 이지는 제 눈앞에 들이민 치즈프레첼 봉지를 보았다. 캐빈이었다. 케빈은 원하는 만큼 집어가라고 했다. 이지는 기꺼이 권유를 받아들였다. 마침 입이 심심하던 참이었다.

"어머니셔?"

"우리 외할머니의 여동생이야."

"일찍 끊으셨네, 부러워라."

작년 말 캐빈은 형의 파혼으로 가족들의 전화에 한참 동안 시달렸다. 가족이라고 해봤자 몇번 본 적도 없던 친척까지 전화해서 닦달했다. 독일계 미국인 팀장은 캐빈이 전화를 받느라 회의 도중 자리를 비울 때마다 고개를 저었다. 파혼은 당사자 사이의 문제지 가족이 나설 이유가 없으며, 형의 문제인데 애꿎은 동생에게 전화를 거는 이유가 무엇인지 모르겠다고 했다. 팀장은 캐빈이 전화를 받지 않거나 도중에 끊으면 어떤 참사가 일어날지 모르는 눈치였다.

캐빈은 팀장이나 동료들을 설득하는 대신 익살맞은 어조와 푸념 섞인 사과로 웃기는 쪽을 택했다. 이지는 그의 심경을 어느 정도 이해할 수 있었다. 개인의 선택이 일탈이 되고, 그 일탈이 공동체의 체면에 누가 된다고 믿는 사람들이 존재한다는 걸 하나하나 설명하는 건 너무 번거로웠다. 그리고 팀장은 아무리 사소한 문제라도 이해가 될 때까지 꼬치꼬치 캐묻는 사람이었다. 건축사로서는 장점일지 모르나 같은 사무소 동료인 이지로서는 좀 부담스러웠다.

"다음 주는 제주도에 간다고?"

"응. 무사히 떠나려면 일단 어린이집 리모델링 건 통과시켜야지. 다시 하라고 하면 안 돌아올 거야."

"망했다. 아시안 동포가 사라지다니…… 무사히 돌아오기만 하면 저녁 살게."

캐빈은 일부러 아랫입술을 쭉 내밀면서 우는 척했다.

이지는 웃었다. 언젠가 복도에서 캐빈이 가족과 낯선 언어로 통화하는 목소리를 들은 적이 있었다. 평소 까불까불하고 높은 그의 목소리는 중국어로 말할 때면 한층 낮고 부드러워졌다.

사무실 동료들은 좋은 사람들이었다. 간혹 이지와 캐빈에게 중국산 분유에서 검출된 멜라민 수치나 공산당 위원장 선출 방식, 광화문광장의 촛불집회며 한국 연예인들에 관해 질문한다는 점만 빼면. 그럴 때마다 이지는 모른다고 했고, 캐빈은 가볍게 웃어넘겼다. 둘 다 미국에서 태어나고 자란 터라 중국이나 한국에 대해서 아는 것이 별로 없었다. 그저 이 부서의 인종 다양성 평가 점수에 도움이 된다는 게 다였다.

이지와 다카코의 첫인사는 악수였다. 열 살인 이지에게 아직 머리카락이 잿빛이었던 다카코는 선선히 레이스 장갑을 낀 손을 내밀었다. 보통 어른들은 이지와 영수 남매를 보면 껴안고 뽀뽀를 하거나 호들갑을 떨곤 했다. 다카코의 인사는 그저 이지의 손을 살짝 힘주어 잡았다가 놓는 데 그쳤다. 그후로 다카코는 매해 추수감사절마다 남편과 함께 미국을 방문했다. 외할머니가 하나밖에 없는 여동생이 고작 사나흘밖에 머무르지 않는다며 불평할라치면 다카코는 나가사키에서 텍사스까지 오면서 몇번이고 돌아갈 뻔했다고 퉁을 놓았다. 그녀는 조카손주인 이지와 영수 남매에게 자신을 이모할머니 대신 이름으로 부르라고 했다.

"너희는 미국인이잖니."

"진짜 이름이 뭐예요?"

"다카코면 족해."

다카코는 귀찮은 눈치였다.

"너희 외할머니도 지금은 마리아잖아."

아무리 미국이라 한들 이지와 영수는 외할머니를 한국 이름인 금화나 미국 이름인 마리아로 불러본 적이 없었다. 예의범절에 엄격하던 어머니도 다카코의 폭정을 순순히 받아들였다. 심지어 한술 더 떠서 남매에게 다카코가 머무는 동안 가급적 영어를 쓰지 말라고 했다. 한국어로 기본 회화밖에 할 줄 모르는 아버지도 마찬가지였다. 결국 추수감사절 식탁에서 유창하게 대화하는 이들은 외할머니와 다카코뿐이었다. 이지와 영수 남매는 다카코와 쉴 새 없이 대화하는 외할머니가 평소 영어로 하는 말싸움에 침묵으로 일관하던 외할머니와 동일 인물이라고 믿기 어려웠다. 한국어 교본을 막 뗀 영수가 둘의 대화를 엿듣고 몇몇 단어가 틀렸다고 지적했을 때 다카코는 불쾌한 기색을 숨기지 않았다.

"어디서 육지 말만 배워 와서 언니랑 나한테 틀렸다고 해?"

"선생님이 이게 맞는 말이라고 했는데요. 교양 있는 한국 사람들이 두루 쓰는 말이랬어요."

"그러면 너는 중이처럼 살금살금 기어 와서 남의 말이나 함부로 엿듣고 참견하는 게 교양 있는 행동 같으냐?"

"중이가 뭔데요?"

"새앙쥐지 뭐야. 이 말도 틀렸다고 할 참이니? 얼른 네 선생님한테 가서 일러바쳐라."

호된 축객령에 영수는 울먹거리면서 방으로 올라가버렸다. 이지는 어깨를 수그린 채 다카코의 눈치만 봤다. 텔레비전을 보는 척했지만 외할머니와 다카코가 나누는 이야기가 더 흥미로웠다. 영수의 말마따나 낯선 단어들도 있었지만 오사카의 양말 공장에서 미싱을 돌리다가 손가락이 갈고리처럼 휘어버렸다거나 부른 배를 안고 외할아버지를 따라 미국으로 이민을 와서 쩔쩔맸던 외할머니의 이야기는 몇번을 들어도 신비로웠다. 반면 다카코는 외할머니의 이야기에서 틀린 부분을 정정하기만 할 뿐 자신의 이야기를 풀어놓는 데는 박했다.

다카코의 남편인 나카하라 미노루는 누구에게든 한없이 다정한 사람이었다. 한국어는 한마디도 할 줄 몰랐지만 언짢아하기는커녕 상냥한 눈빛으로 가족들을 지켜보곤 했다. 그가 가져온 트렁크는 늘 가족들을 위한 선물로 가득 차 있었고 그중 태반이 이지와 영수 남매를 위한 것이었다. 영수는 소금으로 만든 비스킷이 달콤하다며 놀랐고 이지는 물에 넣으면 한겹씩 피어나는 종이꽃을 하염없이 쳐다보곤 했다. 미노루는 종종 그들에게 영어로 말을 건넸다. 고전 희곡에서나 나올 법한 길고 어려운 단어나 고어들을 다수 섞어서 말하는 통에 되레 남매가 그에게 무슨 뜻인지 묻기도 했다. 그러면 미노루는 고심해서 좀 더 쉬운 영어 단어로 바꾸어 말하거나 뜻을 풀어서 설명해주었다.

추수감사절 연휴가 끝나면 다카코와 미노루는 나가사키의 고적한 가옥으로 돌아갔다. 미노루는 텅 빈 트렁크를 뉴욕 곳곳의 고서점을 돌아다니며 사 모은 책으로 가득 채웠다. 그는 남매에게 어떻게 방 두칸의 벽을 헐어 서재로 만들었는지 말해주었다. 심지어 장지문에 기대어 앉아 책을 읽을 때마다 들리는 새소리를 휘파람으로 흉내내기도 했다. 즐거워하는 아이들에게 언젠가 꼭 오라고 권하는 미노루와 달리, 다카코는 새초롬한 표정으로 입술을 가늘게 다문 채 한마디도 하지 않았다.

미노루는 파혼과 퇴사 후 집에서 한발짝도 나가지 않았던 이지에게 나가사키로 오라고 권했다. 그러고는 통화 말미에 이지를 초대한 건 다카코의 뜻이라고 덧붙였다.

공항은 가지각색의 트렁크와 사람들로 붐볐지만 이지는 어렵지 않게 다카코를 찾을 수 있었다. 다카코는 다카코였다. 찌는 무더위에도 레이스 장갑을 낀 데다 치맛자락은 발목까지 내려왔고, 한 손에는 양산까지 들고 있었다. 다카코는 저를 향해 손을 휘젓는 이지를 보면서 샐쭉하면서 고개를 저었다. 그 바람에 그녀의 단발머리가 흔들렸다. 다카코는 늘 귀 밑에 닿을락 말락 한 길이의 단발을 고수했다. 이지는 조심스럽게 다카코의 앞으로 다가섰다.

"넌 늘 머리를 풀어헤치고 다니는구나. 혹시 그게 네 멋이니?"

"아닐걸요."

그 대답에 다카코가 짧게 혀를 차고는 손바닥만 한 종이상자를 건넸다. 상자에는 무심하게 뚝뚝 자른 검은 떡과 조그마한 플라스틱 포크가 들어 있었다.

"비행기에서 먹겠다고 법석 떨지 말고 여기서 먹어라."

"와라비 모찌는 진짜 오랜만이네요. 꿀은요?"

"바라는 것도 많구나, 콩가루에 설탕도 넣었으니 뿌리면 돼."

다카코의 핀잔에 이지는 군말 없이 콩가루를 뿌렸다.

"너희 외할머니는 별말 없던? 상견례에 빠진다는데."

"상견례요?"

이지는 어렵잖게 그 단어의 뜻을 기억해냈다.

"가족여행일 뿐인데요. 그리고 리사는 한국인이 아니라 라티노예요."

리사는 영수와 결혼할 여자였다. 가족들은 플로리다 여행 겸 영수와 리사를 보러 가겠다고 했다. 외할머니는 허리 디스크로 거동이 불편했지만 머리카락을 갈색으로 염색하겠답시고 미용실 의자에서 한시간 넘게 버텼다. 부모님도 색이 들어간 선글라스를 새로 장만하는 등 조금 들뜬 듯했다. 이지가 일을 핑계로 가지 못한다고 했을 때 아쉬워했으나 별다른 면박은 주지 않았다.

영수도 딱히 서운한 눈치가 아니었다. 대신 스카이프로 간단하게 인사를 나누자고 했다. 분위기는 그럭저럭 괜찮았다. 이지는 리사의 미소가 마음에 들었다. 리사는 흰 이를 남김없이 다 드러내면서 웃곤 했다. 외할머니나 다른 가족들이 흙먼지를 뒤집어쓰고 오더라도 망설이지 않고 껴안아줄 것 같았다.

"그애는 뭘 좋아하니?"

이지는 대답하는 대신 모찌만 열심히 먹었다. 그녀의 예상은 확신할 수 없는 추측과 낙관에 불과했다. 나카무라 내외가 그녀의 약혼자에게 준 결혼 선물은 흑단으로 만든 매끈하고 날렵한 펜 받침대였다. 다카코가 직접 골랐다는 말마따나 펜 받침대는 어디 하나 허투루 마무리된 곳이 없었다. 이지의 파혼 후 누구도 그 아름다운 펜 받침대의 행방을 묻지 않았다.

"이제 영수는 완벽한 미국인이 되겠구나."

다카코는 무감한 어조로 중얼거렸다. 이지는 남은 모찌를 콩가루와 함께 전부 입안에 밀어 넣고 천천히 씹었다. 공항의 천장은 까마득하게 높고 환했다. 어두운 모서리라고는 찾아볼 수 없었다. 매끄러운 바닥은 수천개의 트렁크 바퀴들이 오가는 소리들을 모조리 삼켰다. 공항은 여러 곳에서 온 수많은 사람들을 한데 모았다가 제각기 가야 할 곳으로 흘려보냈다. 허둥대거나 안절부절못하던 이들 역시 자신이 타야 할 비행기에 무사히 탑승했다. 이지와 다카코도 시간에 맞춰 제주행 비행기를 탔다.

비행은 두시간밖에 걸리지 않았다. 이지는 승무원들이 따라준 감귤 주스를 두잔이나 마셨다. 기내 스피커로 제주도에 관한 설명이 흘러나왔다. 대부분 이지가 어렵지 않게 알아들을 수 있는 말이었으나 종종 '천혜' 같은 어려운 단어들이 튀어나와 난색케 했다. 다카코는 비행기가 이륙하기 전부터 눈을 감아버렸다. 이지는 몇번이고 다카코의 안색을 살폈다. 야트막한 창 너머로 펼쳐진 푸른 하늘과 그보다 더 푸른 바다는 액자 속 그림처럼 가짜 같았다. 벨트 잠금 장치에 얹힌 다카코의 창백한 손등의 푸른 혈관들이 이지러진 모습이 보였다. 늘 끼고 다니던 레이스 장갑은 그녀의 무릎 위에 고이 개켜져 있었다.

나가사키에서의 시간은 나비처럼 어떤 흔적이나 소리도 없이 날아갔다. 이지는 영수와 스카이프로 대화하던 중 나가사키에 머무른 지 세달이나 지났다는 사실을 깨달았다. 미노루와 다카코는 장지문과 다다미로 조밀하게 짜인 일본식 이층 가옥에 살았다. 두 사람의 행동반경을 감안하면 지나치게 넓은 집이었다. 종종 이지가 방에 누워 있을 때면 장지문을 두드리는 바람 소리가 들렸다.

조카손녀라는 군식구가 몇달씩 머물러도 다카코는 싫은 기색을 내비치지 않았다. 다다미에 과자 부스러기를 흘리거나 잠자리 정돈이 마음에 차지 않을 때 매섭게 꾸짖는 정도였다. 미노루는 서재에 틀어박혀 있다가도 영어로 된 소설책 몇권을 들고 이지가 묵는 손님방을 방문했다. 이지가 책을 들춰보는 동안 그는 콧잔등에 걸친 안경걸이를 추켜올리면서 반응을 기다리거나 마른 과자를 내주었다.

내외는 이지를 데리고 일주일에 두어번 외출했다. 시끌벅적한 아케이드를 지나 고적한 나가시마 강가를 산책하다보면 이지의 마음도 차분해졌다. 종종 다카코가 옛날에 있었던 일들을 이야기해주곤 했다. 이지는 열심히 들었다. 흥미진진하기도 했거니와 자신이 존재하기 이전의 이야기란 눈앞에 산재한 현실에 비하면 덜 부담스러웠다.

다카코는 젊었을 적 전통과자 가게에서 일했다. 이지는 외할머니가 양말공장에 다녔다는 이야기는 익히 알고 있었지만 다카코의 이야기는 처음 들었다. 막 일본으로 건

너왔던 다카코는 일본어라고는 몇마디밖에 할 줄 몰랐다. 대신 그녀는 나비 날개처럼 얇은 종이들을 구김 하나 없이 몇장씩 겹치거나 매듭끈을 솜씨 좋게 묶을 만큼 손끝이 야무졌다. 눈치도 빨라 손님들이 원하는 과자를 실수 없이 집게로 집어내기도 했다. 물론 일본어에 능하고 손이 빠른 점원은 수두룩했지만 다카코의 손을 따라잡을 사람이 없었다. 미노루는 다카코의 손이 사슴뿔처럼 희고 곧았다고 찬사를 늘어놓았다. 이지는 외할머니의 손을 떠올렸다. 양말공장에서 십년 넘게 일했던 외할머니의 손가락은 이리저리 휘어졌고 손톱은 울퉁불퉁해 매니큐어를 칠해도 모양새가 나지 않았다. 다카코의 손은 여전히 자작나무처럼 꼿꼿하고 하얀 데다 손톱은 얼마나 매끄러운지 햇빛이 닿을 때마다 반짝거렸다. 미노루는 다카코에게 거미줄처럼 섬세한 레이스 장갑을 사주었다. 선물한 장갑이 열켤레쯤 되었을 때 다카코는 나카무라 미노루의 청혼을 받아들였다. 그녀는 얼마 안 되는 짐을 들고 미노루의 집으로 들어갔다.

　"가게 사모님이 얼마나 실망했는지 몰라, 골라도 고작 이런 사람을 고르냐고 말이지. 듬직한 맛도 없는 서생이라니 일찍 병사할 거라고 했어."

"못됐네요."

"뭘 모르면 함부로 말하지 마라. 좋은 분이었으니까."

그들이 한국어로 이야기하는 내내 미노루는 곁에서 태평하게 강만 보면서 걸었다. 이지는 미노루가 한국어를 몰라서 다행이라고 생각했다.

"내가 직인과 결혼해서 가게를 잇기 바라셨던 거야."

다카코는 능숙한 점원인 데다 다이후쿠나 와라비 모찌를 만드는 법도 빨리 익혔다. 자식과 남편을 일찍 떠나보낸 주인은 일본인도 아닌 일개 점원에게 가게를 물려줄 생각까지 할 만큼 그녀를 아꼈다. 심지어 다카코의 지참금까지 마련해주었다.

"저번에 먹은 와라비 모찌 맛있었는데. 가게도 물려받았으면 좋았잖아요."

"실례야. 적당히 맛만 있다고 자족하는 건 노렌에 먹칠하는 꼴이지."

"노렌이 뭔데요?"

"넌 그것도 모르니? 대학도 나온 애가. 문에 걸어두는 커튼 같은 거야."

"대학에서 그런 걸 배운 적이 없어서요."

"어쨌든, 과자는 허투루 만드는 게 아니야. 진심전력으로 해야지."

"과자가 그렇게 심오한 줄 몰랐네요."

"사모님이 너무 기대했어."

다카코는 땀을 훔쳐내듯 손등으로 이마를 가볍게 훑었다. 땀조차 흐르지 않을 만큼 선선한 날씨였다.

"난 이미 버거운걸."

이지는 휘청거리는 다카코의 팔꿈치를 잡고 부축했다. 다카코는 뿌리치지 않았다. 미노루의 걱정스러운 눈빛과 재촉에 셋은 마침 눈에 보이는 까페로 들어갔다. 미노루는 다카코의 손을 주무르며 부드러운 어조의 일본어로 이지가 알아들을 수 없는 말들을 속삭였다. 다카코는 가볍게 고개를 끄덕이거나 입가에 옅은 미소를 띠곤 했다. 이지는 그동안 배운 일본어 낱말들로 그들의 대화를 이해해보려고 애썼지만 무리였다.

다카코는 제주에 도착한 뒤로 일본어만 고수했다. 그녀는 레이스 장갑을 낀 손을 가볍게 저어 택시를 잡았다. 렌터카를 빌리자는 이지의 제안은 묵살되었다. 다카코는 호텔 주소를 적은 쪽지를 택시 기사에게 내밀면서 일본어로 인사를 건넸다. 택시 기사도 제법 유창한 일본어로 대답했지만 이내 이지를 향해 머쓱하게 웃어 보였다.

"그…… 손녀분은 한국어 좀 하시나? 요즘 젊은 일본 사람들은 한국어 잘하던데."

이지가 눈을 깜박이며 대답을 고민하는 사이 택시 기사는 나름의 결론을 내린 모양이었다. 라디오 음량을 한층 높인 가운데 택시는 천천히 공항에서 벗어났다. 이지는 차창 너머로 보이는 야자수와 푸른 하늘을 보면서 사진으로만 봤던 플로리다의 해변을 떠올렸다.

다행히도 호텔 직원은 일본어를 능숙하게 구사했다. 다카코에게 나카무라 부인이라고 부르면서 객실까지 안내해주었다. 이지는 입을 꾹 다문 채 그들을 따라갔다. 그녀가 구사할 줄 아는 일본어는 간단한 인사말 정도였다. 직원은 안내를 마친 다음 인사하고 나갔다. 이지는 다카코에게 왜 한국어는 쓰지 않느냐고 묻고 싶었다. 그러나 소파에 가로누운 다카코를 보자 그 말이 쏙 들어갔다.

"괜찮아요?"

"넌 괜찮다는 말밖에 할 줄 모르니. 트렁크에 찻잎이 있단다."

다카코의 입술은 새파랗게 질려 있었다. 이지는 서둘러 전기 포트에 물을 끓였다. 트렁크에는 차통과 거름망 등 간단한 다구들이 구비되어 있었다. 이지는 떨리는 손으로 찻물을 걸렀지만 여전히 찻잔에 찻잎이 떠다녔다. 다카코가 두어모금 정도 차를 마시고 옆에 있는 탁자에 내려놓을 때까지 이지는 소파 옆에서 가만히 서 있었다.

"수고했다. 너도 가서 쉬렴."

"내일 어디 가실래요? 로비에 교통편을 물어볼게요."

"내일은 좀 쉬런다. 너나 구경하고 오렴."

이지는 포트에 남은 물의 양을 가늠한 다음 조심스럽게 방에서 나왔다. 복도에는 금사로 수놓인 붉고 두툼한 카펫이 깔려 있었다. 얼마나 푹신푹신한지 발소리조차 들리지 않을 것만 같았다. 이지는 복도를 수차례 왕복했다. 가끔씩 방문에 귀를 댄 채 기다렸지만 아무런 소리도 들리지 않았다.

로비에서 이지는 비치된 관광지도며 책자를 모조리 챙겼다. 그리고는 호텔 프런트에 놓인 가죽 소파에 앉아 책자와 지도를 하나하나 펼쳐보았다. 대부분 비슷한 내용이었다. 환상적이고 아름다우며 멋지다는 형용사들로 범벅이 된 찬사와 이 섬에서 빼놓을 수 없는 구경거리가 될 것이라는 약속을 남발했다. 테마파크며 박물관도 곳곳에 들어서 있었다. 제주도에서 가장 크다는 아쿠아리움도 호텔에서 차로 두시간이면 갈 수 있다고 했다. 이지는 구글 지도로 경로를 확인하던 중 무심코 페이스북 채팅창을 열었다. 서너통의 업무 메시지 중 캐빈의 메시지도 보였다. 내 아시아 동포가 그리워, 그 익살에 이지는 조금 가벼워진 마음으로 웃었다.

미노루는 다카코에게 결혼기념일 선물로 양산을 선물했다. 그는 곧 미국으로 귀국할 조카손녀의 선물도 빼놓지 않았다. 이지의 선물은 금사와 은사로 화려한 무늬가 수놓인 비단 공이었다. 공은 부드럽고 가벼운 데다 아름답기까지 했다. 다카코가 받은 남색 레이스 양산도 그에 못지않게 빼어났다. 금빛의 가느다란 양산대는 곧게 뻗어 있었고 양산에 붉은 비단실로 수놓은 가늘고 긴 동그라미 무늬들은 보는 이의 시선을 사로잡았다. 미노루는 이지에게 그 동그라미 무늬들이 남천열매라고 알려주었다.

"전화위복이라는 말이 무슨 뜻인지 아니?"

이지는 솔직하게 모른다고 대답했다. 그 곁에서 다카코가 한심하다는 듯 눈을 흘겼다. 미노루는 팔짱을 낀 채 한참 동안 고심했다. 이내 적절한 예시를 찾은 듯 영어로 더듬더듬 한마디씩 늘어놓았다.

"겨울이 오면 작은 새들이 곤경에 처한단다. 벌레나 열매를 먹으면서 사는 새들이니까. 하지만 남천열매는 가을에 맺혀서 겨울까지 남아 있거든. 새하얀 눈밭에서도 저 남천열매는 불씨처럼 빨갛게 반짝거리지."

미노루의 열띤 설명에도 이지는 납득하지 못한 눈치였다. 미노루는 그에 굴하는 대신 서재에서 도움이 될 만한 자료를 찾아보겠다며 탁자를 짚고 일어섰다. 이지는 놀란 눈으로 그의 동그란 등이 거실을 벗어나 복도 끄트머리로 사라지는 모습을 지켜보았다. 나가사키의 미노루는 매해 추수감사절 식탁에서 수줍게 미소 짓던 미노루보다 훨씬 적극적인 사람이었다. 그는 학교에서 영어를 가르쳤고 다른 언어로 쓰인 글도 어렵잖게 읽어냈다.

"미노루는 왜 한국어를 배우지 않았어요?"

"굳이 배울 필요가 없잖니."

다카코는 양산을 접으면서 대꾸했다.

"그럴 시간도 없고."

"다카코가 답답하잖아요?"

"너, 모르니? 난 일본어도 할 수 있어. 네 한국어 실력보다는 나을걸."

다카코는 핀잔을 주고는 탁자에서 식은 찻주전자와 빈

그릇을 치웠다. 별안간 거실에 혼자 남겨진 이지는 누구든 돌아오길 기다렸다. 그러나 서재로 간 미노루는 감감무소식이었고 다카코가 있는 주방에서는 그릇이 달가거리는 소리만 났다.

언제쯤 다카코가 자신을 내쫓을까. 이지가 기억하는 한 다카코는 애들을 그다지 좋아하지 않았고, 조카손녀라는 이유만으로 몇달씩 묵게 해줄 만큼 호락호락한 사람이 아니었다. 다카코는 이지의 이름이 영어 그대로 쉽다는 뜻인 줄 알았다고 했다. 외할머니가 그 말이 농담인 줄 알고 자지러지듯 웃었을 때 이지는 입을 삐죽거렸다. 다카코는 사과는커녕 꿋꿋이 제 주장만 내세웠다. 어른들이 힘들게 살았으니 아무것도 모르는 애들은 쉽고 편하게 살아도 된다고.

이지라는 이름은 어머니가 외할머니의 불교 경전에서 고른 이름이었다. 어머니는 이지란, 이성과 감성이라는 두 관문을 거쳐 사물의 본질을 꿰뚫고야 마는 진리를 의미한다고 했다. 꽤 멋진 작명이었으나 대부분 이지의 이름을 들으면 다카코와 똑같은 반응을 보였다. 정준도 그녀와 사귀기 전까지는 이지라는 단어가 있는지 몰랐다고 했다.

정준은 자신의 무지를 부끄러워하지 않았다. 그 모습에 이지는 그를 솔직한 사람이라고 생각했다. 다만 솔직하다 못해 감정을 여과 없이 드러낸다는 점이 문제였다. 정준은 점원의 불친절한 태도에 일일이 분노를 터뜨렸고, 몇 주째 엘리베이터가 고장인데도 아무 조치도 취하지 않는 관리인에게 소리를 질렀다. 눈꼬리를 가늘게 찢는 시늉을 하는 아이들을 뒤쫓기도 했다.

이지는 정준이 좀더 세련되게 대처하길 바랐다. 점원이 야 돈을 잘못 거슬러주지 않는 이상 화를 낼 필요가 없었고, 관리인에게 소리를 지르는 대신 관리사무소나 집주인에게 메시지를 보내면 될 일이었다. 좀더 냉정해지고 무뎌져야 했다. 그러나 정준의 신경은 그가 그리는 설계 도면의 선만큼이나 섬세하고 곧았다. 이지는 정준도 시계추처럼 규칙적으로 오가는 삶을 살다보면 곧 익숙해질 것이라 믿었다. 그의 마음이 자신의 손이 닿지 않는 곳으로 흘러가는 줄도 모른 채.

제주도에 도착한 뒤 이틀 내내 다카코는 호텔 로비를 떠나지 않았다. 호텔 로비는 유리와 철제 프레임으로 구축되어 제법 현대적인 분위기를 풍기는 반구형 돔의 형태를 띠고 있었다. 거무스름한 빛을 띠는 유리가 바깥의 시야를 차단하는 반면 호텔 안에서는 바람에 흔들리는 야자수 잎 끄트머리까지 선명하게 보였다. 다카코는 유리 너머의 풍경에 눈길조차 주지 않았다. 이지가 돌아와서 저녁 식사를 하러 갈 때까지 일본어로 된 손바닥만 한 크기의 문고본만 읽었다. 호텔 지배인이 다른 일본인 관광객들과 함께 투어에 참여하기를 권했지만 다카코는 웃는 얼굴로 거절했다.

이지는 렌터카로 쉴 새 없이 쏘다녔다. 아쿠아리움에 가는가 하면 테마파크에서 혼자 사진을 찍었다. 심지어 테디베어 박물관에도 방문했다. 제주도와 테디베어의 상관성도 의뭉스럽긴 했지만 그보다 더 우스운 건 테디베어 박물관에서 엘비스 프레슬리 쇼가 열린다는 사실이었다. 엘비스는 죽었는데. 이지는 충동적으로 캐빈에게 메시지를 보냈다.

'테디베어 박물관에서 열리는 엘비스 프레슬리 쇼라면, 엘비스로 가장한 사람이 나올까요, 아니면 엘비스를 가장한 테디베어가 나올까요?'

이틀 만에 보낸 메시지치고는 지나치게 엉뚱했지만 몇 분 걸리지 않아 읽었다는 표시가 떴다.

'잘 모르겠어요.'

캐빈답지 않게 솔직하고 단출한 고백이었다.

돌아오는 길에 이지는 망고 주스를 파는 가판대를 보고 차를 세웠다. 머리카락을 레게 스타일로 땋은 주인이 이지에게 어디서 왔는지 물었다.

"미국이요."

"한국어를 참 잘하네요."

가게 주인은 이지에게 누가 차를 태워달라고 부탁하면 그냥 거절하라고 조언했다. 그는 이 섬에서 얼마나 많은 강도와 살인, 강간 사건이 일어났는지 줄줄이 읊어댔다. 이지는 웃는 낯으로 고개를 끄덕거렸다. 주인은 만족한 눈치였다. 해브 어 나이스 트립, 그는 이지에게 행운을 빌어주었다. 이지는 주인의 영어 발음이 좋다고 칭찬해주었다. 그 칭찬이 꽤 마음에 든 모양인지 주인은 이지의 차에 대고 손을 흔들기까지 했다. 이지는 주스 가판대가 보이지 않을 때쯤 도로 가장자리에 차를 세우고 짧게 울었다.

이지는 주인에게 미국에서도 똑같은 조언을 듣게 될 거라고 말하지 않았다. 불신과 의심을 쉽게 거두지 말아야 했고 약한 모습을 보이는 건 금물이었다. 차를 태워주면서 호의를 베풀어주거나 낯선 차에 올라타면서 호의를 받아들일 때는 그에 감수하는 대가를 치를 각오가 필요했다. 위험은 곳곳에 도사렸으며, 위험해질 가능성을 받아들이고 대비해야 살아남을 수 있었다. 정준은 그러지 않았다. 그는 끝내 미국이라는 곳에서 좌초되었다.

정준은 마트 주차장에서 강도와 몸싸움 도중 총을 맞아 숨졌다. 이지는 그가 한국으로 돌아간 줄로만 알았다. 페이스북에 올라온 추모글을 보고도 믿지 못했다. 그녀가 정준에게 마지막으로 보낸 메시지는 한국으로 돌아가서 행복하길 바란다는 내용이었다. 답장은 돌아오지 않았다. 이지는 다니던 사무소를 그만두고 방에 틀어박혔다.

나가사키에 머무를 때 이지는 정준의 가족에게서 메일 한 통을 받았다. 메일은 정중한 어조로 쓰였으나 곳곳에 채 누그러뜨리지 못한 원망이 배어 있었다. 터무니없는 억측과 말도 안 되는 화풀이였다. 이지는 정준이 격분할 때마다 타일렀다. 설령 비굴할지라도 가끔은 맞서는 대신 납작 엎드릴 때도 필요하다고. 살아야 무엇이든 할 수 있었다. 정준은 그렇게 살고 싶지 않아서 미국에 온 거라며 맞받아쳤다.

다카코는 홀로 미노루의 초상을 치렀다. 이지나 다른

가족들이 일본으로 가겠다고 해도 단호하게 거절했다. 어차피 추수감사절까지 한달밖에 남지 않았으니 굳이 올 필요가 없다는 투였다. 다카코는 혼자서도 척척 장례 준비며 서류 정리까지 완벽하게 해치웠다. 유일한 문제라면 연초에 미노루와 함께 산 항공권이었다. 이지가 둘 다 취소하고 다시 예매하는 편이 낫겠다고 하자 다카코는 거추장스럽다며 혼자 타고 가겠다고 했다. 누구도 그녀의 고집을 꺾을 순 없었다.

어머니와 함께 공항으로 마중을 나간 날 이지는 몇번이고 마른세수를 했다. 미노루 없이 다카코 혼자서 게이트를 나오는 모습을 보면 눈물이 날 것 같았다. 다카코는 비행기가 도착했다는 메시지가 전광판에서 사라진 뒤에야 나왔다. 그녀의 짐이라곤 숄더백 하나뿐이었다. 이지가 대신 들어주겠다고 손을 내밀었지만 끝까지 내주지 않았다.

"그런데 다카코, 트렁크는요?"

"없어졌어. 됐어. 어차피 이거면 충분해."

분실된 트렁크는 끝내 발견되지 않았다. 다카코는 작년 추수감사절처럼 외할머니와 수다를 떨었다. 종종 대화가 맥없이 끊겼다. 그게 다였다. 저녁 식탁에서 외할머니를 필두로 가족들이 돌아가면서 짤막한 기도를 덧붙일 때 다카코는 평소처럼 아멘이라고만 말하고 끝맺는 대신 잠시 숨을 멈추었다. 식탁에 둘러앉은 사람들 모두 다카코의 말을 기다렸다. 잠시 입술을 달싹이던 다카코는 일본어로 몇마디 내뱉은 다음 입을 굳게 닫았다. 알아들을 수 있는 말이라고는 미노루라는 이름밖에 없었다. 그다음 기도를 맡은 영수가 다카코 대신 아멘으로 기도를 마무리했다.

귀국 후 다카코는 나가사키의 집을 처분하고 한국으로 가겠다는 소식을 전화로 전했다. 외할머니는 전화를 스피커모드로 바꾼 뒤 떨리는 손으로 담배에 불을 붙였다. 이지는 재떨이가 탁자 아래로 떨어지지 않도록 자리를 고쳐놓았다. 외할머니는 화를 잘 내는 편이 아니었지만 한국에 관해서는 유독 예민했다. 영수가 대학 졸업 여행으로 한국행 비행기 티켓을 끊었다는 이야기를 무심코 흘렸을 때도 그녀는 길길이 화를 냈다. 한국에서 어학당을 다녔던 이지의 친구는 한국만큼 안전하고 좋은 나라가 없다고 극찬했다.

"뉴스에서 봤는데 조만간 한국에서 전쟁이 날지도 모른단다. 아직 휴전국이잖아. 정 가고 싶으면 안전해진 다음에 가자. 언니랑 같이 가."

"이상한 뉴스 좀 그만 봐. 그리고 언니는 죽어도 가지 않을 거잖아. 죽을 날도 얼마 안 남았지만."

"굳이 거기 무슨 좋은 추억이 있다고 가니? 네가 입 한 번 잘못 놀리면 육지 사람들이 어디 출신인지 빤히 알 텐데, 또 공비 취급이라도 당하면 어쩌려고."

"그럴 사람 다 죽었어."

"너나 내가 살아 있는데 다 죽었겠니? 우리가 어떻게 배 타고 나왔는지 잊었구나."

"안 잊어버렸어. 내가 언니인 줄 알아? 그냥 잠깐 가서 보겠다고, 대체 어떤 사람들인지."

"그런 놈들 다 죽었다며?"

"우리 집에 가겠다는 것도 아닌데 왜 그리 유난이야."

"우리 집이 남아 있겠니. 애, 거기서 살아나온 것만으로도 천운이다. 너나 나나 이렇게 잘 살았고…… 우리는 더 욕심을 부리면 안 돼."

"왜?"

기나긴 설전을 마치고 나서 외할머니는 한참 동안 말 없이 담배만 피웠다. 희뿌연 담배 연기가 고랑처럼 주름이 깊게 파인 그녀의 입가에서 시작해 잘게 떨리는 눈꺼풀까지 퍼져나갔다. 이지는 커튼을 걷을 엄두조차 내지 못했다.

　다카코는 혼자서 서울 성수동에 집을 얻었다. 이지의 어머니는 이모인 다카코를 걱정하며 아버지의 지인들 중 한국에 사는 이들의 연락처를 구했다. 다카코는 선선히 이지의 어머니가 불러준 연락처를 받아 적었지만 그 지인들에게 한번도 연락한 적은 없었다.

　영수는 다카코를 말릴 필요가 없다고 했다. 어차피 간섭한들 다카코가 들을 리도 없고, 과거는 이미 지나간 일일 뿐이니 괜찮다는 논지였다. 이제 한국은 민주주의 국가고 국가 시스템은 사회구성원 사이의 합의를 기반으로 형성되었으니 또 그런 일이 반복될 리는 없다고 했다. 이지는 그의 말이 너무 낙관적이라고 생각했으나 반박하지 않았다.

　모든 합의가 선의를 지향하는 건 아니었다. 영수는 이지가 정준과 파혼한 사실을 알고 분개했다. 정준이 먼저 파혼 의사를 밝혔다는 이유 하나만으로 그를 배신자로 몰아세웠다. 그 힐난을 들을 때마다 이지는 가슴 한구석이 뜨끔했다. 정준의 통보를 들은 순간 느꼈던 이지의 감정은 슬픔보다는 묘한 해방감에 가까웠다. 더는 하소연을 들어주거나 하나하나 가르치고 챙겨줄 필요도 없었다. 그녀는 자유에 취해 정준의 안위를 신경 쓰지 않았다. 그저 정준이 한국에서 잘 살아갈 것이라고 낙관했다.

이지는 전기 포트의 물이 끓는 소리에 눈을 떴다. 침실과 거실을 오가며 분주하게 움직이는 다카코가 보였다. 어둑어둑한 걸 보니 아직 해도 뜨지 않은 모양이었다. 이지는 사이드테이블 너머로 구김 하나 없이 가지런히 정리된 싱글 침대를 한참 동안 주시했다. 다카코는 이지의 눈꺼풀이 다시 감길 즈음에 침실로 돌아왔다. 그녀는 이지에게 방금 우린 차 한잔을 마시게 했다. 차는 떫지 않았고 찻잔 바닥에는 가라앉은 찻잎도 없었다. 다카코는 침대 가장자리에 앉아서 이지가 찻잔을 테이블에 내려놓을 때까지 기다렸다.

"오늘 렌터카 쓸 수 있니?"

"쓸 수 있죠. 공항 가서 반납할 생각이었거든요. 어디 갈까요?"

다카코의 손가락은 망설일 새도 없이 침대 위로 펼쳐 놓은 지도의 한 부분을 가리켰다. 호텔로부터 십오분 거리에 있는 해변이었다. 이지가 언제 출발할지 묻자 다카코는 얼른 준비하라고 채근했다. 이지는 밀려오는 허기를 차 몇모금으로 달랬다. 아직 호텔의 조식 뷔페조차 준비되지 않았을 만큼 이른 시간이었다. 이지는 지하주차장에서 호텔 정문께로 렌터카를 끌고 나왔다. 차창 너머로 거대한 야자수들을 응시하는 다카코가 보였다. 그녀는 다카코가 제주에 도착한 뒤 근 사흘 내내 한번도 호텔 밖으로 나온 적이 없다는 사실을 깨달았다. 조수석에 올라탄 다카코는 사탕 한알을 까서 이지의 입에 넣어주었다. 이지의 입안에서 사탕이 다 녹아갈 때쯤 차는 목적지에 다다랐다. 다카코는 팻말에 적힌 금모래해변이라는 이름이 마음에 안 드는 눈치였다.

"내릴까요?"

"아니, 잠깐만 있다가 가자."

아직 안개가 걷히지 않은 바다는 어두침침했다. 파도의 회색 포말은 해변에 닿기도 전에 소리 없이 스러졌다. 해변과 소나무 몇그루로 둘러싸인 야트막한 언덕배기에는 사방형으로 쌓아놓은 돌탑이 자리하고 있었다. 이지는 문득 한국 곳곳에서는 소원을 빌면서 돌탑을 쌓는다는 이야기를 떠올렸다. 정준이 해준 이야기였다. 그날 이지와 정준은 미술관 증축 설계도 회의를 마치고 바로 사무실로 돌아가는 대신 잠시 근처를 둘러보기로 했다. 정준은 천

126

장까지 높다랗게 쌓아놓은 돌들이 무슨 소원을 품고 있는지 궁금하다고 말했고 이지는 그 말을 농담이라고 여기곤 웃었다. 정준은 웃지 않았다.

언덕에 줄줄이 쌓은 돌들은 해변을 향해 웅크린 거인처럼 보였다. 이지는 제주도에도 돌탑을 쌓으면서 소원을 비는 풍습이 있는지 궁금했지만 어쩐지 지금은 다카코에게 물어볼 수가 없었다. 거인 같은 저 돌탑 무리도 누군가가 소원을 빌면서 쌓은 것이라면, 과연 그 소원은 좋은 소원과 나쁜 소원 중 어느 쪽이었을지 궁금했다. 다카코라면 무슨 소원을 빌었을까.

다카코는 허리를 꼿꼿이 세운 채 두 손을 맞잡고 있었다. 레이스 장갑을 끼지 않은 맨손으로 눈앞의 해변을 묵시했다. 이지는 언젠가 들었던 외할머니와 다카코의 통화를 떠올렸다. 외할머니는 다카코에게 일본에 남아 있는 사람들의 안부를 물었다. 다카코가 연락이 끊겼다고 대답하기라도 하면 외할머니는 그날 담배를 몇개비나 피워댔고, 다시 연락이 닿았다는 소식을 전하면 온종일 콧노래를 부르곤 했다.

그들과 함께 일본으로 건너온 이들 중 고향으로 귀환한 사람은 아무도 없었다. 외할머니의 머릿속에 남아 있는 고향의 마지막 모습은 지옥과 같았다고 했다. 그러나 지금 이지의 눈에 보이는 제주는 한폭의 풍경화처럼 평화롭고 아름다웠다. 안개가 걷히고 구름 사이로 햇빛이 나자 사람들이 한둘씩 해변으로 나왔다. 다카코는 레이스 장갑을 다시 끼더니 이제 충분하다며 그만 가자고 했다.

다카코는 해변을 벗어나 공항으로 가는 도로로 진입할 때까지 한마디도 하지 않았다. 이지가 틀어놓은 라디오에서는 날씨 예보에 이어 클래식 음악이 흘러나왔다. 왠지 귀에 익은 멜로디에 이지가 고개를 갸웃거렸다.

"기억 안 나니? 몇달 동안 들었을 텐데."

다카코의 핀잔에 이지는 가물가물한 기억을 떠올리려 애썼다. 미노루는 아침마다 다카코를 흔들어 깨우는 대신 거실로 나와 레코드를 틀어놓았다. 그리그의 페르귄트 모음곡 중 하나였다. 이지가 거실로 내려오면 어깨를 웅크린 채 열심히 신문을 읽는 미노루가 있었다. 미노루의 콧잔등에 아슬아슬하게 걸친 은색 안경테가 햇빛을 받아 반짝거리는 모습이나 살짝 고개를 기울이면서 인사를 건네던 그의 모습이 이지의 눈에 선했다.

"미노루는 왜 한국어를 안 배웠어요?"

이지는 몇년 전과 똑같은 질문을 되풀이했다. 다카코는

예상했던 핀잔 대신 입가에 미미한 미소를 띠었다.

"그이가 결혼하기 전에 배우려고 한 적이 있었어. 나는 일본어를 하는데 자기는 한국어를 할 줄 모르니까 내가 불편하지 않겠냐고 하더라."

"그래서요?"

"됐다고 했지."

"미노루는 서운하게 여기지 않았어요?"

"호기심이 얼마나 많은 사람인데. 서운했을 거야."

다카코는 잠시 일본어로 몇 마디를 중얼거리다가 다시 한국어로 말했다.

"늘 고마웠어."

이지는 다카코에게 방금 일본어로 무슨 말을 했는지 묻지 않았다. 궁금했지만 다카코는 그런 질문에는 호락호락 대답해줄 사람이 아니었다.

공항에서 렌터카를 반납한 다음 이지는 캐빈이 보낸 메시지를 확인했다. 그는 여행이 어땠는지 궁금하다고, 저녁이라도 같이 하면서 들려달라고 적었다. 그리고 덧붙였다. 너무 그리웠어, 메시지 말미에 덧붙인 이모티콘이 익살스러웠다. 이지는 승낙의 메시지를 보냈다.

서울에 새로 마련한 다카코의 집은 나가사키와 달리 여러 세대가 함께 사는 빌라였다. 선인장은 다카코가 부재한 동안 말라 죽었다. 이지는 목장갑을 끼고는 화분에서 죽은 선인장을 뿌리째 뽑아냈다. 새카맣게 탄 가시들은 누구를 찌르지도 못한 채 바닥으로 힘없이 떨어졌다. 다카코는 손수건 끄트머리로 눈가를 누르면서 우스갯소리처럼 말했다.

"지긋지긋해라. 내년 여름은 어떻게 버틸지."

이지는 다카코가 내년 여름까지 버텨낼 수 있도록 한국의 폭염이 덜하길 바랐다. 다카코는 다음에 오면 와라비 모찌 레시피를 알려주겠다고 약속했다.

다음 해 봄에 이지는 캐빈과 약혼했다. 직장 동료들은 결혼 예식을 한국식과 중국식 중 어느 쪽으로 치를지 궁금한 눈치였지만 애석하게도 둘 다 가톨릭이라 성당에서 결혼할 예정이었다. 이지는 다카코에게 캐빈과 결혼하기 전에 같이 인사하러 가겠다고 약속했다. 다카코는 천식 때문에 병원에 입원해 있었다. 숨을 쉴 때마다 폐에 가래가 쌓였고 그 가래들을 끊임없이 뱉어내야 숨 쉬는 것이 가능하다고 했다. 이지는 프로젝트를 마무리하자마자 항공권을 예약했지만 다카코는 이지가 도착하기 전 병실 창가에서 조용히 숨을 거두었다. 외할머니는 며칠 내내 통곡했지만 끝내 한국에는 가지 못했다. 다카코가 문전박대했던 아버지의 먼 친척들이 다카코의 장례를 대신 맡아주었다.

뒤늦게 도착한 이지는 다카코가 마지막으로 머물렀던 집을 정리했다. 미노루의 유골함은 불단 대신 책장에 장식품처럼 진열되어 있었다. 이지가 둘의 유해를 나가사키에 뿌리겠다 했다. 캐빈이 대신 비행기를 예약했다. 이지에게 거기서 보자는 말도 잊지 않았다. 이지는 다카코의 손가방을 유품으로 간직하기로 정했다. 손가방에는 다카코가 제주도에서 읽었던 일본어로 된 책뿐 아니라 그녀가 늘 끼고 다녔던 레이스 장갑 한켤레가 들어 있었다. 이지는 장갑을 손바닥에 올려놓고 한참 동안 바라보았다. 레이스 장갑은 끊어진 올 하나 없이 가볍고 부드러웠다.

심해로부터

*
*
✤

조카손녀인 이지를 나가사키에 머무르게 하자는 말을 먼저 꺼낸 사람은 다카코였다. 미노루는 다카코를 대신해 이지에게 전화로 그 뜻을 전했다. 처음에는 다른 설계사무소로 이직을 준비하느라 그럴 시간이 없다는 답이 돌아왔다. 뻔히 거짓인 줄 알면서도 미노루는 수긍하는 척했다. 옆에서 듣던 다카코가 수화기를 받아들었다. 그러더니 한국어를 빠르게 쏟아냈다. 미노루는 한마디도 알아듣지 못했지만 위로나 격려보다는 꾸중과 질타에 가까운 것 같았다.

통화가 끝나자마자 다카코는 박하사탕 하나를 입에 넣었다. 미노루는 사탕이 구르는 소리가 잦아들 때까지 기다렸다. 조카손녀가 정말로 나가사키에 올지 궁금했다. 그들은 추수감사절마다 다카코의 언니 금화와 그 가족들을 보러 미국에 가곤 했지만 정작 일본에 초대한 적은 없었다. 다카코는 눈썹을 내리깐 채 미국에서 일본으로 오는 편도 비행권을 알아봐달라고 했다. 미노루는 흔쾌히 승낙한 뒤 이지에게 무슨 말을 했는지 물었다.

"별말 안 했어요. 내가 살아 있을 때나 오지 언제 또 여기 오겠냐고 했죠."

"이지가 이제 몇살이지?"

"곧 있으면 서른이에요. 무슨 일이 있었든 정신 바짝 차리고 살아야 할 때예요. 애가 좀 칠칠맞은 구석이 있어서 여권이나 제대로 챙길지 모르겠네요."

우려와 달리 이지는 무사히 일본에 도착했다. 다카코와 미노루는 도착 시간에 맞춰 후쿠오카공항으로 마중을 나갔다. 케네디 국제공항에 비하면 아담한 터라 헤맬 일은 없었지만 다카코는 계속 걱정하는 눈치였다. 미노루는 게이트가 열릴 때마다 느긋하게 팻말을 흔들었다. 이내 이지가 트렁크를 끌고 나왔다. 조금 살이 내린 것 같기는 했으나 표정은 밝았다. 다카코는 콧김을 내쉬더니 미노루에게 말했다.

"편의점에서 고무줄 좀 사다줄래요? 저런 산발로 데려갔다간 무슨 소문이 돌지 몰라."

"무슨 색으로 살까요?"

"무슨 색이든 상관없어요."

그래도 미노루는 조카손녀에게 조금이라도 더 예쁜 걸 주고 싶었다. 그는 밋밋한 검은색 머리끈 대신 환한 노란색 머리끈을 골랐다. 편의점 유리문을 열고 나오자 이야기를 나누는 다카코와 이지가 보였다. 듣기로는 이지를 비롯한 다카코의 친정 가족들은 한국어로 대화를 나눈다고 했다. 한국어를 모르는 사람은 미노루뿐이었다. 미노루가 다가오자 다카코가 이지의 트렁크를 가리키며 일본어로 말했다.

"애 좀 봐요. 빗 하나 가져오질 않았대요."

어찌나 한심해하는 기색이 역력한지 일본어를 모르는 이지조차 미노루에게 물어볼 정도였다.

"미노루, 지금 다카코가 제 욕하는 거 맞죠?"

이럴 때는 누구의 편도 들지 않는 게 상책이었다. 미노루는 웃기만 했다. 이지와 영수, 다카코의 조카손주들은 일본어를 할 줄 몰랐다. 그들은 다카코와 이야기할 때는 한국어로, 미노루와는 영어로 대화했다. 미노루가 아는 영어라곤 책을 읽거나 영화를 보면서 배운 게 다라서 종종 조카손주들이 못 알아듣는 단어를 구사할 때도 있었다. 조카손주들은 그가 교수님처럼 말한다고 놀렸다. 귀엽고 좋은 아이들이었다.

이지는 다카코와 미노루의 일상에 자연스럽게 합류했다. 아침잠이 없는 미노루가 간단하게 식사를 차려놓으면 다카코는 이부자리를 정리한 다음 이지를 깨우러 이층으로 올라갔다. 뉴욕과 나가사키의 시차는 무려 열세시간이지만 다카코는 봐주는 법이 없었다. 아침 식사가 끝나면 이지에게 마당을 쓸라며 빗자루를 내밀거나 손질할 나물을 내주는 등 눈 붙일 새도 없이 일을 시켰다. 할 만한 집안일이 없으면 거실에 붙잡아두었고, 때로는 나카시마강으로 함께 산책하러 가기도 했다.

상점가를 지나면 나오는 나카시마강은 벚꽃 철만 아니면 사람이 별로 없어서 산책하기 좋았다. 미노루는 다카코와 이지를 몇걸음 뒤에 두고선 천천히 걸었다. 둘은 조선어로 한참을 재잘댔다. 가끔 이지가 미노루에게 말을 걸어 다카코와 나눈 이야기를 영어로 해석해주거나 다카코의 말이 맞는지 물어보았다. 미노루가 다카코를 처음 만난 장소가 화과자 가게가 맞느냐는 질문도 그때 나왔다. 미노루는 다카코의 기억이 맞을 거라며 고개를 끄덕였다. 사실은 아니었다.

나카하라 미노루는 법률사무소에서 제일 알뜰한 사람으로 꼽혔다. 그가 들고 다니는 가방 때문이었다. 가방 손잡이는 툭하면 빠져서 덜렁거렸고 바닥은 색이 바래다 못해 검게 물들었으며 가죽은 가뭄이 난 논처럼 쩍쩍 갈라진 지 오래였다. 변호사가 보다 못해 가방 가게를 소개해 주었으나 한번도 찾아간 적은 없었다. 오히려 소가죽으로 만든 가방이라 튼튼하다고 자랑했다.

확실히 가방은 서류 더미와 책을 있는 대로 쑤셔 넣어도 터지지 않았다. 멀리서 보면 한껏 부풀어오른 복어 같았다. 동료 사무원들은 공습이 일어나도 가방을 머리에 이고 뛰면 되겠다는 농담을 던졌다. 그러면 미노루도 굵고 진한 눈썹을 살짝 찌푸리면서 웃었다. 그는 아무리 저보다 어린 사원에게 놀림을 받아도 화 한번 내지 않았다.

유일하게 미노루가 열의를 보이는 건 독서와 영화감상뿐이었다. 월급은 받는 족족 책을 사거나 영화를 보는 데 써버렸다. 그는 혼자서 식사할 때마다 가방에서 책을 꺼냈다. 일본어뿐 아니라 영어, 가끔은 다른 나라 언어로 쓰인 책과 단어 사전을 나란히 놓고 읽었다. 그러다보면 먹던 샌드위치의 속 재료가 죄다 바닥에 떨어지고, 주먹밥은 딱딱하게 굳기 일쑤였다.

그래도 사원들은 미노루를 좋게 보았다. 젊은 사람치고는 멋 부릴 줄 모르나 성정이 온화하고 약은 데가 없다고 했다. 그의 보조를 받는 변호사 역시 꼼꼼하고 똑똑하다는 칭찬을 아끼지 않았다. 몇몇은 그에게 여자를 소개해주려고 했다. 그럴 때마다 미노루는 아직은 기반이 안정되지 않아 어려울 것 같다며 정중하게 제안을 물리쳤다. 옆자리 동료 한씨는 아무래도 책 귀신에게 사로잡힌 모양이라며 농담을 했다. 미노루는 웃기만 할 뿐 부인하지는 않았다.

하루는 법원에 서류를 제출하고 돌아오는 길이었다. 미노루는 다리를 건너던 중 무심코 가방을 살폈다. 가방 손잡이가 또 빠져서 덜렁거리고 있었다. 그는 가방을 껴안은 채 가장 가까운 벤치로 향했다. 서류 말고도 토마스 만의 소설책 두 권과 독일어 사전까지 들어 있었으니 가방 손잡이가 나가떨어질 만하다는 생각이 들었다. 미노루는 능숙하게 손잡이를 고치고 난 다음 책을 꺼냈다. 앉은 김에 몇장 읽고 갈 생각이었다.

책에 머리를 박고서 읽는 와중에 인기척이 들렸다. 미노루는 고개를 들어 누군지 확인했다. 한 여자가 그가 앉아 있는 벤치 반대편에 앉아 있었다. 그에게 눈길조차 주지 않았지만, 오히려 그게 더 편했다. 그때 허리 쪽에 무언가 따끈따끈하고 부드러운 것이 와 닿았다. 고양이였다. 머리부터 발끝까지 흰데 꼬리만 까맸다. 여자는 고양이를 향해 손을 내밀면서 동동, 동동이라고 불렀다. 고양이는 느릿하게 몸을 일으켜 여자에게 향했다.

미노루는 홀린 듯이 그 모습을 바라보았다. 딱히 눈에 띄는 여자는 아니었다. 잔머리 없이 한갈래로 단정하게 묶은 머리카락이나 스타킹을 신지 않은 맨다리, 아무 장식도 달지 않은 원피스 차림은 수수했다. 다만 손만큼은 하얗고 아름다웠다. 학교 미술실에 있는 석고상 같았다. 고양이는 여자의 손에 제 머리를 비볐다.

무릎에 올려두었던 독일어 사전이 발등을 찍을 줄이야. 미노루는 몸을 웅크린 채 나지막하게 신음했다. 그 와중에도 여자의 목소리가 들렸다. 생소했지만 어딘가 귀에 익은 말이었다. 중국어인가, 아니면 어디? 그는 여자에게 어떤 언어로 말을 걸면 좋을지 고민했다. 하지만 다시 고개를 들었을 때 여자와 고양이는 둘 다 사라진 후였다.

며칠 뒤 미노루는 사무소에서 오분 거리에 있는 화과자 가게에 새 점원이 들어왔다는 소식을 들었다. 직원들이 종종 선물하거나 접대할 과자를 사러 들르는 가게였다. 주인은 홋카이도 출신 여자였는데, 서릿발처럼 날카롭고 엄하기로 소문이 나 있었다. 요령을 피우거나 말이 많은 점원들은 그 가게에서 한달 이상 버티지 못하고 나갔다. 그런 고용주 아래서 한달 넘게 일하고 있는 점원이라니 모두의 관심을 받기에 충분했다.

미노루가 화제의 점원과 맞닥뜨린 건 순전한 우연이었다. 때마침 손님에게 내갈 과자가 떨어졌고, 사무소 직원 중 서류 작업을 끝낸 미노루만 한가했다. 그가 가게 포렴을 들추자 여자 목소리가 들렸다. 목소리는 사근사근하면서도 어딘가 단호했다. 얼굴도 낯이 익었다. 생각지도 못한 만남에 그는 바싹 얼어버렸다. 뭘 주문하겠냐는 여자의 물음에 쥐어짜내듯 대답했다. 그리고 포장하는 동안 고민하다가 입을 열었다.

"고양이는 잘 있습니까?"

여자는 포장하던 손을 멈추고 물끄러미 바라보기만 했다. 미노루의 얼굴이 빨개졌다. 생각해보니 그때 통성명조차 한 적이 없는데 공연히 추근대는 꼴이었다. 기억하든 말든 계산대에 앉아 있는 주인이 달가워할 리는 만무했다. 그가 바로 사과하자 여자는 웃었다. 괜찮다고 했다.

그 역시 간결하기 짝이 없는 답이었다. 포장된 과자를 내미는 여자의 손은 여전히 고왔다.

출장 도중 들른 백화점에서 레이스 장갑을 본 순간 미노루는 그 손을 떠올렸다. 거미줄처럼 얇고 섬세한 레이스로 만든 장갑이었다. 그는 가격표도 확인하지 않고 덥석 그 장갑을 사버렸다. 책 말고 이렇게 비싼 물건을 산 건 처음이지만 그녀에게 잘 어울리면 그만이라고 생각했다. 후일 다카코는 그 일을 두고 미노루에게 핀잔을 주었다. 데이트 신청이나 통성명조차 없이 그런 고급품을 몇켤레씩 선물하는 게 말이 되느냐고 했다. 정말 이상한 사람인 줄 알았다는 말에 미노루는 웃으면서 고개를 끄덕였다.

이지가 나가사키에서 머무른 첫주는 무탈하게 지나갔다. 다카코는 이지만 보이면 온갖 일을 다 시켰다. 은근슬쩍 꾀를 부리면 바로 매섭게 타박했다. 미노루는 조카손주의 하소연을 들어주고 몰래 과자도 집어다주었다. 그렇게 하루를 보내다보면 밤이 왔고, 눈을 감았다가 뜨면 아침이 왔다. 어떤 잡념조차 끼어들 겨를이 없었다.

평온했던 일상은 이지가 한국에서 온 메일을 확인한 뒤로 틀어졌다. 다카코가 몇번이고 이층을 들락거렸건만

이지는 꼼짝도 하지 않았다. 번데기처럼 돌돌 만 이불 속에서 몸을 웅송그리고만 있었다. 그들 내외가 오고 가며 식사며 과자, 음료수를 탁자에 올려두었으나 이지는 손조차 대지 않으려 했다. 가끔 미노루가 거실에 앉아 있을 때면 위층에서 뭐라고 쏘아대는 다카코의 목소리가 들렸다. 대답은 돌아오지 않았다. 이윽고 계단을 내려오는 소리가 들렸다. 미노루는 잡지를 내려놓고 곤로에 찻주전자를 올려놓았다.

영수의 말에 따르면 이 정도는 약과였다. 미국에선 아예 방문조차 걸어 잠갔으니까. 그나마 거기서는 눈치라도 보는 모양이라고 했다. 다카코가 그런 시답잖은 농담은 말라며 매섭게 꾸짖었지만 영수는 이지야말로 괜한 죄책감을 느끼는 거라고 맞받아쳤다. 솔직히 이미 헤어진 사이가 아니냐면서. 다카코는 가타부타 말도 않고 전화를 끊었다.

미노루는 다카코의 손을 쓰다듬으면서 진정시켰다. 다카코의 마음도 이해가 가지만 영수의 심경을 모르는 것도 아니었다. 미국에서 제 누나가 시시각각으로 말라 죽어가는 모습을 보면서 영수의 마음은 어땠겠는가. 나가사키에 와서는 잘 지내는 줄 알았는데 메일 한통 때문에 도로 틀어박혔다니 아마 영수도 속상할 터였다. 다카코가 씹어뱉 듯이 말했다.

"난 그럴 줄 알았어. 그 사람, 내가 만든 과자에는 손도 대지 않았어요."

누구를 말하는지 미노루는 알고 있었다. 재작년 미국에서 이지가 곧 결혼할 예정이라며 소개한 남자였다. 최군, 미노루는 그를 그렇게 불렀다. 최군은 한국에서 왔으며 이지와 같은 설계사무소에서 근무 중이라고 했다. 한국에서 나고 자랐다는 말에 미노루는 한국은 어떠냐는 질문을 던졌다. 최군은 매우 힘든 곳이라고 대답했다. 그러고는 한국에 비하면 미국이나 일본은 살기 좋지 않으냐고 되물었다. 이지만 난처하다는 듯이 웃었을 뿐 누구도 대답하지 않았다.

그날 식사가 끝나갈 무렵 다카코는 직접 만든 과자를 꺼냈다. 살구와 전분으로 빚은 분홍색 과자였다. 가족들은 모두 탄성을 내질렀다. 최군 역시 처음에는 그랬으나 한입만 먹고 너무 달다며 도로 접시에 내려놓았다. 이지는 그가 남긴 과자까지 제 입에 쏙 넣었다. 다카코에게 너무 맛있다고, 다음에도 또 만들어달라고 졸랐다. 다카코는 재료 손질이나 하라며 통을 주었다.

그러자 최군은 습관처럼 이지를 가볍게 꾸중했다. 할머니께 조르지 말고 만드는 법을 직접 배우라는 말이었는데, 나름대로 어른들에게 좋은 인상을 주고 싶었던 모양이었다. 다카코는 표정을 싹 굳힌 채 아무 말도 하지 않았다. 그러고선 귀국 전 한번 더 그 과자를 만들었다. 이지와 최군이 비행기에 탔을 때 다카코는 마뜩잖은 기색을 드러냈고, 미노루는 이지를 믿자고 타일렀다.

사실상 미노루가 했던 말은 이지에 대한 신뢰라기보다는 다카코를 안심시키고 싶다는 알량한 욕심에 불과했다. 이지가 최군과 파혼했다는 사실에 그는 그다지 놀라지 않았다. 그러나 최군이 마트 주차장에서 강도에게 살해당했다는 소식에는 아무 말도 하지 못했다. 미국은 총기 소지가 가능한 국가였고, 한인을 비롯한 이주민들은 강도에게 섣불리 맞서지 않았다. 최군은 그 암묵적인 규칙을 무시했다. 바닥에 엎드려 그 순간이 지나가길 기다리는 대신 달려들었다.

순전히 최군의 오판이고 실수였다. 미노루는 그렇게 생각했지만 최군의 가족이나 이지는 아닌 모양이었다. 최군의 가족들은 최군이 미국 생활에 적응하지 못하고 끝내 뉴욕의 설계사무소를 그만둔 다음 전전한 것을 모두 이지의 탓으로 몰아갔다. 영수는 최군을 두고 아메리칸드림에 사로잡힌 사람이라고 일축했다. 그래서 은연중 미국에서 태어나고 자란 자신과 이지를 질투했노라고 덧붙였다. 다카코는 그 이야기를 미노루에게서 전해 들었다.

"미국 배우들이 이혼과 결혼을 밥 먹듯이 하길래 별일 아닌 줄 알았더니, 아닌가봐요."

"다카코, 이지는 괜찮아질 거예요."

"당연하죠. 쟤가 미련한 거예요. 그건 사고였다고요."

"그 사람은 한국으로 돌아갔어야 했어요."

"그런 이야기는 그만해요. 당신이 괴롭잖아요."

"저애가 미련하게 굴잖아요."

"금방 헤쳐나올 거예요. 이지는 똑똑한 아이니까."

다카코가 그랬듯이, 미노루는 그 말은 하지 않았다. 다카코와 그녀의 언니 덕분에 아이들은 미국에서 나고 자랄 수 있었다. 한국은 그들에게 머나먼 나라일 뿐, 살아남는 데는 어떤 도움도 되지 않았다. 그들은 미국에서 살아남기 위해 모든 걸 포기하고 엎드리는 법을 배웠다. 비겁할지언정 죽는 것보다는 나았다. 죽지 않아야 무엇이든 할 수 있다. 그 단순한 규칙은 세대를 거듭하면서 공고히 그 자리를 지켰다. 다카코는 두 손에 얼굴을 파묻은 채 한숨을 쉬었다.

"난 적어도 애들만큼은 쉽게 살 줄 알았어요."

다카코의 손은 나이가 들어도 사슴의 뿔처럼 하얗고 곧았다. 주름마저 하나의 결처럼 보였다. 미노루는 그 손들이 살아남기 위해서 무엇을 헤치고 나왔는지 짐작할 수 있었으나 아무 말도 하지 않았다. 다카코가 말하지 않은 이상 그는 몰라야 했다. 아는 척할 순 없었다. 그저 위로하듯 어깨를 토닥이는 것이 그가 할 수 있는 전부였다.

미노루가 선물한 레이스 장갑이 열켤레가 넘어갈 즈음 다카코는 이번 주 토요일에 쉴 예정이라고 말했다. 그러고는 평소처럼 거스름돈과 꼼꼼하게 포장한 화과자를 올려놓았다. 미노루는 버벅거리다가 어디 가고 싶은 곳이 있느냐고 물었다. 다카코가 기다렸다는 듯이 대답했다. 클로버공원과 한큐백화점, 항구의 까페. 매주 토요일마다 그들은 함께 나들이를 나섰다.

어딜 가든 다카코는 미노루가 선물한 레이스 장갑을 끼고 나왔다. 그 손으로 양산 손잡이를 천천히 돌리는 모습을 보노라면 미노루는 어딘가 간지러운 기분이 들었다. 머리든 목이든 벅벅 긁고 싶었으나 다카코 앞에만 서면 온몸이 뻣뻣하게 굳어버렸다. 세번째 나들이부터는 뭔가 멋을 내면 덜 떨까 싶어 화려한 무늬의 넥타이를 맸다. 그 차림새를 보자마자 다카코의 눈썹 끝이 올라갔다. 이내 가차 없는 평이 날아들었다.

"그거 별로예요."

그날 다카코는 미노루를 끌고 백화점으로 향했다. 몇시간을 돌아다닌 끝에 다카코가 고른 건 단색에 은빛 줄이 하나 그어진 넥타이였다. 넥타이는 미노루가 계산했지만 셔츠 깃을 고정하는 칼라 핀은 다카코가 샀다. 칼라 핀이라니, 미노루에겐 낯선 장식품이었다. 다카코는 아직 일본어를 잘 구사하지 못했으나 주눅 들기는커녕 손짓과 단어 몇개만으로도 자신의 의사를 분명하게 밝힐 줄 알았다. 식당에서도 음식을 반만 달라고 했고 점원에게 추천받은 물건도 별로일 땐 단호하게 고개를 내저었다.

화과자 가게 주인은 다카코를 아꼈다. 직공이 껄렁거려도 다카코는 눈 하나 깜짝하지 않았다. 일본어 실력이 부족해서 손님들이 하는 말을 다 알아듣진 못해도 눈치껏 알아채고 적절하게 대처했다. 처음에는 주인도 정직원을 뽑을 때까지 그녀를 임시직으로 고용할 생각이었으나 어느새 다카코라는 이름도 지어주고 일본어도 가르쳤다. 다카코는 무엇이든 빠르게 배웠다. 화과자를 집거나 포장지가 구겨지지 않게 끈으로 묶는 법까지 능숙하게 해냈다.

미노루는 다카코에게 무엇이든 해주고 싶었다. 그래서 동료 한씨에게 조선어를 가르쳐달라고 부탁했다. 한씨는 기꺼이 자신의 점심시간까지 할애하면서 한글의 자음과 모음, 간단한 인사말까지 알려주었다. 미노루는 연습하고 또 연습했다. 그리고 미즈베노모리 공원의 다리에서 자신을 기다리는 다카코를 향해 조선어로 인사를 건넸다.

"안녕하세요. 좋은 아침이에요."

다카코는 아무 반응도 보이지 않았다. 그저 미노루에게서 등을 돌리고 반대편으로 걸었다. 미노루는 허겁지겁 따라갔다. 조선어로 미안하다는 표현은 아직 배운 적이 없었다. 그는 일본어로 열심히 사과했다. 공원 입구에 다다를 즈음 다카코가 그를 향해 세차게 돌아섰다. 그녀가 입은 연회색 치맛단이 흔들렸다.

"내 일본어 실력이 못 들어줄 정도인가요?"

"나는 당신이 편하게 말했으면 해서. 미안해요."

"난 바보가 아니에요. 말하고 싶은 것 정도는 말할 수 있어요."

"당신은 바보가 아니에요. 저도 알아요."

"땀이나 닦아요."

미노루는 다카코가 내민 손수건을 받았다. 손수건 가장자리에는 푸른색 꽃이 수놓아져 있었다. 붉게 달아오른 이마에 살포시 손수건을 얹자 열이 가시는 것 같았다. 다카코가 가만히 바라보다가 말했다.

"오늘은 날씨가 흐려서 산책은 못 하겠네요. 다음에 봐요."

며칠 후 미노루는 깨끗하게 빨아서 말린 다카코의 손수건과 수선화 꽃다발을 들고 가게 문턱을 넘었다. 주인이 대놓고 흘겨봤으나 애써 모른 척했다. 다카코는 수선화에는 눈길조차 주지 않았다. 그저 꽃가루가 묻은 손으로 과자를 만질 순 없다고 말했다. 미노루는 순순히 꽃다발을 들고 가게 앞에서 기다렸다. 한 손에는 꽃다발을, 다른 손에는 가방을 들고 있는 이상 책을 읽을 수도 없었다. 한시간이 지날 무렵 다카코가 새초롬한 표정으로 가게를 나왔다.

"나카무라씨, 구경거리가 된 기분은 어때요?"

"다들 제가 아니라 꽃을 보던데요. 꽃이 예뻐서 다들 궁금했던 모양입니다."

"그러면 무슨 꽃인지 알려주지 그러셨어요?"

"다카코씨만 허락하신다면야."

"왜 제 허락이 필요해요?"

"다카코씨에게 드릴 꽃이니까요."

수선화는 다카코에게 잘 어울렸다. 살짝 오므린 주먹 같은 노란 꽃을 얇고 흰 꽃잎들이 달래듯 감싼 모양이었다. 백합과치고는 향도 은은했다. 다카코는 포장지를 만지작거렸다.

"이런 쨍한 푸른색 종이보다는 부드러운 우유색 종이가 어울릴 텐데."

"꽃 선물은 처음이라서 포장은 주인이 권하는 대로 했습니다. 꽃은 제가 골랐고요."

"수선화는 예쁘네요."

"수선화도 볼 겸 이번 주말에 노모자키로 나들이 어떠십니까?"

"안 돼요. 다음 주에 가요. 이번 주는 바빠요."

축 처졌다가 다시 둥글게 휘는 미노루의 눈썹을 보면서 다카코가 웃었다. 그 소리가 창문을 두드리는 봄비 같았다. 너무 높거나 낮지 않고, 경쾌하면서도 가벼웠다. 봄비는 뾰족뾰족하게 얼어붙은 것을 녹여서 바다로 이끌었다. 부드럽고 질은 흙 사이로 조그만 새싹이 솟고, 고무장

화를 신은 어린애들과 강아지들은 미끄러질 걱정 없이 첨
벙거렸다. 미노루는 그런 웃음소리를 평생 듣고 싶었다.
다음 해 정월, 둘은 혼인했다.

이지를 둘러싼 시간이 움직이는 데는 꼬박 한달이 걸
렸다. 미노루와 다카코는 저녁 식사 후 텔레비전을 보고
있었다. 먼저 계단이 삐걱거리며 울렸고 이윽고 냉장고
문 여는 소리가 들렸다. 다카코가 부리나케 부엌으로 향
했다. 미노루도 허둥지둥 따라갔다. 둘이 들이닥치자 이
지는 도둑질을 하다가 들킨 아이처럼 벽에 붙어 섰다. 단
것이 당겨서 내려왔다고 했다. 마침 냉장고에는 완두로
만든 떡이 있었다. 다카코가 혀를 찼다.

"그러다가 배탈부터 나지. 얼른 나가지 못해?"

미노루는 이지를 거실로 데려가서 앉혔다. 옅게 우린
차 한잔을 내주면서 천천히 마시라고 타일렀다. 이지가
들고 있던 찻잔이 바닥을 보일 즈음 다카코가 쟁반을 들
고 부엌에서 나왔다. 흰죽과 조림이었다. 그녀는 이지에
게 그릇을 다 비우기 전까지 일어날 생각도 하지 말라며
엄포를 놓았다. 이지는 순순히 수저를 들었다.

텔레비전에서는 개그맨들의 웃음소리가 끊임없이 흘

러나왔다. 다카코는 화면을 보는 척하면서 이지가 제대로 먹는지 계속 곁눈질로 살폈다. 미노루는 제 몫의 물양갱을 이지 쪽으로 밀어주었다. 부드럽고 소화도 잘되니 이 정도면 괜찮을 것 같았다. 다카코가 단호하게 고개를 저었다. 버릇만 나빠진다고 했다. 그러나 이지가 눈을 데굴데굴 굴리자 한숨을 푹 쉬며 다시 고개를 돌렸다. 이지는 물양갱을 두입 만에 다 먹어치웠다.

다음 날 배탈이 난 건 당연한 수순이었다. 다카코는 이층 쓰레기통에서 나온 과자 봉지를 제비 모양으로 단정하게 접어서 쟁반에 올린 뒤 흰죽과 함께 내왔다. 이지는 눈만 깜박거렸다. 어젯밤 잠깐 산책을 다녀왔던 미노루는 슬그머니 다카코의 눈길을 피해서 신문을 보는 척했다. 다카코는 사흘 동안 이지에게 죽과 조림만 먹였다. 그리고 나흘째 되던 날 경단을 빚고 흑설탕 시럽을 끓였다. 집안은 달콤한 냄새로 가득 찼다. 이지는 단숨에 두 꼬치나 먹었다.

"정말이지, 이지 넌 배탈이 또 나야 천천히 먹는 법을 배울 거니?"

타박하면서도 다카코는 경단을 빚는 손을 멈추지 않았다. 하얀 반죽을 떼서 두 손바닥 사이에서 굴리자 매끈하고 동그란 모양이 되었다. 이지는 신기한지 경단을 쿡쿡 누르다가 다카코에게 혼이 났다. 그 광경을 보던 미노루는 잽싸게 신문으로 제 얼굴을 가렸다. 금방이라도 웃음이 터져나올 것 같았다.

그 소란이 지나간 뒤로 이지는 부쩍 미노루의 서재에 드나들기 시작했다. 미노루의 서재는 서고에 가까웠다. 책장에 꽂지 못한 책들은 가구 틈새로 비집고 들어가 있었고, 그런 자리조차 차지하지 못한 책들은 바닥에 첩첩이 쌓였다. 미노루는 이지가 관심을 가질 법한 책들을 골라주었다. 도판이 아름다운 사진집이나 건축물에 관한 책. 이지는 감탄을 금치 않았다.

"여긴 대체 책이 얼마나 있는 거예요?"

"모르겠구나. 어쩌면 똑같은 책이 몇권씩 있을지도 몰라."

"서재가 위층이었다면 진작에 바닥이 무너졌을걸요."

"튼튼하게 지은 집이라 이 정도는 견딜 수 있어. 무너지면 그간 고생했다고 말해줘야지."

나름의 농담이었지만 이지에게는 경고로 들린 모양이었다. 이지는 말이 나온 김에 서재를 정리하자고 했다. 읽지 않거나 겹치는 책은 묶어서 내놓고 구겨진 책들은 펴서 잘 꽂아두자고. 미노루는 이지의 장단에 맞춰주었다. 사실 그런 게 가능했다면 진작에 다카코가 다 정리했을 터였다. 다카코는 서재에 일절 관여하지 않았다. 서재는 미노루만의 둥지였다. 그는 새가 제 둥지를 다지기 위해 지푸라기를 물어오듯 책을 사들이곤 했다.

"미노루, 이 공책은 뭐예요?"

"일기장이야."

"아, 죄송해요. 미노루 거예요?"

일기장은 일본어로 쓰인 터라 이지가 읽을 수도 없었다. 미노루는 괜찮다고 말했다. 그러고는 아버지가 쓴 일기장이라고 덧붙였다. 이모할아버지의 아버지는 뭐라고 부르더라, 미노루는 잠시 고민하다가 그만두었다. 알아봤자 부를 일도 없다고 생각했다. 조카손주들은 다카코를 할머니라고 부르지 않았다. 다카코가 그런 호칭을 좋아하지 않기 때문이었다. 할머니라고 부르다보면 자신이 다카코인지 세이코인지도 모를 거라고 했다.

한번 영수가 장난삼아 다카코를 이모할머니라고 불렀을 때 다카코는 들은 척도 하지 않았다. 그러고는 영수를 세례명인 가브리엘로 불렀다. 먼저 항복한 쪽은 영수였다. 미노루도 다카코를 따라 자신을 이름으로 불러달라고 했다. 덕분에 조카손주들과 금세 가까워진 것 같아서 좋았다. 미노루는 이지를 보면서 웃었다.

"그 일기장, 아마 열권은 더 될 거야."

아버지는 앞면만 쓰고 뒷면은 쓰지 않았다. 애당초 쓸 수가 없었다. 미노루는 가볍게 손등으로 종이를 쓸어보았다. 어찌나 꾹꾹 눌러 썼는지 종이 뒷면은 흉터처럼 울퉁불퉁했다.

"진짜 열심히 쓰셨나봐요. 전 일기 안 쓰는데. 다 찾아볼까요?"

"아냐, 괜찮다. 나중에 시간이 되면 찾아보지."

"미노루의 아버지는 어떤 분이셨어요?"

"음, 아주 열심히 사는 분이셨어. 밤늦게까지 일하고도 일찍 일어나셨지."

"대단하시네요. 아마 절 보면 다카코처럼 들들 볶으셨을 거예요. 표지에는 뭐라고 적혀 있는 거예요?"

"성씨가 적혀 있지."

"그럼 나카무라겠네요."

성씨가 적힌 건 맞지만, 나카무라는 아니었다. 미노루는 이지가 일본어를 모르는 것이 다행이라고 생각했다. 일기장에 빼곡하게 쓰인 글자들 사이에서 집요한 강박보다는 노력에, 내용에 담긴 비뚤어진 마음 대신 글씨를 정자체로 썼다는 사실에 감탄할 수 있다는 점이 부러웠다. 그리고 아무것도 묻지 않아서 다행이었다. 그는 이 일기의 내용을 에두를 만큼 말주변이 좋지 않았지만, 그대로 전할 만큼 어리석지도 않았다. 아버지의 일기는 분노의 기록이었다.

아버지는 어머니와 미노루를 데리고 오키나와에서 나가사키로 왔다. 처음에는 대도시로 가려고 했지만 어디서도 아버지를 받아주지 않았다. 다부진 체격이나 작달막한 키며 내지인들에 비해 굵은 눈썹, 짙은 피부색은 공사장에서도 유독 튀어 보였다. 처음 이사한 집은 조그만 주택이었다. 어머니는 문이 동향이 아니라 서향이라는 것이 영 마음에 걸리는 눈치였다. 이내 아버지가 여기는 오키나와가 아니라고 호통을 치자 입을 다물었다.

누구보다 성실하고, 가족들이 늦잠을 자거나 무엇이든 게을리하는 꼴도 쉬이 보아 넘기지 못하는 사람. 그게 바로 아버지였다. 아버지는 특히 미노루에게 엄했다. 주말에도 억지로 깨워 체조를 시키는가 하면 공사장에서 받아온 우유를 매일 먹였다. 미노루는 우유에서 나는 비린내를 꾹 참고 마셨지만, 아버지의 키를 조금 넘겼을 뿐이었다. 아버지는 그를 볼 때마다 한탄했다.

"대체 넌 어떻게 살아남을 작정이냐?"

미노루는 아버지처럼 살고 싶지 않았다. 아버지는 라디오나 텔레비전에서 나오는 뉴스를 줄줄이 외우면서 사투리를 고치려고 노력했다. 그러나 노력하면 할수록 그가 하는 말은 더더욱 어색하게 들렸다. 옷차림새는 물론이고 손수건 무늬에도 신경을 썼다. 하루는 어디선가 산 가죽 가방을 들고 왔다. 진짜 소가죽이라고 했다. 어머니는 공사장에서 일하면서 무슨 가죽 가방을 들고 다니냐고 했지만 아버지가 고집을 꺾는 일은 없었다.

고향에서 근근이 전해지는 이야기들은 아버지의 분노에 일조했다. 가족묘에는 잡초가 무성하게 자랐고 아는 사람의 딸은 실종되었다가 미군기지 쪽 해변에서 정신을 잃은 채 발견되었으나 아무런 조치도 없었다. 내지 정착에 실패한 사람들은 내지인들을 욕했다. 그러나 정말 치명적인 소식은 따로 있었다. 오래된 친구들이 보낸 편지는 아버지에게 어릴 적을 떠올리게 했다. 저 깊은 바닥까지 가라앉아 어두운 바닷속을 저벅저벅 걷던 시절의 기억들이었다.

처음 바다로 뛰어들면 생각보다 어둡다는 사실에 놀라지만, 이내 시간이 지나고 눈에 익으면 곳곳에 숨은 빛들이 바닷속을 환하게 밝힌다고 했다. 아버지는 아들을 붙잡고 한참을 떠들었다. 바닥에 다다르면 바닷물이 뼈까지 시릴 정도로 차가워지는데도 계속 움직일 수 있는데, 그게 다 조상부터 내려온 열기 덕분이라 했다. 그 열기가 핏줄을 끓게 만들어 얼어붙는 걸 막아준다고. 깊고 무거운 물속에서 헤엄쳐 나오다보면 온몸이 홧홧하게 달아오른다면서 제 팔뚝을 미노루의 눈앞에 들이민 적도 있었다. 그 팔뚝이 마치 타다 만 장작처럼 가무잡잡했다.

어릴 적 미노루는 그의 이야기를 곧이곧대로 믿었다. 하지만 자라면서 진실과 거짓, 환상과 현실을 분간하는 버릇이 생겼다. 아버지의 증상은 점점 심해졌고 눈에 닿는 모든 걸 태워버리려는 듯이 눈을 번뜩이며 길길이 날뛰곤 했다. 그는 아버지가 두려웠다. 자신도 아버지처럼 감정에 집어삼켜져 재도 남지 않고 활활 타버릴 것 같았다.

아버지가 미처 토해내지 못한 분노의 감정들은 모조리 일기장에 담겨 있었다. 어깨를 부딪치고도 사과는커녕 아는 척조차 하지 않는 사람, 공사장에서 그에게 직접 말하는 대신 다른 사람을 시켜 말을 전하는 사람, 자신의 억양이 독특하다며 우스꽝스럽게 흉내 내는 사람, 수영을 잘하는지 물어보거나 집에 돌담을 쳤는지 궁금해하는 사람들을 한없이 미워했고 저주했다. 얼마 없는 일자리를 두고 다퉈야 하는 조선인들도 예외는 아니었다.

과연 아버지는 자신이 조선인 며느리를 맞으리라는 생각이나 했을까. 이제는 조선 대신 한국이라는 명칭이 통용된다는 건 물론이고 한국인 조카손녀가 이 일기장을 칭찬할 날이 올 거라곤 상상하지 못했을 것이다. 아버지의 증오는 나무와 같았다. 기대와 실망, 희망과 절망, 좌절과 향수 등 미처 이름 붙이지 못한 가지들로 무성해서 햇빛 한줄기조차 새어들지 못하는 나무. 가지치기는커녕 다가갈 수조차 없었다.

미노루가 완벽한 내지인의 말투를 구사하고 학교에서 우수한 성적표를 받아올 때마다 아버지는 칭찬하는 대신 으스대지 말라며 성을 냈다. 완벽한 내지인이라도 되려는 거냐며 비꼬았다. 선연한 질투였다. 아버지는 누구보다도 그들처럼 되기 위해 노력하는 한편 있는 힘을 다해 그들을 미워했다. 가끔 미노루는 아버지의 뼈를 휘감고 피를 마시며 자라고 가지를 뻗는 기운이 어디서 온 건지 묻고 싶었다. 그러나 물어볼 용기를 내기도 전에 아버지는 사라졌다.

화과자 가게 주인은 대놓고 다카코에게 서생 같은 남자를 고르다니 보는 눈이 없다고 했다. 다카코는 예의상 져주기는커녕 겉멋이나 든 사람보다 낫다고 받아쳤다. 둘이 혼인 신고를 한 날 주인은 과자 상자들과 식기 세트를, 미국에 있는 다카코의 언니는 돈을 보냈다. 다카코와 미노루는 그 돈으로 새 이불과 베개를 샀다.

사무소 동료들도 미노루의 결혼을 축하해주는 한편 왜 결혼식을 올리지 않는지 캐물었다. 화과자 가게 직원과 만난다는 소문은 이미 퍼질 대로 퍼진 상태였다. 미노루는 자신뿐 아니라 아내의 부모님도 오래전 돌아가셨고, 둘 다 의례를 좋아하지 않는다고 해명했다. 몇몇은 혹시 학을 아내로 삼은 것이 아니냐며 놀렸다. 정말 결혼한 거라면 집에 초대해달라고 했다.

다카코는 미노루의 부탁에 선선히 고개를 끄덕였다. 올 사람은 총 다섯명이었다. 미노루는 딱히 요리할 필요는 없고 근처 가게에서 초밥이나 주문하자고 했지만 다카코는 괜찮다고 했다. 대신 후식으로 킨츠바가 어떠냐고 물었다. 미노루는 사양할 계제가 없다고 생각했다. 그는 자신이 미리 킨츠바를 만들 때 쓸 완두콩을 손질하겠다고 나섰다.

약속한 당일 회사 동료들은 나란히 서서 다카코에게 점잔을 빼며 인사했다. 다카코는 웃는 얼굴로 한명 한명 이름을 불렀다. 고토씨, 시게우라씨…… 그들은 차례차례 들고 온 종이가방을 내밀며 부부의 평화를 기원했다. 한씨는 제일 끝에 서 있었다. 그는 다카코를 빤히 바라보면서 조선어로 인사를 건넸다. 미노루가 모르는 조선어였다.

다카코는 눈을 깜박이다가 고개를 저었다. 그녀는 한씨가 내민 손을 잡는 대신 웃으면서 일본어로 말했다.

"죄송하지만 무슨 말인지 모르겠네요. 저희 남편을 잘 부탁합니다."

한씨도 뒤늦게 따라 웃었다. 동료들은 다카코가 마련한 요리를 맛있게 먹었고, 서로 술을 주고받으며 대화했다. 다카코는 입가에 미소를 띤 채 가만히 앉아 있었다. 미노루는 다카코에게 너무 늦었으니 먼저 잠들어도 괜찮다고 했다. 다카코가 기다렸다는 듯이 자리에서 일어났다. 한씨는 그녀가 나가서 문을 닫을 때까지 그 뒷모습에서 눈을 떼지 못했다. 다른 동료가 장난조로 한씨에게 물었다.

"자네는 아내가 있지 않나. 나카무라 부인을 왜 그리 뚫

어져라 쳐다봐?"

"제가 잘못 알고 있나 해서요. 조선인인 줄 알았는데……"

"일본에서 살다보니 조선어를 잊어버린 게 아닐까. 파리에서 유학하고 왔다면서 프랑스어만 줄기차게 쓰는 놈들도 있잖아."

미노루는 아무 말도 하지 않았다. 이내 화두는 곧 있으면 사무소에서 있을 인사이동으로 바뀌었다. 정년을 앞둔 변호사 한명이 퇴임할 예정이며, 사무소장은 후임을 뽑겠다고 했다. 아마도 도쿄 쪽에서 일하다 온 변호사가 내정될 것 같았다. 그 변호사가 과연 이전 보조사무원을 계속 고용할지 아니면 새로운 사무원을 뽑겠다고 할지가 관건이었다. 보통은 기존 분위기에 적응해야 하니 보조사무원까지 그대로 승계하곤 했다.

다만 그 대상이 한씨와 미노루라는 게 문제였다. 퇴임할 변호사는 누구든 일만 잘하면 상관없다는 사람이었다. 하지만 새로 올 후임도 그렇게 생각할지는 아무도 몰랐다. 동료들은 둘 다 뛰어난 사무원이니 걱정하지 말라며 위로했다. 미노루는 미소를 지어 보였지만 한씨는 웃지 않았다.

자정을 넘어가자 하나둘씩 자리에서 일어섰다. 다카코는 방에서 나와 그들을 배웅했다. 옷이며 머리 중 어디 하나 흐트러진 구석이 없었다. 한씨는 머뭇거리면서 다카코에게 고개를 숙이며 인사했다. 그러고는 코트 안주머니에서 조그만 나무조각들을 꺼냈다. 부리가 길고 둥글게 휘어 있는 새 한쌍이었다.

"결혼 축하드립니다."

이번에는 일본어로 말했다. 다카코는 대답조차 하지 않고 방으로 들어가버렸다. 미노루가 당황한 표정을 지으면서 따라가려 했지만, 한씨가 그를 가로막았다. 한씨는 미안하다고 했다. 무슨 연유인지는 모르겠으나 마음을 상하게 한 것 같다고, 그저 괜찮다면 자신의 아내가 타향에서 적적해하니 만나달라고 부탁하려는 것뿐이었다며 더듬더듬 해명을 늘어놓았다. 미노루도 연신 사과하면서 그를 대문까지 데려다주었다.

문단속한 다음 미노루는 정원으로 향했다. 마루에 오도카니 앉아 있는 다카코의 뒷모습이 보였다. 한씨가 선물한 나무조각들은 정원 자갈밭에 내동댕이쳐져 있었다. 그는 슬그머니 그녀의 곁에 가서 앉았다.

"한씨는 나쁜 사람이 아니에요. 동향인을 만나서 반가

웠던가봐요."

"그 사람, 육지 사람이잖아요. 나는 하나도 반갑지 않아요. 엮이고 싶지도 않고요."

"다카코."

"당신은 우리가 거기서, 어떻게 도망쳐 나왔는지 모르면서……"

미노루는 궁금했다. 다카코는 모르는 언어로 가득 찬 책 같았다. 처음에는 사전을 끼고 하나하나 찾아보며 읽어내려가고 싶었지만 다카코가 원하지 않는 이상 함부로 펼쳐볼 생각은 없었다. 그는 다카코를 사랑했다.

그들이 교제하던 시절, 미노루는 다카코의 언니와 식사한 적이 있었다. 미국으로 건너가기 전 제 동생과 만나는 사람을 보고 싶다는 이유였다. 다카코의 언니는 자신의 이름을 금화라고 밝혔다. 그리고 미국으로 건너가면 영어 이름을 하나 지을 생각이라고 했다. 분위기는 나쁘지 않았다.

다만 어떤 순간들은 다다미에 인 거스러미가 발바닥을 간질이듯 미노루에게 선명하게 다가왔다. 금화가 남편과 교토 여행을 다녀온 이야기를 할 때였다. 금각사와 은각사를 보면서 자신과 다카코를 떠올렸다고 했다. 다카코는 핀잔을 주거나 맞장구를 치지 않았다. 그저 냉랭한 눈빛으로 금화를 쳐다볼 뿐이었다. 둘은 한참을 미노루가 모르는 말로 맹렬하게 싸웠다. 미노루는 잠자코 기다렸다. 이내 금화가 어색하게 웃으면서 사과했다. 별 이야기는 아니라면서.

언니인 금화와 달리 다카코는 미노루에게 자신의 조선어 이름이 뭔지 알려주지 않았다. 다카코가 미노루에게 먼저 알려준 건 가게 주인이 붙여준 이름, 고향의 찬란한 금빛 바닷가, 언니와 함께 부모님이나 다른 친척도 없는 일본으로 건너왔으며 모든 고양이와 강아지를 동동이라고 부른다는 게 다였다. 신원은커녕 내력조차 확실하지 않았다.

하지만 미노루가 다카코에 관해서 아무것도 모른다고 할 순 없었다. 다카코는 화려한 벚꽃보다는 단아한 수선화를 좋아했다. 은근히 손이 커서 반찬이든 과자든 잔뜩 만드는 버릇이 있었다. 그러면서 미노루가 잘 먹으니 많이 만들게 된다는 핑계를 대곤 했다. 큰 소리로 웃고 싶을 때마다 입을 손으로 가렸다. 점원으로 일하면서 생긴 버릇인 듯했다. 어릴 적 미노루가 사슴에게 도시락을 빼앗긴 이야기를 듣는 내내 입가에서 손을 떼지 않았으니 말이다.

"미노루, 제발 아무것도 묻지 말아요. 그래줄래요?"

다카코의 목소리는 평소처럼 꼿꼿하고 단호했다. 그러나 그 끝은 살짝 떨리고 있었다. 미노루는 고개를 주억거리며 약속했다. 그러겠다고, 아무것도 묻지 않고 궁금증조차 품지 않겠노라고. 다카코가 이야기하고 싶지 않다면 얼마든지 모른 척할 수 있었다. 그 역시 다카코에게 미처 말하지 못한 것들이 있었고, 평생토록 이야기하고 싶지 않았다.

미노루가 읽은 책들은 수도 없이 많지만, 유일하게 꺼리는 책이 있다면 바로 아버지의 고향에 관한 이야기였다. 술에 취한 아버지는 버릇처럼 대문 밖으로 비틀거리면서 뛰쳐나가곤 했다. 그리고 가로등 하나 없이 캄캄한 어둠 속을 마치 바다라도 되는 양 허우적거리면서 헤매고 다녔다. 어머니 대신 미노루가 손전등을 들고 나가서 아버지를 찾아 데려오곤 했지만 아버지가 사라진 날에는 그러지 않았다. 정말로 바다로 돌아가기라도 한 것인지 궁금했다.

어머니는 나카무라라는 노인의 간병인으로 들어갔다가 이내 후처가 되었다. 미노루는 나카무라의 성뿐 아니라 집도 물려받았다. 깔끔하고 아름다운 이층 목조주택이었다. 그는 법학과를 우수한 성적으로 졸업했으나 법조인은 되지 못했다. 이미 예상한 결과였다. 대신 적당한 법률사무소에 취직했다. 노인이 늘 머무르던 서재는 그의 차지가 되었다.

서재에서는 유난히 빗소리가 잘 들렸다. 미노루는 경쾌하고 수다스러운 여름 소나기를 좋아했지만 겨울비는 싫어했다. 겨울비는 뼛속까지 시리게 만들 만큼 서늘했고 무서웠다. 밤늦게까지 비가 올 때면 미노루는 꿈을 꾸었다. 비 오는 밤중에 누군가가 끈질기게 문을 두드리는 소리가 들렸다. 마지못해 일어나서 문을 연 순간 그는 거대한 형체와 마주했다.

그 형체가 엉킨 그물과 부표를 어깨에 인 채로 미노루를 향해 고개를 든 순간 거멓게 말라붙은 피딱지와 따개비로 가득한 아버지의 얼굴이 보였다. 미노루는 뒷걸음질하면서 무작정 손에 잡히는 대로 던지고 찔러댔다. 그럴수록 아버지의 형체는 점점 더 커지고 뜨거워졌다. 지쳐서 나가떨어지는 순간 미노루는 잠에서 깨어났다. 그의 등이며 목은 식은땀으로 푹 젖었고, 마치 화상이라도 입은 양 욱신거렸다.

며칠 후 사무소에는 새 변호사가 왔다. 변호사는 미노루와 한씨 둘 중 한명만 채용하겠다고 했다. 해고된 사람은 한씨였다. 동료들이 다른 좋은 직장을 구할 수 있을 거라며 위로했지만 한씨는 웃음조차 짓지 않았다. 그저 남은 시간 동안 인수인계를 위해 커다란 파일 첩에 하나하나 세세하게 적었다. 잘못 쓴 글자 하나 없고 내용조차 완벽했다.

이지는 점심 식사 도중 비행기표를 끊었다고 알렸다. 다카코는 위층을 말끔하게 청소해놓고 가라고 못을 박았다. 미노루는 젓가락으로 제일 큰 우엉 튀김을 하나 골라서 이지의 앞접시에 놓아주었다. 이지는 우엉 튀김을 가장 좋아했다. 다카코는 우엉 튀김이 얼마나 까다로운지 아느냐며 미간을 좁혔다.

우엉 튀김은 맛을 내는 것만큼이나 만드는 법도 어려웠다. 가느다랗게 채를 썰어서 서로 실처럼 엉긴 모양이 되도록 만들어야 했는데, 튀김옷을 입힐 때도 반죽이 우엉 사이에 고이지 않게끔 부단히 신경을 써야 했다. 그러지 않으면 사마귀 알처럼 부풀어올라서 우엉인지 튀김옷 덩어리인지 알 수 없는 형체가 되기 일쑤였다. 튀길 때도 너무 오래 튀기면 단단해지니 주의를 기울여야 했다.

다카코는 튀김도 잘 만들었다. 긴 튀김용 젓가락을 이리저리 놀리며 무섭게 끓어오르는 기름 속에서 우엉 튀김을 제때 건져내곤 했다. 하지만 아마 이지가 미국으로 돌아가면 그들 내외끼리는 이런 튀김 요리를 해 먹을 일이 없을 터였다. 이제는 둘 다 튀김처럼 기름진 음식을 소화하기 어려웠다. 미노루는 이지에게 일본에서는 우엉이 장수를 상징하는 식재료 중 하나라고 알려주었다.

"그럼 전 오래 살겠네요. 우엉 튀김을 지금 다섯개나 먹었으니까요."

이지의 말에 다카코가 코웃음을 치더니 조선어로 말했다. 어쩐지 핀잔 같았다. 이지가 입술을 삐죽이더니 미노루에게 다카코의 말을 영어로 설명해주었다. 우엉 같은 걸 먹지 않아도 우리 집안 여자들은 오래 산다는 이야기였다. 그래서 하나 더 먹으라는 건지 말라는 건지 궁금하다고 했다. 미노루는 웃으면서 이지에게 우엉 튀김을 하나 더 주었다. 이지가 단 세입 만에 제 주먹만 한 튀김을 먹어버리자 다카코가 기겁했다.

미국으로 돌아간 이지는 새로운 회사에 취직했다는 소식을 전해왔다. 영수도 곧 있으면 결혼할 것 같다고 했다.

좋은 소식이었다. 다카코는 그게 자신과 뭔 상관이냐며 쏘아붙였지만 어쩐지 안도하는 기색이 역력했다. 한편 미노루는 자신의 오른쪽 팔다리가 조금씩 느려지고 있다는 사실을 깨달았지만 말하지 않았다. 다카코가 물었을 때도 천연덕스럽게 대답했다.

"아무래도 더위를 먹었나봐요."

"게을러진 게 아니고요?"

"내 응석을 너무 받아주니까 그래요."

"내 탓이라는 건가요?"

"그러니 다카코 당신이 책임져야죠."

미노루는 느리게 움직이는 척하면서 다카코를 안심시켰다. 아직은 정원수를 다듬거나 연못을 덮은 잎사귀를 치울 수 있었다. 그에게는 조금 더 살아갈 시간이 필요했다. 정원에 다카코가 좋아하는 나팔꽃이 필 때까지 살고 싶었다. 양산을 빙글빙글 돌리는 다카코와 나란히 강가를 산책하길 바랐다. 말없이 걸으면서 서로의 침묵을 지탱하고 싶었다. 그 침묵이 무너져서 서로를 덮치지 않도록. 그게 그가 바라는 전부였다.

그날도 미노루는 다카코보다 일찍 일어났다. 창문을 열어놔도 될 만큼 좋은 날씨였다. 어쩐지 몸이 천근만근 무거웠지만, 눈꺼풀을 간질이는 햇빛에 절로 웃음이 새어나왔다. 아침을 차리면서 무슨 음악을 틀지 고심했다. 결국에는 늘 듣는 테이프를 골랐다. 그리그의 페르귄트 서곡, 긴긴밤을 지나 다시 밝아오는 아침을 마주한 이에게 어울리는 선율이었다. 그는 다카코가 일어나길 기다리며 눈을 감았다.

캐리어

�֟
✳
✤

집단 상담이 끝난 후 그들은 병원 앞 까페에 모였다. 경주의 장례식에 대표로 갈 사람을 정해야 했다. 발인은 내일이었다. 다들 경주를 딱하게 여겼지만 가겠다고 나서는 사람은 없었다. 논의 끝에 두명의 후보가 남았다. 모임에서 제일 나이가 많은 회장과 총무를 맡은 지언이었다. 회장은 꼭 둘 다 갈 필요는 없다고 주장했다.

어차피 식사도 못하니 잠깐 들르는 것이 다일 테고, 장례식장에서 오래 죽치고 앉아 있으면 되레 가족들이 어려워할 거라는 말이었다. 공통점이라곤 같은 병을 앓고 있으며 개중 젊은 축에 속한다는 게 다였다. 한달에 한번 정기 모임이 있었고, 강연이나 집단 상담 등 비정기적으로 모이기도 했다. 경주가 마지막으로 모임에 얼굴을 비춘 건 석달 전이었다. 회장은 슬쩍 지언을 건너다보았다.

"그러고 보니 지언씨가 경주씨랑 친했지?"

"딱히요."

"뭐 한다고 했더라…… 사진?"

"네. 송년회 때도 사진 찍어줬잖아요."

"아, 작년에 엄청 커다란 카메라랑 삼각대 들고 왔지. 그런데 요즘에는 아마추어들도 그런 장비 들고 다니던데?"

이런저런 추측이 오가는 와중에도 지언은 침묵을 고수했다. 작년이라고 해도 반년도 채 안 된 일이었다. 경주는 제 얼굴만 한 카메라를 들고 테이블마다 돌아다녔다. 나중에 모임 까페에 올린 사진만 봐도 아마추어의 실력이 아니라는 건 확실했다. 초점이 나가거나 흔들린 사진은 단 한장도 없었고 구도도 좋았다. 회원들은 대부분 고맙다는 댓글을 남겼다.

유일한 단점은 파일명이었다. 회원들은 한해를 보낸다는 송년회면 모를까 왜 망년회라고 파일명을 지정했느냐며 불만을 토로했다. 괜히 망했다는 느낌이 든다는 이유였다. 경주는 순순히 사과하기는 했지만, 파일명은 끝내 수정되지 않았다. 대신 그녀는 단체 사진을 뽑아서 회원들에게 한장씩 돌렸다. 경주가 나온 사진은 그 한장뿐이었다.

장례식에 갈 사람을 정하자 다들 기다렸다는 듯이 조위금을 냈다. 지언은 돈을 걷어 종이봉투에 넣었다. 누군가가 세보지 않아도 되겠냐고 말했지만 대꾸하지 않았다. 회장은 오늘 오후에 회의가 있어서 못 간다며 지언에게 양해를 구했다. 그러고는 오만원권 한장을 더 건넸다.

"가는 길에 지언씨 커피라도 한잔 사서 마셔."

"저 커피 끊었어요. 단백뇨 수치가 높게 나와서요."

"대단하네. 그게 끊는다고 해서 끊어지나? 나 봐. 지금 세번째로 금연 중이잖아. 사탕 때문에 살찔 것 같아."

"확실히 배가 좀 나오긴 하셨네요. 사탕도 끊으시는 게 좋겠어요."

"그래야지. 간호사 선생님이 말씀하시는 건데……"

갈 사람이 정해지자 사람들은 한시름 놓은 듯이 이야기꽃을 피웠다. 주로 경주 이야기였다. 경주는 신호가 다 끝나갈 즈음 길을 건너다가 신호가 바뀌기도 전에 출발한 차량에 치였다고 했다. 병사가 아니었다. 사람들은 다소 안도한 눈치였다. 이내 화두는 지난달 정기 검진 결과와 외국 학회에서 발표되었다는 새로운 치료법으로 넘어갔다. 지언은 조위금 봉투를 가방에 넣었다. 제법 두툼했다.

경주가 모임에 합류할 수 있었던 건 담당의가 같은 환자의 추천 덕분이었다. 기존 회원들은 신입회원을 반기지는 않았지만 의사들이 알 만큼 모임의 위상이 높아졌다며 자랑스러워했다. 그들은 같은 병을 앓는 환자 중 소수의 젊은 세대였다. 고령층 환자들처럼 완만하고 느릿하게 끝으로 나아가는 보존 치료법만으로는 만족하지 못했고, 말뼈 가루나 솔잎액 같은 민간요법에 기댈 만큼 멍청하지도 않았다. 회장은 가장 이상적이고 이성적인 모임이라고 했다.

모임 회원들은 강연을 듣거나 해외 학술지 논문을 읽으면서 새로운 치료법을 논하는 한편 매달 식단일기를 작성하는 등 성실한 모습을 보였다. 그중에서도 지언은 우수회원이었다. 총무로 활동하는 한편 사람들의 식단일기를 걷어 일일이 검사했다. 지언은 먹지 말아야 할 음식에는 빨간 줄을 긋고 권장 식단표를 일기장에 끼워놓았다. 일기장을 구경하던 경주가 질문을 툭 던졌다.

"이렇게까지 해야 해요?"

"우리는 다 써요. 꾸준해야 성과가 있는 법이죠."

"정말요?"

천진난만한 질문에 지언은 말없이 웃었다. 정말 궁금해서 하는 질문과 질문을 되돌려주기 위해서 하는 질문은 달랐다. 몇몇 회원들은 경주에게 곱지 않은 시선을 보냈다. 경주는 보란 듯이 기지개를 켰다. 길고 가느다란 팔다리와 달리 얼굴은 보름달처럼 둥글고 홍조로 울긋불긋했다. 스테로이드 부작용이었다. 회원 대다수가 화장품으로 홍조를 가리려고 애를 썼지만 경주는 개의치 않는 눈치였다.

모임을 마치고 저녁 식사를 하러 가는 동안 경주는 그 누구와도 말을 섞지 않았다. 휴대전화만 바라보면서 무리를 따라왔다. 회장은 한두번 오고 말 사람 같다고 했다. 괜히 저런 뜨내기들이 오면 모임 물만 흐리는 꼴이라며 못을 박았다. 목소리가 꽤 컸던지라 지언은 반사적으로 경주의 안색을 살폈다. 멀찍이 떨어져 있어서 잘 보이진 않았으나 별다른 표정 변화는 없었다. 마치 일행이 아닌 것처럼 보였다.

지언이 고른 식당은 순두부 전문점이었다. 식단 관리 차원에서 가장 적합한 데다 회식 때 자주 찾는 식당 중 하나였다. 지언은 다시 인원수를 확인했다. 경주는 테이블 끄트머리에 앉아 있었다. 다른 사람들이 대화하는 와중에도 팔짱을 낀 채 잠잠했다. 누가 툭 치기라도 하면 금방 밀려날 것처럼 보였다. 지언은 경주가 조금 안쓰러웠지만 어쩔 수 없는 일이라고 생각했다. 이 상황을 받아들여야 할 쪽은 그들이 아니라 경주였다.

종업원이 소주 한병과 술잔을 내왔을 때 사람들은 웃었다. 테이블을 혼동했다고 생각하고선 다시 가져가라고 했다. 그때 경주가 손을 들었다. 사람들이 경악한 표정으로 쳐다보는 가운데 경주는 능수능란하게 소주병 밑바닥을 두드린 다음 잔에 술을 따랐다. 심지어 다른 회원에게 술을 권하기까지 했다. 경주를 추천했던 회원이 물었다.

"경주씨, 지금 뭐하는 거예요?"

"좋은 날이잖아요. 여러분을 만난 게 너무 기쁘기도 하고, 축하하는 의미에서 한잔하려고요."

"지금 여기서요?"

"걱정 마세요. 저 혼자 마셔도 괜찮아요."

심지어 경주가 주문한 메뉴도 돼지고기가 든 김치순두부였다. 술안주로 적합했다. 경주 혼자 술을 따라서 마시는 동안 회원들은 식은 순두부를 뒤적거렸다. 매콤한 냄새 때문인지 두부의 고소하고 부드러운 맛이 심심하기만 했다. 지언은 다음 주 병원에서 열리는 강연에 대해 이야

기하면서 분위기를 바꾸려 애썼다. 강연자는 미국에서 유
명한 교수였다. 사람들이 희망에 차서 하나둘씩 기대의
말을 얹자 분위기가 차츰 누그러졌다.

　회장이 입을 연 순간 누군가가 큰 소리로 웃었다. 지언
은 반사적으로 경주 쪽으로 시선을 돌렸다. 웃은 사람은
경주가 아니었다. 경주의 맞은편에 앉아 있던 회원이 새
빨개진 얼굴로 잔을 들어올렸다. 소주병은 어느새 한병에
서 두병으로 늘어나 있었다. 지언이 아는 한 그 회원은 여
태껏 식단일기도 꼬박꼬박 쓰고 모임마다 참석할 만큼 성
실했다. 회장은 경주에게 함부로 술을 권하지 말라고 몰
아세웠다. 경주가 단호하게 말했다.

　"전 안 그랬어요. 약속을 지켰다고요. 왜 저한테만 그러
세요?"

　지언이 말리기도 전에 다른 사람들이 회장을 말렸다.
경주는 두 손에 얼굴을 파묻은 채 흐느끼기 시작했다. 회
장이 할 말을 잃은 채 이마만 문지르는 동안 사람들은 서
로 눈치만 보았다. 마지못해 지언이 나서서 경주를 달랬
다. 경주가 훌쩍였다.

　"죄송해요. 저 정말 바보 같죠. 오늘 너무 기대한 만큼
긴장해서, 긴장을 풀려고 술 한잔하려던 거였는데, 이런

일이 벌어질 줄은 몰랐어요."

"그럴 수도 있죠. 다들 이해할 거예요. 괜찮아요."

"정말요?"

경주가 고개를 치켜든 순간, 지언은 이게 다 촌극에 불과하다는 걸 깨달았다. 눈물 섞인 고백 이후 회원들의 눈빛은 한결 누그러졌고, 씩씩대던 회장마저 안절부절못했다. 이미 지언의 역할은 정해져 있었다. 지금 경주의 어깨를 다독이는 손을 거둔다면 신입회원을 괴롭히는 데 가담했다는 구설수에 오를지도 몰랐다. 지언은 경주가 자신을 놓아줄 때까지 그 자리에서 기다려야 했다.

식당을 나설 즈음 사람들은 경주와 팔짱을 끼고 시시덕거릴 만큼 가까워졌다. 회장마저도 경주를 두고 조금 어설프지만 괜찮은 사람 같다고 평했다. 완벽한 피날레였다. 지언은 계산을 확인하는 척 무리에서 떨어져 걸었다. 호감이든 반감이든 사서 사람들의 시선을 끌어모은 다음 모두의 동정심을 돋우면서 자신의 존재를 확고히 새기는 것. 환자들이 관심을 끄는 방식 중 하나였다. 그러면 의료진이며 보호자들이 와서 그들을 위로했다.

위로는 마약성 진통제와 같았다. 계속 바라고 바라게 만드는 중독성이 있었다. 완치된 미래와 일상으로의 귀환을 약속했다. 위로에 중독될수록 환자들은 점점 더 무뎌져서 무너지기 쉬워졌다. 도무지 진전이 없는 치료와 계속 미뤄지기만 하는 퇴원일. 현재는 미래를 끊임없이 밀어냈다. 모든 희망을 잃고 무력해진 환자들은 멍하니 앉아서 완치의 기적만을 기다렸다. 그렇게 영원한 환자가 되었다.

장례식장으로 향하는 버스는 고가도로를 가로질러 터널로 진입했다. 지언은 가방에서 마스크를 꺼내 썼다. 터널의 미세먼지를 주의하라는 안내 방송이 나왔지만 앞좌석에 앉은 승객은 창문을 닫지 않았다. 불과 재작년만 해도 미세먼지가 인체에 유해하다는 뉴스가 수도 없이 나왔건만 그새 잊어버린 모양이었다. 혹은 귀찮다는 이유로 무시하는지도 몰랐다.

사람들은 자신에게 해가 되는 일이 일어날 리 없다고 믿었다. 의심하지 않는 순간 방심하기 쉬웠다. 지언 역시 그랬다. 의사가 추가 검사를 권했을 때도 근무표가 꽉 찼다는 이유로 차일피일 예약을 미뤘다. 지언은 동료들과 함께 숙직실에서 쪽잠을 잤고, 체력이 다하면 함께 링거를 맞으면서 버텼다. 지언에게 최종 진단을 내린 의사 역시 걸핏하면 컵라면으로 끼니를 때웠다. 그래서 툭하면 간호사들에게 나무젓가락을 빌리러 오기 일쑤였다. 무리하는 것이 당연한 일상이었다.

진단 후 지언은 병원에 휴직서를 제출했다. 휴직 전 마지막 근무일, 동료 간호사들이 지언을 위해 케이크를 사 왔다. 지언은 케이크 한조각을 포크로 몇번씩 가르고 또 갈랐다. 무너지고 잘게 부서진 케이크 조각은 여전히 달콤하고 부드러웠다. 마지막으로 먹는 지방과 탄수화물 덩어리였다. 지언이 진단받은 병은 합병증이 일어나기 쉬웠고, 죽을 때까지 꾸준한 관리가 필요했다. 한순간이라도 방심했다가는 악화일로로 치달을 터였다.

동료들은 푹 쉬라거나 언제든 놀러오라고 했다. 지언은 사직이 아니라 휴직이라고 정정하는 대신 웃었다. 병은 소매치기처럼 감쪽같이 그녀의 삶을 낚아채 도주했다. 지언은 하루아침에 모든 걸 잃고 병자로 전락한 기분이 들었다. 심지어 동료들마저도 자신을 측은하게 여겼다. 하지만 그들 역시 그 불운으로부터 영영 자유로울 순 없었다.

지언이 바라는 건 단 하나였다. 복직. 잃어버린 삶을 되찾고 싶었다. 그래서 제 발로 삶의 궤적에서 이탈했다. 다시 무리를 감내하면서 살아가는 건 자신이 소모되는 속도만 높일 뿐이었다. 치료가 빠를수록 삶을 온전하게 복구할 가능성도 높아졌다. 머뭇거리고 망설이다가 끝끝내 잃어버리는 것보다는 나았다. 그래서 환우 모임에 가입했다. 식단일기의 중요성에 대해 설파하고 몸소 관리하는 모습을 보였다. 지언은 그 누구보다 모범적인 환자가 되었다.

기나긴 터널 끄트머리로 빛이, 이윽고 푸른 하늘이 펼쳐졌다. 지언은 저도 모르게 숨을 참았다가 내쉬었다. 낯익은 풍경이 눈에 들어왔다. 출근할 때마다 마주쳤던 상점과 고가도로, 그리고 그녀가 근무했던 병원이 보였다. 과거로 돌아온 것만 같았다. 버스가 고가도로를 따라 달리다가 차량 대열로 미끄러지듯 합류했다. 지언은 무심코 하차 벨을 눌렀다.

회원들은 보통 식단일기에 습관처럼 작은 거짓말을 섞곤 했다. 닭가슴살을 먹었다고 적었으나 튀겨서 섭취했다고는 쓰지 않는 식이었다. 진척 없는 투병에 지쳐 저지르는 탈선 중 하나였다. 지언은 그 정도 속임수야 눈감아줄 수 있었다. 검진을 앞두고 부랴부랴 모범 식단표를 엄수한들 염증이 사라지거나 수치가 하락하진 않았다. 검진 결과가 모든 걸 증명했다.

그에 비하면 경주는 다른 의미로 모범적인 환자였다. 레토르트 식품이며 과자 등 자신이 먹은 음식을 모조리 일기장에 적었다. 지나치게 솔직했다. 지언은 매번 경주의 식단일기에 지적할 사항을 적고 모범 식단표를 복사해서 끼워 넣었지만, 경주의 식생활은 영 개선될 기미가 없었다. 경주가 자신에게 반기를 드는 건가 싶다가도 다른 사람들 앞에서 사근사근하게 구는 모습을 보면 말문이 막혔다. 지언은 고민 끝에 경주를 붙잡았다.

"잠깐 대화 좀 할 수 있을까요?"

예상보다 경주는 고분고분하게 지언을 따라왔다. 지언이 식단표를 짚어가며 하나하나 설명해주는 동안에도 경주는 가만히 있었다. 그러고는 지언의 말이 끝나기 무섭게 질문을 던졌다.

"정말로 이런 걸 쓰면 나아져요?"

"말했잖아요, 경주씨. 약이나 주사만으로는 상태가 호전되지 않아요. 유지될 뿐이지."

"언니가 간호사였죠? 의사 선생님하고 비슷한 말씀을 하시네요. 저도 그래서 채식 식단을 해봤는데, 솔직히 신경질만 났어요. 스트레스만 더 받는 느낌이랄까."

"채식이나 육식만 하라는 건 아니에요. 영양소를 골고루 챙겨 먹으라는 거죠. 꾸준히 관리해야 하니까. 경주씨가 우리 모임에 온 이유도 그런 것 때문이잖아요. 서로 도와서 관리하는 거죠. 다른 사람이 잘 챙겨 먹으면 또다른 사람도 그 영향을 받고요."

"제가 미꾸라지처럼 물을 흐리고 있나보네요."

"그 소리가 아니라……"

"언니, 걱정하지 마요. 전 여기 오래 있을 생각 없어요. 외국 나갈 거라서요."

"여행이요?"

그들 같은 사람들에게 해외는 위험했다. 일반인보다 면역력이 현저하게 낮았고 합병증이 발생할 확률도 높았다. 의사소통이 원활하지 않거나 근처에 의료기관이 없다면 만일의 사태에도 대처할 수 없었다. 식단 조절 역시 어렵기는 마찬가지였다. 지언이 조심스럽게 우려의 뜻을 밝히자 경주가 웃었다.

"그렇게 살면 재미없지 않아요?"

"너무 욕심부리다간 골로 가요."

"욕심이 아니에요. 저 사진작가거든요. 마침 포트폴리오로 엽서 만든 게 있는데, 몇장 드릴까요?"

지언이 사양할 새도 없이 경주는 가방에서 엽서 뭉치를 꺼냈다. 꽤 그럴싸한 풍경들이었다. 푸른 하늘과 맞닿은 흰 모래사장이나 서로 다른 초록빛으로 우거진 열대 식물들, 땋았다가 풀어헤친 머리카락처럼 부드럽고 고운 오로라…… 지언은 그중 한장의 사진에서 눈을 떼지 못했다. 푸르게 우거진 수풀과 하늘에 뜬 하얀 새털구름이며 모든 것이 조화로운 가운데 호수만 밝은 분홍색이었다.

"포토샵도 할 줄 알아요?"

"할 줄은 아는데 저는 안 써요. 진짜 호주에 있는 호수예요. 허트 라군이라고 부르는데, 신기하죠? 플랑크톤이 있어서 그런 분홍색이 된대요. 그래도 이렇게 깨끗하게 찍으려면 날씨가 적당하게 좋아야 해요. 햇빛이 너무 세면 빨갛게 나오고, 너무 약하면 잿빛으로 나와요. 춥거나 더워도 안 돼요. 적절한 햇빛과 온도, 운까지 삼박자가 맞아야죠."

지언은 하나도 모르는 이야기였다. 해외여행이라고는 초임 시절 동료들과 운 좋게 다녀온 태국이 다였지만, 그역시 물갈이를 심하게 했던 기억밖에 없었다. 그러나 경주의 이야기를 들으면서 사진을 보고 있노라면 분홍빛 호수가 바로 앞에 있는 것처럼 느껴졌다. 지언은 어떤 사진이 좋고 뛰어난 건지 판단할 수는 없었다. 다만 지금 보이는 사진 속 풍경들이 자신이 여태껏 살아오면서 마주한 세상과 전혀 다르다는 것만큼은 분명했다.

경주는 사진들을 하나하나 짚어가며 이야기를 이었다. 하늘로 향해 내뻗은 손바닥 조각들, 활기차게 움직이는 사람들의 잔상, 거미줄인지 레이스인지 모를 섬세한 천으로 덮인 괘종시계 시장의 정경까지. 지언은 본래 목적조차 잊고선 귀를 기울였다. 담당의나 치료법, 식단…… 병과 관련 없는 대화를 나누는 건 오랜만이었다. 무엇보다도 경주의 반짝이는 눈이나 한껏 격양된 목소리를 듣고 있자니 지언의 가슴도 덩달아 두근거렸다.

"언니는 뭘 좋아해요?"

"일하는 거요."

"뭐야, 욕심이 없네요."

"이젠 욕심이죠. 그러니까 경주씨도 열심히 관리해요. 건강해야 사진도 찍죠."

지언의 말에 경주가 웃었다.

그후로 경주는 지언의 조언에 순순히 따랐다. 식단을 바꾸고 가벼운 운동을 시작했다. 시간을 지켜서 약을 먹었고 검진이며 상담에도 빠지지 않았다. 모임 회원들은 지언이 경주를 호되게 꾸짖었다고 믿는 눈치였다. 경주와 지언은 누가 뭐라고 떠들든 신경 쓰지 않았다. 포기할 수 없는 사람들이 얼마나 필사적인지, 한번 놓친 걸 다시 거머쥐려면 끈기가 필요하다는 건 이미 알고 있었다. 둘은 충실하게 환자 역할에 임했다.

차들로 에워싸인 버스 정류장은 작은 섬 같았다. 지언은 횡단보도로 향했다. 오른편에는 예전에 근무했던 대학병원이, 왼편에는 외국인 관광객들로 붐비는 번화가가 있었다. 신입이었을 때 지언은 새로 입원한 환자들에게 창밖 구경을 권했다. 여행 중이라고 상상한다면 한결 기분이 나아질 거라고 믿었다. 철저하게 준비해도 불편을 감수해야 한다는 점에서 여행과 입원은 어느 정도 유사했다. 나중에 선배 간호사에게 쓸데없는 소리를 했다며 혼났다.

초록색 신호등이 위태롭게 깜박였다. 지언은 황급히 번화가 쪽으로 건너갔다. 희미하게 들리던 소리가 이내 또렷해졌다. 점포마다 흘러나오는 흥겹고 빠른 박자의 음악과 알아들을 수 없는 외국어들이 한데 뒤엉킨 채로 그녀의 귓속을 가득 메웠다. 이내 언덕을 넘자 줄지어 선 포장마차와 노점들, 그 사이를 오가는 사람들이 보였다. 심장이 빠르게 뛰는 것 같았다.

지언은 거대한 인파 속으로 뛰어들었다. 오로지 앞으로, 앞으로 나아갈 뿐 뒤돌아가거나 옆으로 빠지는 건 불가능했다. 처음에는 앞사람의 등이나 머리만 보며 걸었지만 익숙해지자 차츰 다른 것들이 눈에 들어왔다. 유창하게 외국어를 구사하는 한국인 점원들, 별별 맛이 다 나는 아몬드나 김들이 산더미처럼 쌓여 있는가 하면 도금일 게 분명하나 눈부시게 빛나는 귀걸이며 목걸이 등 온갖 구경거리가 가득했다. 눈 깜박이는 시간조차 아까웠다.

그중 지언의 시선을 사로잡은 건 건물 벽을 따라 늘어선 트렁크들이었다. 살면서 본 트렁크들 중 가장 아름다웠다. 그동안 그녀에게 트렁크란 검은색이나 남색 등 실용적이나 밋밋한 짐짝에 지나지 않았다. 그러나 지금 보이는 트렁크들은 색이며 모양이 나비 날개 무늬만큼이나 다채로웠다. 샛노란 색이나 형광 연두색 등 밝은 색깔 트렁크는 물론이고 경쾌하게 붉은색과 검은색 타탄체크며 꽃무늬 트렁크도 한자리씩 차지하고 있었고, 가방처럼 어깨끈이 달려 있거나 달걀처럼 동그랗고 작은 모양의 트렁크들도 보였다.

처음에는 가게 점원이 영어로 말을 건넸다. 지언이 차마 대답하지 못한 채 우물쭈물하자 다른 나라 말들이 줄지어 쏟아졌다. 그러다가 점원은 이내 알아차렸다는 듯이 웃었다.

"한국인? 뭐 찾아요. 어디 여행 가요?"

"아뇨. 그냥…… 이 분홍색 트렁크는 얼마예요?"

"지금 그건 캐리어죠. 트렁크 같은 건 남대문에 있고."

트렁크와 캐리어. 지언은 어떻게 다른지 알지 못했다. 물어보자니 괜히 머쓱했다. 캐리어가 트렁크보다는 훨씬 세련되고 여행에 더 어울리는 것 같았다. 지언은 점원에게 적당한 캐리어를 하나 추천해달라고 부탁했다. 캐리어라고 말할 때 다소 어색했으나 점원은 별다른 토를 달지 않았다. 그저 남대문보다 여기가 훨씬 더 싸다느니 공장에서 바로 떼오니 웬만한 브랜드 뺨치는 품질이라는 둥 저 할 말만 했다.

"언니 앞에 있는 체크는 인기가 좋은데 계절을 타요. 아랍 애들은 이런 형광색 좋아해요. 코랄도 잘 나가죠. 이 올리브그린도 잘 팔리고. 내 생각에는 언니가 그래도 좀 점잖은 색을 좋아하려나. 이렇게 톤 다운된 버건디는 어때요?"

지언은 잠시 망설였다. 그녀의 옷이며 가방, 집에 있는 물건들까지 모두 무채색 아니면 채도가 낮은 색이었다. 벽돌처럼 짙은 붉은색도 나름 튀는 색이기는 했으나 마음이 가지 않았다. 지언은 충동적으로 더 밝은 색은 없느냐고 물었다. 점원은 당황하는 기색 없이 바로 가게로 들어가더니 비닐로 친친 감은 덩어리 하나를 들고 나왔다. 그러고는 커터칼로 능숙하게 비닐을 뜯었다. 레몬처럼 밝은 노란색 캐리어였다.

"언니는 어쩐지 봄 웜 라이트 같거든요. 그런 사람들은 원래 우중충한 색이 안 어울려요. 거울 봐요. 잘 어울리잖아."

"얼마예요?"

"이게 아메리칸 투어리스터 만드는 공장에서 나온 거예요. 어디 던져도 안 깨져. 탄환도 막을걸요? 그래서 가격이 좀 있긴 한데, 직영점보다는 싸요. 현금으로 하면 십 퍼센트 할인해줄게요."

나쁘지 않은 가격이었다. 지언은 가방에서 봉투를 꺼냈다. 보통 카드를 쓰다보니 지폐를 한장씩 세는 건 좀 어색했다. 점원은 지언이 건넨 돈을 다시 빠르게 세고는 눈웃음을 쳤다. 요즘 이상한 사람이 너무 많으니 기분 나빠하지 말라고 했다. 지언은 손잡이 비닐을 제거해줄 수 있느냐고 물었다. 스크래치가 생기면 교환 불가라는 점원의 설명에 묵묵히 고개를 끄덕였다.

"예쁜 캐리어 잘 샀네, 언니. 좋은 여행해요."

캐리어는 지언의 뒤를 따라서 부드럽게 굴러 왔다. 평소 지언은 생필품이 아닌 이상 돈을 잘 쓰지 않았다. 태국 여행 때도 트렁크를 사는 대신 늘 들고 다니는 배낭을 맸다. 샛노란 캐리어는 여태껏 산 물건 중 가장 화려해서 얼마나 쓰게 될지 확신할 수 없었지만 왠지 모르게 마음이 벅찼다. 가방 속 얇아진 봉투는 안중에도 없었다. 지언은 캐리어와 함께 다시 인파 속으로 합류했다.

투병이란 캄캄한 구덩이에 계속 돌을 던져 넣는 행동과 다르지 않았다. 얼마나 깊은지 알 수도 없거니와 빛 한 줄기가 구덩이 옆면을 스칠 때마다 곧 있으면 끝이라고, 무엇이든 떠오를 거라며 스스로 속이고 괴로워했다. 때로는 무수하게 던져 넣은 돌멩이들이 더 깊이 무너지는 소리가 들렸다. 그 순간 돌을 던져 넣던 손 역시 함께 무너져내리기 쉬웠다. 담당의는 경주의 기관지에도 염증이 전이되었다는 진단을 내렸다. 더 독한 약과 치료법이 처방

될 예정이었다.

모임 회원들은 그 소식을 듣고 경주를 위로했다. 그러나 경주가 모임에 뜸해지자 온갖 소문이 퍼졌다. 사이비 종교나 이상한 민간요법에 빠졌다거나 담당의와 싸웠다는 등 무엇 하나 뻔하지 않은 게 없었다. 지언은 들은 척도 하지 않았다. 어차피 경주가 다시 모임에 나오기만 하면 거품처럼 꺼질 소문들이었다. 경주에게 식단일기를 제출하라는 문자 메시지를 보냈다. 그러자 답장 대신 전화가 왔다. 경주의 목소리는 생각보다 밝았다.

"죄송해요. 저 이번 주에도 못 가요. 요즘 바빠서요."

"무슨 일 있었어?"

"지난달에 미국 쪽 스튜디오에서 연락이 왔어요. 제 포트폴리오를 봤대요. 같이 네팔에서 프로젝트를 하지 않겠냐고 제안하더라고요. 언니, 제가 이 연락을 몇년 동안 기다렸는지 아세요?"

"정말 잘됐다."

"그래서 지금 기획안이랑 갈 장소들을 정하고 있어요. 거기서 항공권도 보내준대요. 나중에 언니 미국으로 놀러와요. 저 반년 이상은 거기 있을 거니까 시간은 충분해요."

"의사 선생님은 뭐라셔?"

"조금 꽁하셨어요. 나중에 프로젝트 끝나면 면세점에서 양주 한병 사다드리죠."

꽁하다는 말로 일축할 만한 상황은 아니었다. 지언은 잠시 뜸을 들였다. 경주에게 지금 최우선은 치료에 집중하는 것이었다. 첫 합병증은 일종의 신호탄과 같았다. 기관지에 이어 간, 신장 등 문제가 잇따라 일어날 수 있었다. 반년 넘게 약으로 틀어막는다는 건 불가능했다. 경주는 지언의 말을 잠자코 듣다가 입을 열었다.

"여기 있다간 화병이 도질 것 같은데요. 어차피 더 나빠지기만 할 텐데, 계속 미룰 순 없잖아요. 호전될 때까지 어떻게 기다려요? 기회는 지금뿐인걸요."

"다른 기회도 있을 거야. 네 사진, 좋잖아."

"다음 기회를 기다릴 시간이 아예 없을지도 모르죠."

조금도 물러서지 않겠다는 듯한 어조에 지언은 아무런 대꾸도 하지 못했다. 차라리 경주가 합병증 때문에 스트레스를 받는다면서 훌쩍이기라도 한다면 훨씬 쉬울 터였다. 병자들은 회복보다 악화할 확률이 높다는 사실을 깨닫는 순간 분개했다. 그러는 동안 몸은 제멋대로 뒤틀리고 곳곳에 염증이 전이되면서 정신마저 쪼그라들었다. 경주의 말마따나 다른 기회를 기다릴 시간이 없을지도 몰랐다.

"언니, 허트 라군 호수 사진 기억나세요? 전 사진에서는 행운아예요. 거기에 운을 다 몰아 썼나 싶기도 하지만 후회는 하지 않아요. 그리고 네팔이랑 미국에도 병원이 있으니까 너무 화내진 마세요."

통화를 마친 후 지언은 경주에게 했던 말들과 할 수 있었을 충고들을 하나씩 되짚었다. 어떤 말을 하든 결국 포기를 종용하는 것으로만 들렸다. 무리하지 말라는 격려도 핀잔처럼 받아들였을지도 몰랐다. 병원에서 근무할 적 지언은 경주 같은 환자들이 어떤 식으로 병에 맞서다가 스러지는지 수도 없이 봐왔다. 그때는 그들을 한없이 딱하게만 여겼다. 어차피 실패할 게 뻔한데도 왜 무리하는지 이해가 가지 않았다.

지언은 다시 경주에게 전화를 걸었다. 통화연결음이 몇 번 가다가 이내 끊어졌다. 경주의 마음을 돌릴 생각은 없었다. 어차피 설득한들 꺾일 만한 고집이 아니기도 했다. 지금 지언은 간호사가 아니었다. 경주와 같은 환자였다. 하지만 한계선을 넘지 않기 위해서 마냥 제자리에서 버티면서 살고 싶진 않았다. 꿈은 한없이 낯설고 먼 단어였다. 지언도 꿈꾸고 싶었다. 그렇기에 경주가 꿈을 이루길 바랐다.

조위금 봉투가 얄팍해질수록 지언은 대담해졌다. 생전 본 적도 없는 가수 포스터를 뒤적이는가 하면 좌판에 깔린 분홍색 후드티셔츠를 입어보기도 했다. 열개입 마스크팩을 사고 구슬과 장식품들을 빽빽하게 꿰어 만든 목걸이를 골랐다. 상인들은 손님에게 친절한 만큼 무관심했다. 말 한마디 않고 흰 봉투에서 돈을 꺼내도 의문을 품지 않았고, 부탁하지 않았는데도 나서서 지언의 캐리어를 닫아주었다.

캐리어는 두 손으로 잡고 끌어야 할 만큼 무거워졌다. 지언은 뒤늦게 허기를 느끼고선 주변을 돌아보았다. 곳곳에서 고소하고 달콤하며 짜고 매운 냄새들이 코를 찔렀다. 거대한 추로스나 오징어 튀김, 파르페 등 기름에 튀기거나 소금과 설탕으로 범벅된 음식 천지였다. 남은 동전까지 탈탈 털어 음식들을 샀다. 그리고 게 눈 감추듯 먹어치웠다. 빈 봉투는 기름으로 번들거리는 손을 닦은 다음 구겨서 버렸다.

곧 있으면 자정이었다. 몇시간만 지나면 경주의 시신은 장례식장을 떠나 화장장으로 향할 터였다. 경주가 찍지 않은 사진이 경주의 영정사진이 되고, 찍을 수 있었을 풍경들은 시신과 함께 타서 한줌 재가 될 것이다. 그리고 어딘가에 뿌려지거나 유골함에 담기는 평범한 결말을 맞이할 터였다. 모두가 잊을 때까지. 모든 이들의 삶이 그렇게 끝났다. 썩거나 타올라 무너지면서 끝을 맺었다.

아직 거리는 환하고 시끌벅적했지만, 지언은 그 모든 걸 뒤로한 채 근처 역으로 향했다. 승차장은 사람들로 북적였다. 지하철 공사 직원 몇몇이 경광봉을 들고 돌아다니면서 뒤로 물러서라고 외쳤다. 스크린도어가 있어야 할 자리가 텅 비어 있었다. 안전선 주변에서 얼쩡거리는 사람들은 경고를 듣고 물러섰다가 다시 다가가길 반복했다. 지언의 눈에는 얼른 전철에서 앉을 자리를 확보하고 싶은 사람들로만 보였다.

모르는 사람들의 눈에 지언은 그저 평범한 관광객에 지나지 않았다. 살짝 충혈된 눈동자와 샛노란 캐리어, 조금 구겨진 옷깃이나 의자에 앉아서 무릎을 두드리는 모습까지 무엇 하나 의심할 이유가 없었다. 지언은 전철들이 왔다가 지나가는 동안 계속 앞만 응시했다. 시커먼 벽이 자신의 시야를 가로막고 있었다. 달고 짠 음식들로 좋아졌던 기분이 한순간에 곤두박질쳤다. 아래로, 아래로.

마지막 전철이 도착한다는 안내 방송이 나왔을 때 지언은 저도 모르게 무릎에 힘을 주었다. 마지막 기회였다. 그러나 돌연 앞으로 지나가는 회사원 무리에 밀리는 바람에 또 주저하고 말았다. 회색 문 사이로 환하고 창백한 빛이 흘러나왔다. 무엇 하나 뜻대로 되는 게 없었다. 전철에 탔다. 자리에 앉고 난 다음에야 승차장에 두고 온 캐리어가 생각났지만, 이미 문은 닫힌 후였다.

지언은 깜박 졸았다. 그리고 꿈을 꾸었다. 꿈속에서 사람들은 경주의 시신을 태우는 대신 매장했다. 경주의 유언이었다. 경주는 벌레들이 파먹고 온갖 곰팡이로 뒤덮여 형체를 알아볼 수 없을지라도 끝까지 버티다가 다시 살아나겠다고 했다. 지언은 종교나 기적을 믿지 않았다. 그런 걸 바랄 수 없는 삶을 살아왔다. 대신 경주가 살아남기 위해서 먹은 약들을 믿었다. 그 약들이 방부제처럼 경주가 썩지 않도록 막아주길 바랐다. 무엇이든 믿을 것이 필요했다.

꿈은 늘 그랬듯이 지언을 내쫓았다. 먼저 깨어난 건 귀였다. 잠시 후면 내려야 했지만 지언은 눈을 감은 채 앞으로 벌어질 일들을 상상했다. 아무것도 떠오르지 않았다. 그저 뻔한 귀갓길뿐. 이내 미처 소화하지 못한 음식들이 그녀의 배 속에서 부대꼈다. 한없이 불쾌한 동시에 반가웠다. 살아 있다는 느낌이 들었다.

하비의 책

✳
✳
✥

아주는 하비의 스마트폰 보안 패턴을 단번에 풀었다. 패턴은 단순했다. 날렵하고 가볍게 브이 자를 그리던 하비의 검지. 똑똑히 기억하고 있었다. 정작 하비의 부모님에게 연락하는 데 한참이 걸렸다. 하비는 부모님들도 전화번호부에 본명으로 저장해두었다. 아주를 제외한 다른 사람들처럼.

수술동의서를 쓸 수 있는 사람은 직계가족뿐이었고, 병원 출입 역시 그들에게만 허용되었다. 아주는 병원 앞 주차장에서 하비의 가족들을 기다렸다. 병원 인근 상가들의 불빛이 하나둘씩 꺼지고 가로등만 남아 번득일 즈음 차 한대가 주차장으로 들어왔다. 하비의 부모님 같았다. 아주는 코트 주머니에서 손을 뺐다.

"저, 전화드렸던 은영이 친구예요."

하비의 아버지로 보이는 중년 남성은 아주의 명함을 받아들고는 이리저리 살폈다. 그러고는 아주의 이름을 소리 내어 읽었다. 최현주. 아주는 허리를 숙여 인사했다. 하비의 어머니가 침착한 목소리로 어디로 들어가면 되느냐고 물었다. 아주는 그들을 응급실로 데려갔다.

직계가족이라도 한명만 드나들 수 있었다. 아주는 바깥에서 하비의 아버지와 함께 기다리기로 했다. 유리문 너머로 열을 재고 명부를 작성하는 하비의 어머니가 보였다. 아주는 하비가 아버지보다 어머니를 더 닮았다고 생각했다. 가는 눈매와 끝이 올라간 눈썹, 자칫 사납고 예민해 보이기 쉬운 인상이었다. 하비는 누구 앞에서든 볼을 한껏 끌어올리며 열심히 웃곤 했다. 하비의 아버지가 넌지시 물었다.

"범인은 잡혔나?"

"네, 경찰서에서 조사 중이래요."

범인은 바로 앞 빌라에 사는 남자였다. 그는 하비나 아주와는 일면식도 없었다.

"실수였다고."

하비의 아버지가 혀를 찼다.

"사람이 어떻게 실수로 사람을 이렇게 만들어봐?"

경찰은 범인을 바로 경찰서로 연행하는 대신 병원부터 데려왔다. 아주는 경찰에게 자초지종을 간략하게 전해 들었다. 범인은 술에 취했다. 그는 홧김에 주차금지용 콘에 올려둔 벽돌을 투포환처럼 내던졌다. 벽돌은 언덕을 내려가던 하비의 뒤통수에 명중했다. 범인은 도망치다가 언덕에서 굴러 도로 한복판으로 떨어졌다. 그리고 가벼운 찰과상만 입었다. 범인은 운이 좋았다.

하비의 아버지가 탄식했다.

"우리 애는 왜 이렇게 복이 없나."

아주는 못 들은 척 고개를 돌렸다. 하비의 아버지가 멋쩍게 웃었다.

"세무사가 그렇게 돈을 잘 번다던데. 남자친구가 좋아하겠네."

"아."

아주는 어깨를 움츠렸다. 그녀는 세무사가 아니라 세무사무소에서 일하는 직원이었다. 그러나 정정한들 괜히 분위기만 어색해질 터였다.

"작년에 헤어졌어요."

결별은 재작년이었지만 일부러 늦춰서 말했다.

"능력 있으니까 더 좋은 사람 만날 수 있지."

하비의 아버지는 숱이 얼마 안 남은 머리를 문질렀다.

"우리 은영이는 만나는 사람 없나?"

"올해 초에 헤어졌다고 들었어요."

아주는 대충 둘러댔다. 사실 하비에게 애인 이야기를 들어본 적도 없었다.

"정말이지 요즘 애들은 너무 약아. 애가 무직이라 그런가, 아니면……"

하비의 아버지가 말끝을 흐렸다. 아주는 화단에 걸터앉았다. 수술이 시작된 지 두시간은 족히 지났으나 아무 소식도 없었다. 아주는 허리를 수그렸다. 하비의 코트가 어깨를 무겁게 내리누르는 것만 같았다. 얇고 가벼운 홑겹 코트였다. 둘은 같은 코트를 샀다. 하비는 짙은 남색을, 아주는 검은색을 골랐으나 유심히 보지 않는 이상 구별하기 어려웠다. 누군가가 아주의 어깨를 조심스럽게 두드렸다.

"그만 들어가봐요."

아주는 고개를 저었다. 하비의 아버지가 택시비로 쓰라며 내미는 돈도 한사코 사양했다. 적어도 하비의 수술이 끝날 때까지는 기다리고 싶었다.

"괜찮아요, 아버님. 저 기다릴 수 있어요. 기다려야 해요. 은영이 코트에 저희 사무실 열쇠가 있어서……"

허술한 평계였다. 하비의 아버지는 바로 전화를 걸었고, 몇 분 후 하비의 어머니가 거무스름한 옷 뭉치를 들고 나왔다. 둘둘 말린 검은 코트를 털자 열쇠와 동전이 부딪치는 소리가 났다. 핏자국은 보이지 않았으나 유난히 축축한 부분이 눈에 띄었다. 아주는 코트 주머니에서 열쇠를 꺼냈다. 하비의 어머니는 두 팔로 코트를 단단히 그러안았다. 그러고는 말했다.

"고마워요."

그나마 택시비를 받지 않는 것이 아주의 최선이었다. 아주는 하비의 코트를 걸친 채 하비가 없는 집으로 향하는 버스에 탔다. 잠깐 눈이라도 붙일 요량으로 숨을 가다듬었으나 도리어 정신만 더 또렷해졌다. 버스가 병원을 우회해 시내로 향했다. 아주는 눈을 감았다. 돌아가서 마주할 풍경이 눈에 선했다. 프라이팬 위에서 차갑게 식어버린 소시지와 김이 빠진 샴페인 그리고 환하게 불이 켜져 있을 하비의 방. 하비의 책상과 방바닥에 쌓여 있을 책들이 떠올랐다. 하비 없이 하비의 책만 있는 하비의 방. 아주의 손이 코트 주머니 속에 든 하비의 스마트폰을 쥐었다. 차가웠다.

올해 초 아주가 근무하는 세무사무소는 예상치 못한 호황에 시달렸다. 매년 1월은 부가가치세 신고로 바쁜 달이기는 했지만 이번에는 유난히 바빴다. 부가가치세 신고를 마친 중소기업들 태반이 청산을 신고했다. 아주는 지난 몇 년간 담당했던 중소기업들의 매출 데이터를 삭제하고 파쇄기 옆에 폐기해야 할 서류들을 쌓아두었다. 그 산더미 같은 서류에도 파쇄기는 용케 망가지지 않았다.

하비가 일하는 여행사도 그중 하나였다. 나름대로 강남에 주소를 두고 있었으나 몇 년째 소규모 스타트업 신세에서 벗어나지 못했다. 직원은 사장을 포함해 다섯뿐이었다. 하비는 팸플릿이나 SNS에 배포할 광고 제작뿐 아니라 홈페이지 관리까지 도맡았다. 열평 남짓한 사무실은 사면이 불투명한 유리벽이었다. 하비의 말에 따르면 한층에 그런 사무실이 열 개는 족히 넘는다고 했다. 그 사무실에 입주한 회사들의 업종이나 취지는 서로 달랐으나 비슷한 처지였다. 대부분 청년 벤처 사업가들이었다. 그들은 버틸 뿌리도 없이 줄지어 선 도미노 같았다. 작년 말부터 방역 문제로 공용 라운지가 폐쇄되었고 사무실도 하나둘씩 비워졌다. 하비가 다니는 여행사도 1월을 무사히 넘기지 못했다. 하비는 결국 휴가 마지막 날 실직자가 되었다.

"올해 연차까지 끌어다가 쉬길 잘했지."

하비가 명랑한 목소리로 말했다.

"난 우리 사장님이 망할 줄 알았어."

아주는 간신히 부츠를 벗은 후 부엌으로 들어갔다. 방바닥이 차가웠다. 입춘이라는 말이 무색했다. 아주는 법랑 냄비를 꺼내서 우유를 부었다. 푸른 가스 불이 냄비를 부드럽게 어루만졌다. 희멀건 우유에 조그만 거품이 일 때까지 부엌은 조용했다. 아주가 가스 불을 한단 줄였다.

"몇년 일했지?"

"오년 조금 안 됐네."

하비가 선반을 뒤지면서 대답했다.

"우리 같은 여행사치고는 오래 버틴 거지. 사장님이 퇴직금은 챙겨준대."

아주는 말없이 초콜릿 파우더를 평소 넣는 양보다 두 숟가락 더 넣었다. 단내가 부엌 구석까지 고르게 퍼졌다. 그녀는 시린 발바닥을 종아리에 대고 비비면서 냄비를 응시했다. 초콜릿 파우더가 엉기지 않고 다 녹을 즈음 가스 불을 껐다. 잔에 나누어 담자 하비가 기다렸다는 듯이 핫초코에 칠리 파우더를 뿌렸다. 아주는 하비가 멕시코에서는 핫초코를 이렇게 마신다고 말했을 때 쉽게 믿지 못했다. 핫초코는 혀가 녹을 만큼 달고 코끝이 찡할 정도로 매웠다. 날씨가 서늘해지고 기침이 좀처럼 떨어지지 않을 때면 아주도 자연스레 이 맛을 떠올리곤 했다.

하비가 잔을 내려놓았다.

"잘됐어. 계획한 것도 있고."

"뭔데?"

계획을 세우는 건 하비의 취미이자 특기였다. 아주는 의자를 바투 당겨 앉았다. 하비는 요가나 외국어를 배우겠다는 흔한 목표부터 한옥을 짓는다거나 잠수사 자격증을 따겠다는 특이한 목표까지 가리지 않고 정한 뒤 계획을 세웠다. 얼마나 철저하게 계획을 세우는지 아무리 멀고 허황한 목표라도 가능해 보일 정도였다. 왜 그런 목표를 정했느냐고 물어보면 하비는 당연하다는 듯이 대답했다. 그런 사람이 되면 어떨까 해서. 그러나 하비의 계획 중 다수는 실행을 앞둔 채 중단되기 일쑤였다. 하비는 단념한 즉시 즐겨찾기 목록과 엑셀로 정리한 계획표를 삭제했다. 열심히 만든 모래성을 발로 차서 무너뜨리듯. 슬퍼하기는커녕 아쉬워하지도 않았다. 그러고는 바로 다른 계획을 세웠다.

"아주야, 내 소원 기억해?"

"잊어버렸는데."

아주는 슬그머니 시선을 피했다.

"나도 한물갔나봐."

"무슨 한물 타령이야. 벌써 갔지."

하비가 핀잔을 주었다.

"약속했잖아."

불과 몇주 전, 작년 마지막 날이었다. 매년 그랬듯이 아주와 하비는 함께 텔레비전에서 흘러나오는 보신각 종소리를 들으면서 새해를 맞았다. 둘은 두서없이 새해 소원을 빌었다. 아주는 사무소 근처에 커피 맛이 괜찮고 값도 싼 까페가 생기거나 야근을 덜 하게 해달라고 말했다. 그 소원을 들은 하비가 입을 삐죽거렸다. 너무 소박한데. 고민 끝에 아주는 예전에 신던 양말을 다 버리고 새 양말로 갈게 해달라는 소원을 빌었다. 한편 하비는 소원을 비는 대신 아주에게 다짜고짜 자신의 소원을 들어달라고 졸랐다. 아주는 맥주 두 캔에 취해 그 소원을 들어주겠노라고 약속해버렸다. 하비가 말한 소원은 하나뿐이었다.

"네 책이니까 네 이야기를 써야지. 왜 내 이야기를 쓰겠다는 건데? 어차피 아무도 안 읽어."

물론 아주는 하비가 세웠다가 무너뜨렸던 계획들처럼

이 역시 수포가 될 가능성이 충분하다고 생각했다. 그런데도 영 내키지 않았다.

"그건 모르지. 그리고 아무도 안 읽으면 어때. 안 읽는 책도 있는 거야. 세상에 책이 얼마나 많은데."

하비의 말이 맞기는 했다. 세상에는 온갖 책이 있었다. 그래서 어떤 책이든 희소성이 부족했다. 일종의 도박에 가까웠다. 아주가 재작년에 기장을 맡았던 출판사 장부만 봐도 알 수 있었다. 책 한권이 세상에 나오기까지 원고료나 인쇄비뿐 아니라 홍보비, 창고 임대료 등 무수한 부수 비용이 줄줄이 따랐다. 팔리지 않으면 출판하는 족족 적자였다.

"그럴 돈으로 차라리 여행을 가."

"어차피 한동안 해외도 못 나가잖아."

"다 끝난 일이야."

이미 오래전에 일어난 일이었다. 아주는 화를 낼 필요도 없고 화내고 싶지 않다고 생각했다. 그 시절은 영영 문을 잠가둔 방과 같았다. 완전히 잊을 수는 없었으나 완벽하게 떠올리는 것도 불가능했다. 방 안의 가구와 물건들 위로 먼지가 뿌옇게 내려앉을 것이고 오래된 종이와 천들은 벌레 사체들과 함께 서서히 썩어갈 터였다.

"이제는 상관없어."

"아니잖아."

하비는 날카롭게 대꾸했다. 아주는 부인할 수 없었다. 그녀는 종종 한밤중에 진저리를 치며 일어나곤 했다. 그런 날이면 아무리 늦은 시각이더라도 하비는 용케 아주의 방문을 두드렸다. 둘은 다시 눈꺼풀이 무거워지기 전까지 자질구레한 잡담을 나누었다. 하비가 아주의 팔꿈치를 잡았다.

"끝내야지. 억울하잖아."

"차라리 퇴사 일기를 써. 그게 더 재밌겠다."

아주도 알고 있었다. 계속 무시해도 그 방은 사라지지 않는다. 자신까지 모조리 태워버리지 않는 이상. 그러나 문을 열고 들어가서 그 기억과 마주한다 한들 바뀌는 건 아무것도 없었다. 아주는 여전히 무력했다. 이미 일어난 일이었다.

"네 이야기라는 건 비밀로 할게. 계약서 쓸까?"

"계약서 함부로 쓰는 거 아니라니까."

아주는 하비의 손을 뿌리치지 않았다. 하비의 고집을 꺾을 자신이 없기도 했지만 어떤 계획을 세울지 궁금하기도 했다. 계약서는 남은 핫초코가 잔 바닥에 끈적하게 말라붙을 무렵 가까스로 완성되었다. 아주는 계약서대로 매주 한번씩 자신의 이야기를 녹음했다. 처음에는 있었던 이야기만 말하겠다고 다짐했으나 녹음을 마치고 나면 깜박했던 사실들이 떠올랐다. 사람들에게 미처 말하지 못했던 이야기를 하나둘씩 늘어놓다보면 어디서 끝맺어야 할지 몰라서 말을 잃었다. 하려던 말을 갑자기 잊어버리기도 했다. 그러나 녹음한 파일을 다시 듣지는 않았다. 들을 시간도 들을 마음도 없었다. 다만 자신의 이야기를 도중에 끊고 질문하거나 정리하려 드는 사람이 없으니 한결 마음이 편했다.

하비는 아주가 녹음 파일을 보내면 한시간 안에 확인했으나 어떤 질문도 하지 않았다. 아주도 원고가 어떻게 되어가는지 물어본 적이 없었다. 가끔 테이블에 올려둔 원고 더미나 스케치가 들어왔지만 한번도 들춰보지 않았다. 더위가 절정에 달할 무렵 하비는 초고를 다 써서 프리랜서 편집자에게 교열을 맡겼다고 통보했다. 그리고 볼에 선선한 바람이 와닿을 즈음 인쇄소에서 완성된 책들이 왔다. 초록색 표지에 노란색 가름끈이 달린 책 이백권이 하비의 방바닥과 책상 위를 점령했다. 아주가 창고에 맡기는 편이 낫지 않겠냐고 묻자 하비는 어차피 소량 인쇄라

물류창고에 보관할 필요까지는 없다고 대답했다. 그리고 여러 서점에 입고제안서를 잔뜩 써서 보냈으니 조만간 답이 올 것이라고 덧붙였다. 그러나 아주가 아는 한 이백권 중 한권도 줄지 않았다.

아주는 하비의 아버지에게 문자 메시지를 보냈다. 답장은 다른 번호로 왔다. 하비의 어머니였다. 수술이 무사히 끝났으나 의식은 아직 돌아오지 않았다고 했다.

'걱정해줘서 고마워요.'

군더더기 없이 깔끔한 메시지였다. 아주는 오늘 면회하러 가도 되느냐는 메시지를 썼다가 지웠다. 병원은 보호자 카드를 소지한 사람에게만 면회를 허락했다. 후배가 아주의 책상을 두드리더니 작은 목소리로 파쇄할 서류가 있느냐고 물었다. 아주는 책상 아래에서 서류로 가득 찬 상자를 끌어냈다.

몇분도 채 안 되어 다시 두드리는 소리가 들렸다. 아주는 후배가 제게 내민 것을 받아들었다. 희고 도톰한 종이로 만든 카드였다.

"실수로 버리신 것 같길래."

"고마워요."

아주는 어색하게 웃었다.

"역시 꼼꼼하네."

"이런 시기에 결혼하는 사람도 있나보네요."

"뭐, 식장은 몇달 전에 잡았는데 계속 미뤘다니까. 그 언니도 최선을 다한 거겠죠."

후배는 몇번 고개를 끄덕이더니 파쇄기 쪽으로 돌아갔다. 아주는 청첩장을 가방에 넣었다. 이 시기에 결혼식을 감행하는 사람과 그날 받은 청첩장을 버리는 사람 중 누가 더 비난받을 만한지 모르겠다고 생각했다. 아주는 신부의 이름을 입속에서 몇번 되뇌었다. 이 언니가 유씨였구나. 청첩장이 아니었더라면 본명도 몰랐을 사람이었다. 닉네임이 더 익숙했다. 하비처럼.

아주는 아주가 된 후 사람들과 쉽게 가까워졌다. 좋아하는 배우가 같다는 이유만으로도 친해질 이유가 충분했다. 인터넷 커뮤니티에서 맺은 친분은 개인 SNS 계정을 주고받는 과정을 거쳐 직접 얼굴을 마주할 만큼 두터워졌다. 커뮤니티 사람들은 배우가 영화에 출연할 때마다 다 함께 기뻐했고 안 좋은 평을 받으면 다 함께 슬퍼했다. 일일이 설명하지 않아도 기뻐하고 슬퍼할 수 있었고 그 이유를 묻는 사람도 없었다. 함께 여행을 다녀오기도 했다.

아주에게 무해한 사람들이었다. 아주는 그들과 함께 있으면 안전해지는 것만 같았다. 하비는 그중 한명이었다.

문제는 세번째 여행에서 불거졌다. 여행 전날에 있었던 기자회견 때문이었다. 배우는 이번 영화가 마지막 출연작이며 은퇴 후 유학을 떠날 예정이라고 말했다. 몇몇은 배우를 원망했고 몇몇은 배우의 행복을 빌었다. 서로 바라는 건 다르더라도 느끼는 건 비슷했다. 그들은 자신이 좀더 불행해졌다고 느꼈다.

누가 먼저 시작한 이야기인지는 알 수 없었다. 그들은 끓고 있는 닭볶음탕 앞에서 자신이 겪었던 불행을 털어놓았다. 이야기가 끝말잇기처럼 줄줄이 이어졌다. 비슷하고 다른 불행들이었다. 사람들은 서로를 다독이고 응원했다. 아주도 그 거대한 위로의 원에 끼고 싶었다. 같은 배우를 좋아하듯 함께 불행을 나누면 더 가까워질 것 같았다.

아주는 입을 열었다. 그러나 그 따뜻하고 다정한 시선들이 일제히 자신을 향해 내리꽂히자 입은 단단히 닫혔다. 숨이 가빴다. 혀는 달싹이기만 할 뿐 어떤 단어도 발음하지 못했다. 가벼운 맞장구나 다정한 손길도 엄살 부리지 말라는 경고 같았다. 시선을 피하거나 눈을 감으면 거짓말이라는 의심을 살지도 모른다고 생각했다. 혹여 질문이 날아든다면 대답할 자신도 없었다. 왜 그러지 않았지? 왜 그랬지? 아주의 두 손은 테이블 아래에서 서로를 맹렬하게 쥐어뜯느라 바빴다. 고백한들 아무 소용도 없었다. 그저 구석에 밀쳐두었던 불행이 되돌아올 뿐.

그때 하비가 말했다.

"말하기 힘들면 하지 마."

아주는 눈을 깜박거렸다. 닭볶음탕 국물이 바싹 졸아드는 와중에도 사람들은 차마 손을 대지 못했다. 오직 하비만이 열심히 닭볶음탕을 먹고 있었다. 기계처럼 이와 턱 근육을 쉴 새 없이 움직이면서 닭을 물어뜯어서 씹고 삼켰다. 누구도 말릴 수 없을 만큼 맹렬했다. 아주는 멍하니 그 모습을 바라보다가 입을 열었다.

"그래도……"

"지금은 견딜 만해?"

아주가 고개를 끄덕였다. 하비는 닭뼈를 휴지통에 버리면서 결론지었다.

"그럼 됐어."

순간 아주를 질식시킬 듯 몰려들었던 시선들이 썰물처럼 빠져나갔다. 사람들은 하비에게 함부로 다른 사람의 말을 끊지 말라고, 하비가 먹으면서 내는 소리 때문에 말

소리가 잘 들리지 않았다며 훈계했다. 하비는 태연하게 맞받아쳤다. 끝까지 듣기 위해서 먹었다고. 정말 끝까지 듣기 위해서 먹은 건지 끝까지 먹기 위해서 들은 건지 알 수는 없었다. 다만 그 자리에 있던 대다수는 후자라고 생각했다.

배우는 예정대로 프랑스 유학을 떠났다. 팬까페는 동결 되었지만 사람들은 계속 정기 모임을 가지거나 서로 게시 글에 댓글을 다는 등 친하게 지냈다. 하비는 예외였다. 다들 하비와는 거리를 두었다. 아주가 이유를 물어보면 시치미를 떼며 슬쩍 화제를 돌렸다. 그나마 제대로 대답한 사람은 청접장을 준 언니뿐이었다.

"개는 결핍도 없고 상처도 없잖아. 그래서 공감 능력이 부족해."

그날 하비만 아무것도 고백하지 않았다. 아주는 언니의 말이 이상하다고 생각했다. 하비가 고백할 것이 없어 모자란 사람이 되었다는 말처럼 들렸다. 아주는 맞장구하는 대신 웃기만 했다. 고백할 것이 있다고 해서 모두가 고백 할 수 있는 건 아니고, 고백할 게 없다고 해서 고백할 수 없는 건 아니었다. 다만 아주는 고백할 것이 있든 없든 감추지 않아도 되는 삶이 부러웠다.

아주는 축의금 봉투에 하비 몫까지 넣어서 언니에게 건넸다. 봉투에 나란히 적힌 아주와 하비의 닉네임을 본 언니는 석연찮은 웃음을 흘렸다. 그러더니 아주에게 여전히 하비와 친하게 지내느냐고 물었다. 아주는 지금도 같이 산다고 대답했다. 언니는 머리카락을 귀 뒤로 몇번씩 쓸어 넘겼다. 걔한테 줄 청첩장도 가져올 걸 그랬네. 아주는 언니가 여전히 다정하고 착하다고 생각했다. 그러나 하비의 사고에 관해서는 말하지 않았다. 그저 하비도 결혼식에 갈 수 없다고 전했다. 그럼 나중에 셋이서 보자. 언니의 말에 아주는 가볍게 고개를 주억거렸다.

퇴근할 즈음 문자 메시지가 한통 왔다. 은영이에게 갈 아입힐 속옷을 가져다줄 수 있느냐는 내용이었다. 아주는 마침 내일 토요일이라 가능하겠다고 답장한 다음 하비의 의식이 돌아왔는지 물어보았다. 답은 간결했다.

'고마워요.'

아주와 하비는 오년 넘게 같이 살았다. 먼저 함께 살 사람을 구한다는 글을 올린 건 아주였다. 아주는 자취하던 반지하 방에서 두번째 침수를 겪은 후 SNS에 하소연했다. 동정과 위로의 메시지만 이어지는 가운데 하비가 다른 내용의 댓글을 달았다. 하비도 외풍이 심한 옥탑방 생활이 질린다고 했다. 둘 다 마련할 수 있는 보증금은 얼마 되지 않았지만 합치니 반지하나 옥탑 신세는 면할 수 있었다.

첫번째로 구한 집은 빌라 일층이었다. 주변에는 파출소와 슈퍼가 있었고 집주인은 친절했다. 문제는 학교 근처라는 점이었다. 밤늦도록 시끄러웠다. 계약 기간이 끝나자마자 둘은 다른 집으로 이사했다. 쪽방 사이에 세운 가벽을 터서 만든 원룸이었다. 제법 넓은 데다 주변도 조용했다. 그러나 창문이 하나밖에 없었다. 생선이나 고기를 구울 엄두는 내지도 못했다. 그들은 계약 기간이 끝나기만을 기다렸다.

세번째로 구한 집은 가파르고 좁은 아스팔트 언덕 중간에 자리한 곳이었다. 일층이 아니라 삼층이었고 옛날에 지은 빌라라 오히려 층간소음도 적다고 했다. 아주는 이집이 영 마음에 들지 않았다. 우선 언덕진 길을 따라 빽빽하게 주차된 차들이 눈에 거슬렸다. 주차금지용 콘을 세워둔 시멘트 조형물들이나 벽돌이 서너개씩 쌓여 있는 빈화분도 좋아 보이지 않았다. 그나마 장점이라고는 출퇴근 시간이 삼십분으로 단축된다는 것뿐이었다.

하비는 이 집이 마음에 든다고 했다. 베란다 때문이었다. 한발짝 발을 떼면 끝일 만큼 협소한 베란다였다. 아주는 베란다가 있는 곳에서 살아본 적이 없었다. 실은 이전에 살던 집도 나쁘지 않다고 생각했다. 환기는 잘 안 될지언정 상자 속에서 풀을 뜯고 잠드는 양처럼 조용하게 살 수 있었다. 하비는 질색했지만.

오래된 집이라 그런지 베란다 문은 제대로 닫히지 않았다. 그 사이로 바깥에서 나는 소음이 새어들어왔다. 청소도 따로 하고 혹여 물이 새는 곳이 없는지 수시로 살펴봐야 했다. 하지만 노을이 지거나 해가 뜰 때마다 아주는 저도 모르게 손을 멈췄다. 베란다로 들어오는 햇빛 덕분에 방 안은 순식간에 밝아지고 천천히 어두워졌다. 아무 생각도 없이 빛과 어둠 속에 잠겨 있을 수 있었다.

하비와 동거하면서 아주는 배달음식으로 끼니를 해결하는 대신 직접 밥을 해 먹기 시작했다. 텔레비전이나 인터넷에 흥미로운 요리법이 나오면 받아 적었다. 가을에는 전어가 제철이고 봄에 나오는 쑥으로 국을 끓일 수도 있다는 사실도 하비 덕분에 알았다. 하비는 봄에는 딸기, 여름에는 복숭아, 가을에는 사과, 겨울에는 귤로 잼을 만들었다. 식빵이나 우유가 떨어지지 않게 매번 사다놓았다.

크리스마스 기념이라며 조그만 트리를 사서 꾸미는가 하면 좋아하는 빵집에서 케이크를 주문하기도 했다. 거실에는 감명 깊게 본 전시회에서 산 포스터를 붙여놓았다. 하비는 삶을 풍요롭게 만드는 데 능한 사람이었다.

한번은 아주가 왜 닉네임을 하비로 정했느냐고 물어보았다. 하비는 십자드라이버를 든 손을 능숙하게 놀리면서 대답했다.

"그냥."

마치 하비가 아니라도 상관없다는 투였다. 하비는 나사를 다 조인 다음 테이블을 바로 세웠다. 그러고는 네 다리로 선 테이블이 갓 태어난 기린이라도 되는 것처럼 흐뭇한 눈길로 살폈다.

"아주 좋아."

아주는 하비의 그런 면이 좋았다.

하비의 어머니는 아주에게 시종일관 깍듯했다. 그녀는 병원 앞에서 바로 헤어지는 대신 커피를 사겠다며 아주를 까페로 데려가더니 케이크까지 몇조각 포장해서 들려주었다. 아주가 괜찮다고 말해도 하비의 어머니는 꿋꿋이 고집을 부렸다. 은영이가 진 신세를 조금이라도 갚고 싶다고 했다. 아주는 정정조차 못하고 어색하게 웃었다.

"은영이는 어때요?"

"자기가 이겨내야죠."

하비의 어머니는 마스크를 살짝 내리고 커피를 마셨다. 아주는 하비의 어머니에게 사과하고 싶었다. 무엇이든. 사고를 당한 날 하비는 아주의 검은 코트를 걸치고 나갔다. 편의점은 집에서 오분도 걸리지 않을 만큼 가까웠다. 그리고 하비가 사고를 당했다. 아주는 이 일련의 사건이 전부 자신의 탓인 것 같았다. 그러나 아무 말도 할 수 없었다. 하비의 어머니가 아주의 손등을 가볍게 두드렸다.

"은영이는 원체 삶에 굴곡이 많은 애라. 이쯤은 아무것도 아니에요."

"저희 동네가 교통편도 괜찮고, 밤늦게 불도 다 켜져 있는 곳인데……"

"그런 일이 장소 가려서 일어나나."

하비의 어머니는 괜찮아, 괜찮다고 반복해서 말했다.

"우리 은영이가 현주씨처럼 좋은 친구를 둬서 다행이네. 앞으로도 친하게 지내요."

"감사합니다. 저도 은영이 덕분에 잘 살고 있어요."

아주는 진심이었다. 하비의 어머니는 고맙네, 고맙다는

말을 반복했다.

"생각이 깊네, 친구가. 은영이도 집에 돌아가서 재활치료도 받고 하면 좋아질 거니까 너무 걱정 마요. 걔도 이제 제대로 살아야지."

아주는 마스크 안쪽 입술을 깨물었다.

"재활병원이라면 이쪽이 더 가까워요."

그녀는 말을 덧붙였다.

"은영이도 곧 다시 취직할 거예요. 아시잖아요. 요즘 다들 어렵고."

하비의 어머니는 눈 하나 깜박하지 않았다. 남은 커피를 다 마시고는 아주가 아무것도 모른다고 했다. 그리고 아주가 몰랐던 이야기를 들려주었다.

하비이기 이전의 하비는 미대 졸업전시회에서 예정과 다른 작품을 전시했다. 하비를 어르고 달래는 한편 협박까지 일삼으면서 자신의 허물을 감추려고 했던 선배가 보낸 문자 메시지와 전화 통화 녹취록, 그 선배로 인해 학교를 떠났던 여자 선후배들의 성씨, 그 모든 글자가 제각기 색을 띤 붓질이 되어 캔버스 위에 하나의 거대한 형상을 이루었다. 그 형상은 인간처럼 머리와 팔다리는 있었으나 얼굴만은 가지고 있지 않았다. 인간을 닮은 폭로가 관객들을 굽어보고 있었다. 하비의 어머니는 아직도 그 작품이 기억난다고 했다. 그녀는 그제야 자신의 딸에게 무슨 일이 있었는지 알게 되었다. 하비는 같은 학과 선배를 고발하는 대자보를 붙였다. 선배는 하비가 먼저 접근했다고 주장했다. 학과 교수가 화해를 종용했으나 하비는 눈 하나 꿈쩍하지 않고 졸업전시회까지 버텼다. 선배는 결국 떠났고 하비는 대학원에 진학했다. 그게 하비의 어머니가 아는 전부였다.

"은영이가 참 독하죠."

그 말에 아주는 아무 대답도 하지 못했다. 고개를 끄덕이거나 시선을 맞추는 행동조차 할 수 없었다. 그저 땀으로 축축해진 손바닥을 자신의 바지에 문지르기만 했다.

하비는 끝까지 맞서 싸웠다. 그 사람은 사라졌다. 말없이 대학을 떠난 피해자들에 비하면 하비는 승리한 셈이었다. 그러나 갑자기 떠났다. 아주도 가끔 하비처럼 행동했더라면 어땠을지 상상해본 적이 있었다. 아주의 경우 선배가 아니라 학부 강사였고 졸업전시회가 없었다는 점이 달랐다. 하지만 비슷했다. 비슷하지만 같지는 않았다. 같지 않았지만 다른 것은 아니었다.

"서운하겠지만 어떡해요. 이제 제자리로 돌아가야죠."

하비의 어머니가 타이르듯 말했다. 마치 아주와 하비가 함께 살았던 시간이 하나의 소꿉장난에 지나지 않는다는 듯이.

까페를 나서는 길에 하비의 어머니는 하비가 의식을 찾는 대로 병원을 옮길 예정이라고 통보했다. 아주는 순순히 고개를 끄덕인 다음 버스를 탔다. 그리고 케이크가 든 상자를 버스 좌석에 두고 내렸다.

아주가 아직 아주가 아니라 현주이기만 했을 때, 그녀는 학교에 학부 강사의 처벌을 요구했다. 사람들은 현주의 이야기를 듣고 놀랐다. 그들은 당장 그 강사를 배척하고 단죄할 듯이 화를 내다가도 현주를 추궁했다.

"어쩌다가 그렇게 된 거야?"

아주도 그 이유를 몰랐다. 알 리가 없었다. 강사는 자신의 상냥한 메시지며 이에 감복한 듯한 현주의 답장까지 게시판에 고스란히 올리며 반박했다. 이 모든 사건이 순전히 현주의 착각이자 망상일 뿐이라고 우겼다. 그는 현주가 제시한 증거를 무효로 몰아갔다. 현주는 자신을 둘러싼 사람들의 시선이 미묘하게 변했다는 사실을 눈치챘다.

어느새 사람들은 현주와 강사를 같은 저울에 올려놓았

다. 어느 한쪽이 올라가면 다른 한쪽은 내려가야 했다. 그들은 배심원처럼 굴었다. 현주는 결백했다. 그러나 앞서 제시한 증거들이 반박당한 이상 자신을 증거로 내놓을 수밖에 없었다. 그녀는 자신의 삶이 그 사건 이후로 얼마나 망가졌는지 호소했다.

저울은 천천히 그 사람 쪽으로 기울어졌다. 그러자 그가 돌연 태도를 바꾸었다. 그는 자신이 모두를 실망시켰다며 사과했다. 실수였다며 용서를 빌었다. 현주를 제외한 모두에게. 사람들은 강사를 용서하지 않았고 끝내 학교에서 내쫓았다. 몇달 후 강사는 유서를 쓰고 한강대교를 걸었다. 순찰 중이던 경찰이 그를 달래서 데려갔다는 소문이 학과에 공공연히 퍼졌다. 사람들은 그가 딱하다고 말했다. 그러면서 그들은 현주가 용서해야만 자신들도 그를 용서할 수 있다고 떠들었다.

불가능했다. 현주는 용서를 구하는 말조차 제대로 들어본 적이 없었다. 그는 현주에게 용서를 빌지 않았다. 현주는 그 이유를 알고 있었다. 쉽게 용서를 바랄 수 없는 일이라는 사실을 알고 있었으니까. 용서를 빌고 순순히 잘못을 인정하느니 변명하고 부인하는 쪽이 더 나았다. 적어도 실수라면 용서받을 수 있었다. 하지만 벌이 용서보다 쉬웠다. 벌줄 방법은 많아도 용서할 방법은 요원했다.

상담사는 현주에게 하고 싶은 말이 있다면 무엇이든 해도 좋다고 했다. 하지만 현주는 아무 말도 할 수 없었다. 두번째 상담까지 침묵으로 일관하자 상담사는 모래가 담긴 상자를 가져왔다. 그는 무엇이든 마음대로 놓아보라고 했다. 현주는 모래가 싫었다. 물을 부어도 금세 말랐고 높이 쌓거나 구덩이를 파도 몇번 손날로 쓸어버리면 순식간에 메워졌다. 현주는 말 모양 인형을 모래판에 거꾸로 처박았다가 다시 빼서 모래를 조심스럽게 털어주었다. 꽃을 심기도 했다. 인형들을 둥글게 세워두었다가 하나씩 손가락으로 튕겨서 넘어뜨렸다. 그리고 다시 세우기를 반복했다.

상담사는 모래판을 보면서 이런저런 질문을 던졌다. 현주는 볼펜을 쥔 상담사의 손을 보았다. 모래가 덕지덕지 낀 자신의 손톱과 달리 상담사의 손톱은 깨끗했다. 현주는 상담사가 어떤 질문에도 명쾌한 답을 줄 수 없고 주어서도 안 된다는 사실을 알고 있었다. 그저 자신의 말을 듣고 그대로 정리하고 요약해서 말해주는 것이 다였다. 현주의 이야기는 정리되거나 요약될 수 있는 것이 아니었다.

사람들은 그녀가 곧 괜찮아질 것이라고 말했다. 몇번이

고, 계속. 현주는 그 말에 진저리가 났다. 현주가 괜찮아질 수 없다고 믿는 건 현주 자신이 아니었다. 그녀를 제외한 모두였다. 현주의 이야기는 그들뿐 아니라 모르는 사람들 사이에서 이리저리 떠돌다가 이상한 교훈을 주는 괴담으로 남을 것이다. 수많은 이들이 그랬듯이. 현주는 모래 상자를 통째로 엎어버리고 싶었다. 그 대신 그녀는 '현주'를 아는 사람들 앞에서 말없이 사라졌다. 그리고 아주가 되었다.

세탁기를 연 아주는 벌레 허물처럼 말라붙은 티셔츠와 속옷을 보았다. 어제 오전에 세탁 버튼을 누른 걸 깜박한 결과였다. 요 며칠 동안 사무소는 마지막 부가가치세 신고 기간을 맞아 바쁘게 돌아갔다. 야근하지 않는 날이 드물었다. 세금계산서와 영수증을 샅샅이 살펴 절세액을 늘려도 절세 방안이 더 없느냐는 문의가 끊이지 않았다. 다른 동료 직원들은 지긋지긋하다며 투덜거렸지만 아주는 내심 이 시기가 반가웠다. 온종일 정신없이 일하고 퇴근하면 꿈조차 꾸지 않고 잠들 수 있었다. 시간도 금방 흘러갔다. 그러다보면 어떤 문제든 닳고 닳아 견딜 수 있을 만큼 무뎌졌다.

물론 빨래할 짬도 없었다. 이주 동안 옷가지며 수건들이 빨래 바구니 하나를 가득 채우고도 그 옆에 산처럼 쌓였다. 아주는 밤늦은 시각까지 세탁기를 돌리는 것으로 대가를 치렀다. 그리고 세번째로 세탁기를 돌린 후 잊어버렸다. 그녀는 다시 세제를 넣고 버튼을 눌렀다. 세탁기의 거무스름한 패널 너머로 물에 퉁퉁 불어서 떠다니는 천 쪼가리들이 보였다.

하비는 의식을 찾았다. 하비의 어머니가 알려준 소식이었다. 하비는 아무 연락도 하지 않았다. 아주도 연락할 생각이 없었다. 하비의 그럴싸한 핑계나 억지는 듣고 싶지 않았다. 아주는 며칠째 닫아두었던 하비의 방문을 열었다. 묘하게 달큰한 냄새가 났다. 아주는 방바닥과 책상에 쌓여 있는 책들이 눈에 거슬렸다. 그중 한권을 집어 들었다. 하비는 아주에게 책이 나오면 한권 주겠다고 약속했다. 정작 그 약속을 지킨 적은 없지만.

아주는 화장실 문가에 앉아 하비의 책을 읽었다. 세탁기가 흔들릴 때마다 그 진동이 엉덩이와 발바닥에 고스란히 전해졌다. 그러나 아주는 꿈쩍도 하지 않은 채 책만 읽었다. 책에서 하비는 아주와 자신의 경험을 제멋대로 뒤섞어버렸다. 첫 장에 쓴 대로 이 이야기는 하비의 것이 아니었다. 아주의 것일 리도 만무했다. 삽화 속 사람들은 얼굴이 없었다. 하비는 책 마지막 페이지에서 이제 더는 기억할 필요가 없다고 결론을 내렸다. 그러나 기억할 필요가 없다고 해서 잊어버릴 수는 없었다. 오히려 잊을 수 없다는 사실이 분명해졌다.

아주는 책 가름끈을 감아쥔 채 하비의 방으로 향했다. 책이 이리저리 부딪혔지만 아랑곳하지 않았다. 방문을 열자 책들이 보였다. 아주는 쥐고 있던 가름끈을 내팽개쳤다. 아주는 하비가 보낸 입고제안서에 온 답장들을 보았다. 답장의 대부분은 거절이었다. 드물게 수락하는 곳도 있었으나 하비는 어디에도 책을 보내지 않았다. 이 방에서 책과 함께 영영 썩어가기라도 할 것처럼. 아주는 쌓여 있는 책더미 중 하나를 발로 걷어찼다. 책이 우르르 쏟아졌다. 하비는 또 도망쳤다. 이백권의 실패들만 꼴사납게 남겨둔 채. 아주야 예전처럼 혼자 살던 삶으로 돌아가면 될 일이었다. 아무것도 달라지지 않았다. 영영 닫아둘 방이 하나 더 늘어났다는 것 말고는.

때마침 세탁이 끝났다는 알람이 들렸다. 아주는 엉겨붙은 티셔츠와 수건을 떼어냈다. 건조대는 어느새 섬유유연제 냄새가 풀풀 나는 빨래로 가득 찼다. 아주는 건조대

귀퉁이에 양말들을 한짝씩 널었다. 대부분 무채색인 그녀의 옷과 달리 양말은 화려했다. 단색 양말은 하나도 없었고 무늬나 길이도 제각각 달랐다. 반짝이는 은색 실로 다닥다닥 수놓은 검은 양말, 발목 부근에서 접어 신으면 귀여운 다람쥐 자수가 보이는 양말, 서로 다른 색실로 짰으나 전혀 요란스러워 보이지 않는 꽃무늬 양말, 회색의 두툼한 재질에 밝은 노란색 앞코가 돋보이는 양말, 짙고 옅은 초록색 실들로 명암을 표시한 엉겅퀴 무늬 양말, 붉은색 발굽 무늬가 경쾌한 살구색 양말까지. 전부 하비가 선물한 양말들이었다.

사고가 일어난 날 하비와 아주는 함께 서로의 생일을 축하했다. 하비의 생일은 구월 중순이고 아주의 생일은 시월 중순이었으나 둘 다 회사 일로 바빴다. 그래서 시월 초에 날을 잡아서 생일 파티를 열었다. 하비는 고등어를 넣은 오일 파스타를 만들었고 멋진 케이크도 예약했다. 아주는 직장에서 선물받은 샴페인을 들고 왔다. 둘은 초를 꽂는 일을 두고 고민했다. 반올림으로 초 네개를 꽂을지 버림으로 초 세개를 꽂을지 의견이 갈렸다. 아주는 진지하게 고민했다. 그사이 하비가 초를 꽂았다. 어차피 남겨둬봤자 쓸데도 없으니 다 꽂아버리자고 했다. 그들은 열한개나 되는 초에 하나하나 불을 붙였다. 그 와중에 불이 꺼지거나 촛농이 케이크 위에 떨어지기도 했다. 아주와 하비는 간신히 붙인 불을 단숨에 꺼버렸다. 둘은 서로를 보며 웃었다.

먼저 선물을 받은 사람은 아주였다. 하비는 길쭉한 상자를 건넸다. 안에는 양말들이 빼곡하게 들어 있었다. 무늬며 색깔이 다 달랐다. 검은 슬랙스에 흰 와이셔츠나 티셔츠 차림으로 다니는 아주의 차림새에 비하면 과분할 정도로 아름다웠다. 하비는 예전에 신었던 양말을 모조리 버리라고 명령했다. 아주도 하비에게 준비한 선물을 건넸다. 하비가 포장을 뜯고 상자를 열자 색색의 파스텔들이 보였다. 하비의 손가락이 그 위를 훑자 기분 좋게 달그락거리는 소리가 났다. 아주가 조심스럽게 물었다.

"어때?"

하비는 잠시 뜸을 들이더니 대답했다.

"좋아."

평소와는 다른 반응이었다. 하비는 입꼬리를 열심히 끌어올려 웃거나 그럴싸한 찬사를 늘어놓지 않았다. 그저 한마디를 더했다.

"정말 고마워."

아주는 하비 대신 웃었다.

이내 하비가 언젠가 함께 프랑스에 가자고 졸랐다. 아주는 흔쾌히 수락했다. 머릿속에 남아 있는 프랑스어라고는 기본 인사말 정도였지만 하비가 있다면 얼마든지 재미있는 여행이 될 테니까. 하비는 거침없이 프랑스를 누비는 계획을 읊다가 자리에서 일어났다. 샴페인이 아니라 와인이 마시고 싶다고 했다.

"마침 편의점에 봐둔 게 있어."

아주는 마스크만 쓰고 나가려는 하비에게 바깥이 추우니 뭐든 걸치라고 외쳤다. 하비는 의자에 걸쳐둔 코트를 들고 부리나케 뛰어나갔다. 문이 닫힌 후 아주는 하비가 자신의 코트를 걸치고 나갔다는 사실을 깨달았지만 별 상관없다고 생각했다. 하비가 돌아오면 신나게 놀려줄 작정이었다. 그러나 아주가 와인에 곁들일 소시지를 굽는 사이 옆집 사람이 찾아왔다. 그날 밤은 예상과 달리 희극으로 끝나지 않았다.

아주는 하비가 했던 모든 말을 믿고 싶었다. 하비의 계획들이 다 성공하길 바랐다. 실패한들 몇번이고 다시 계획을 세울 수 있다고 생각했다, 하비라면. 계약서를 함부로 쓰지 말라는 말은 사실 하비가 아니라 아주 자신에게 어울리는 말이었다. 아주는 하비의 방에 들어갔다. 쓰러진 책들을 다시 쌓아놓고 그중 표지나 모서리에 흠집이 난 책이 있는지 살폈다. 벽면에 걸려 있는 코르크보드에 빗금 두개를 표시했다. 그러고는 지갑에서 책 두권 값을 꺼내 하비의 책상에 두었다.

아주는 하비 대신 유통기한이 다 된 식재료를 꼬박꼬박 버렸다. 장을 보러 갈 때마다 우유와 식빵을 샀고 남아 있는 마스크 개수를 확인해 빈 만큼 채워놓았다. 쓰레기통이 차면 비웠다. 남은 잼은 숟가락으로 싹싹 긁어 식빵에 발라 먹었다. 잼을 담았던 유리병을 깨끗하게 씻어 햇볕에 말렸다. 핫초코를 끓일 때마다 칠리 파우더를 뿌리기도 했다. 가끔은 너무 많이 뿌려서 눈물이 날 정도로 기침을 한 적도 있었다. 그래도 칠리 파우더가 다 떨어지자 새로 사다놓았다. 아주는 하비의 방문을 열어 환기하고 옷가지들은 차곡차곡 개어서 침대에 올려두었다.

그리고 하루에 두번, 출근하기 전과 퇴근한 후 하비의 스마트폰을 확인했다. 아주는 틈이 날 때마다 열심히 입고제안서를 써서 보냈고 서점들은 제각기 다른 때에 문자 메시지나 메일로 답장을 주었다. 수락은 여전히 드물었으

나 아주는 꼬박꼬박 택배용 상자에 책을 포장해서 부쳤
다. 코르크보드에 빗금이 차차 늘어났다. 책값이 들어올
때마다 현금으로 뽑아서 하비의 책상에 올려두었다.

서울 도심에 진눈깨비가 내린 날 아주는 문자 메시지
한 통을 받았다. 하비의 어머니 번호였다. 내용은 짧았다.

'미안.'

하비치고는 너무 초라한 사과였다. 아주는 전화를 걸었
다. 처음에는 신호음이 가다가 끊어졌다. 다시 전화를 걸
자 하비가 전화를 받았다. 아주는 귀를 기울였다. 하비는
아무 말도 하지 않았다. 하비의 책을 읽은 사람 중 몇몇은
책의 마지막 페이지에 적힌 주소로 짤막한 메일을 보냈
다. 메일들은 제각기 내용이 달랐다. 비난하고 의심하는
가 하면 동정했다. 연민을 내비치는가 하면 자신의 경험
을 고백하는 이도 있었다. 단순한 감상평과 무심하고 예
리한 질문들도 종종 보였다. 그러나 아주가 하고 싶은 말
은 그중 어느 것도 아니었다. 아주는 내내 하고 싶었던 질
문을 했다.

"언제 돌아올 거야?"

그리고 대답이 돌아올 때까지 기다렸다.

복된 새해

�
✻
✤

병서는 새해 첫날에 죽기로 했다. 소장이 보낸 메일대로라면 공사는 새해 연휴가 끝나자마자 재개될 것이다. 이미 병서가 연차와 병가를 모조리 끌어다 쓴 이상 더는 복귀를 미룰 수도 없었다. 그만두고 해외로 나가자니 먹고 살 계제가 마땅치 않았다. 있는 돈만 다 쓰고 빈털터리로 돌아올 게 보나마나 뻔했다. 그렇다고 해서 아무 일도 없었던 것처럼 굴고 싶진 않았다. 차라리 죽는 게 낫지. 그는 소장의 메일을 삭제했다.

전날 죽자니 시간이 없고, 다음 날 죽는 건 모양새가 영 별로였다. 이왕이면 새해 첫날이 더 의미심장해 보일 것 같았다. 병서가 열심히 쓰고 다듬은 유서는 당일 신문사 이메일로 전송될 예정이었다. 희망찬 새해를 맞는 대신 죽음을 선택한 청년, 기삿거리로 충분하다고 생각했다.

그를 괴롭힌 사람 모두 가명으로 표기되겠지만 상관없었다. 소장의 말마따나 건설판은 좁았고 나쁜 소문일수록 더 많이 왜곡되고 빨리 퍼져나갔다.

쟁여둔 생필품과 옷가지, 읽지도 못한 경제주간지 더미를 버리고 시계나 카메라처럼 값나가는 물건들은 중고거래 앱으로 처분했다. 냉장고는 딱히 비울 게 없었다. 가끔 어머니가 경음을 통해서 보내주는 김치며 반찬은 다 숙소 냉장고로 들어갔다. 병서는 일주일 중 나흘 이상을 공사 현장 근처 숙소에서 지냈으며, 본인 집에서는 길어봤자 이틀 정도 머무르는 게 다였다. 집에서는 죽은 듯이 잠만 자거나 배달음식으로 끼니를 때우곤 했다.

유일한 문제는 집이었다. 부동산에 내놓아도 도무지 사겠다는 사람이 나타나지 않았다. 아무리 급매물이라지만 주소지가 서울시인 34평형 남향 아파트였다. 비록 외곽이고 번화가까지 버스로 삼십분이 걸리긴 했으나 서울 중심부에 비하면 공기도 맑고 조용한 편이었다. 부동산 중개업자는 기다리라고 했다. 요즘은 매매보다는 전세를 선호하며 융자금이 남은 매물은 보지도 않는다고. 병서는 코웃음을 쳤다. 빚 없이 집을 살 수 있는 사람은 드물었다.

정 급하면 매매가를 오천쯤 내리자고 중개업자가 제안

했지만 병서는 단박에 거절했다. 이미 주변 시세보다 싼 편이었다. 더는 깎아주고 싶지 않았다. 이 집은 그가 그동안 번 돈과 운을 모조리 쏟아부은 결과였다. 자신의 인생을 헐값에 넘기고 싶지 않았지만 팔릴 때까지 기다릴 시간도 없었다.

고민 끝에 병서는 어머니에게 편지를 쓰기로 했다. 동봉한 통장과 수표를 장례비로 헛되이 낭비하는 대신 상속세와 융자금을 갚는 데 쓰라고 일러두었다. 중개업자에게 속아서 싼값에 집을 넘기지 말고 기다리라는 당부도 덧붙였다. 왜 죽겠다고 결심했는지 적는 걸 깜박했지만, 이미 편지지에 쓸 자리가 없었다. 어차피 신문 기사로 유서 내용을 접하면 알게 될 거라고 짐작했다.

막상 편지 전달책으로 내정한 경음이 새해 첫날까지 쭉 근무할 예정이라고 했을 때, 병서는 조금 당혹스러웠다. 우편으로 보냈다가 도중에 분실이라도 된다면 일이 복잡해졌다. 점심시간만이라도 내달라고 간청하자 경음은 한숨을 쉬었다. 부탁할 게 있을 때만 연락하느냐는 힐난에 병서가 순순히 사과했다. 사실 경음에게 미안하다는 생각이 들진 않았지만, 이 사과로 훗날 경음의 죄책감이 더해질지도 모른다고 생각하니 기분이 조금 좋아졌다. 그는 경음을 비롯하여 가능한 한 많은 사람이 자신만큼 괴로워하길 바랐다. 그래야 공평하다고 생각했다.

새해 연휴치고 영업 중인 식당이 많았지만 그중 조용한 곳을 찾기란 어려웠다. 요즘 유행인지 식당들은 대부분 천장이 높고 테이블도 다닥다닥 붙어 있었다. 그러면 옆 테이블에서 식기가 부딪치는 소리까지 다 들렸다. 병서가 심사숙고를 거친 결과 고른 곳은 오래된 중식당이었다. 들어서면 낮은 천장과 누렇게 뜬 벽지가 눈에 들어왔고, 앉으면 기름 냄새가 풀풀 풍겼다. 병서도 허름한 중식당에서 마지막 만찬을 들고 싶진 않았으나 별수 없었다.

경음은 약속했던 시간보다 십삼분 늦게 왔다. 미안하다는 말은커녕 이런 구석진 곳을 용케도 찾았다며 핀잔을 주었다. 병서는 대꾸하지 않았다. 애당초 시끄러운 곳이 질색이라고 했던 건 경음이었다. 경음은 옷걸이에 패딩을 걸고 그의 맞은편에 앉았다. 갈아입을 시간도 없었는지 유니폼 차림이었다. 서점은 새해 대목을 맞아 사람들로 붐비는 곳 중 하나였다. 병서가 경음을 흘끗 보았다.

"머리 잘랐냐? 이제 아줌마가 다 됐네."

학창 시절 내내 경음은 머리카락을 허리까지 길게 늘

어뜨리고 다녔다. 두발자율화가 시행된 뒤에도 학생주임은 유독 경음에게 트집을 잡았다. 머리카락을 자르든지 검게 염색하라고 했다. 옆집에 살던 경음의 어머니는 경음의 머리카락을 염색하는 데 드는 약값만 한두푼이 아니라며 푸념을 늘어놓았다. 차라리 자르라고 했지만 경음은 들은 체도 않았다고 했다.

병서의 눈에는 다 헛수고로 보였다. 경음은 학생주임뿐 아니라 많은 사람의 이목을 끌었다. 연갈색 머리카락뿐 아니라 파란 눈동자, 지나치게 뚜렷한 이목구비와 길쭉길쭉한 팔다리. 동갑내기 아이들과는 생김새가 판연하게 달랐다. 어른들은 경음이 제 아버지는 하나도 닮지 않았다며 수군거렸다.

그에 비하면 병서는 평범한 축이었다. 병서는 자신이 어머니보다 아버지를 더 많이 닮아서 다행이라고 생각했다. 베트남 출신인 어머니에게 물려받은 것이라곤 짙은 눈썹과 희멀건 피부뿐이었다. 땡볕에서 웃통을 까고 뛰어다녀도 그의 등은 아버지처럼 까맣게 그을리는 대신 열꽃만 붉게 올랐다. 그래도 그는 자신이 경음처럼 눈에 띌 정도는 아니라며 안도했다.

고등학교를 졸업하고 서울로 상경한 뒤로는 평생 만날

일이 없을 줄 알았는데, 경음은 병서의 어머니가 부탁한 반찬을 전해주겠다고 연락해왔다. 일주일 중 병서가 집에 있는 날이 거의 없다보니 택배로 받을 수도 없었다. 학교에서는 서로 본체만체하는 사이였던지라 병서는 영 내키지 않았다. 그러나 실제로 만나보니 어른이 된 경음은 한결 대하기 편했다.

"우리 나이가 몇인데 유난은. 이젠 너도 아저씨야."

경음이 메뉴판을 내려놓았다.

"쟁반짜장 하나에 탕수육 소자 먹자."

"탕수육은 질리니까 유린기 시켜. 맥주 마실래?"

"난 됐어."

"근무 중이라서? 맥주 한잔 정도는 괜찮잖아. 술도 아닌데."

병서가 끈질기게 권했으나 경음은 한사코 거절했다. 마지막일지도 모르는데…… 병서는 목구멍까지 올라온 말을 꾹 삼켰다. 혼자만 술을 마시고 있자니 초라한 기분이 들었다.

"그래, 경음이 넌 술 마시지 말고 오래오래 살아라."

"난 네가 오전에 술 마시고 올 줄 알았는데…… 올해는 소장님 댁 안 갔어? 너 그 집 아들이잖아."

"아들은 무슨, 남이지."

병서는 맥주를 잔에 따르는 대신 병째 들이켰다. 어쩐
지 목이 탔다.

"네 남편도 오늘 일한대?"

"아니, 쉬어. 네가 온다고 했더니 자기도 점심시간에 오
겠다고 우기더니 방금 일어났다네."

경음의 남편은 수더분하게 생긴 사람이었다. 경음에 비
하면 존재감이 희미했지만 너스레 하나는 어찌나 잘 떠는
지 결혼식장에서 처음 만난 병서에게 대뜸 악수를 청할
정도였다. 병서는 마지못해 손을 잡았다가 놓았다. 솔직
히 그는 그런 사람이 불편했다. 자신이 손을 내밀면 상대
방도 당연히 그 손을 맞잡으리라 믿는 건 너무 낙관적인
태도였다. 만만한 상대가 아니라는 걸 보여줘야만 내민
손을 무시당하지 않을 수 있었다.

우리가 남이가. 소장의 입버릇 중 하나였다. 소장이 무
슨 배우라도 된 양 거드름을 피우면서 그렇게 말할 때마
다 병서는 웃었다. 정말 어설프기 짝이 없는 사투리였다.
그러나 병서가 정말로 한대 쥐어박고 싶은 사람은 소장이
아니라 실실거리던 자기 자신이었다. 그 말을 고스란히

믿고 따른 결과 그는 보기 좋게 뒤통수를 맞았다. 당연한 결과였다. 그들은 남이니까.

소장은 병서가 요즘 애들 같지 않아서 좋다고 했다. 웃어른을 공경할 줄 알고 무엇이든 배우려는 자세가 되어 있어 잘될 거라며 덕담을 아끼지 않았다. 사람들이 병서를 두고 소장님 아들이냐고 물어보면 소장은 부인하는 대신 빙글빙글 웃기만 했다. 그러고는 병서 같은 자식이 있다면 든든하겠다고 덧붙였다. 병서도 소장처럼 다정하고 세상 물정에 밝은 아버지를 가지고 싶었다. 은행이라곤 농협밖에 모르는 아버지라면 이제 진저리가 났다.

병서는 소장에게 많은 걸 배웠다. 공사판의 흥망성쇠는 관리자의 손에 달려 있었다. 시공사 측은 작업이 조금이라도 지연되면 사유서를 써내라고 닦달했다. 작업반장을 비롯해 연차가 쌓인 근로자들은 툭하면 관리자들과 기 싸움을 하려고 들었다. 소장이 조회 때마다 안전수칙을 줄줄이 읊어도 안전띠에 고리를 채우지 않거나 안전모를 벗어두는 경우가 허다했다. 시공사와 작업반장 눈에 관리자는 게으른 돈벌레 아니면 입만 산 놈으로 보일 뿐이었다.

소장의 말에 따르면 관리자는 시공사와 근로자라는 고래들 싸움에 끼어든 새우였다. 본래 속담의 요지는 괜히 나서봤자 좋을 것이 없으니 몸이나 사리라는 뜻이지만, 관리자는 그럴 수 없었다. 등이 터지더라도 고래들의 싸움을 계속 말려야 했다. 소장은 시공사 측에게 완공 일자를 맞출 수 있다며 달랬고, 근로자들에게는 괜히 안전을 지키라며 잔소리라도 했다간 공분을 살 수 있으니 못 본 척 지나쳤다. 그래야만 양쪽에서 유능하다고 인정받을 수 있었다.

그 방식에 대놓고 이의를 제기한 사람은 민준이 유일했다.

"저러면 안 되지 않아요?"

병서가 막 이년 차를 지날 무렵 입사한 민준은 딱 요즘 애였다. 자기주장을 굽힐 줄 몰랐거니와 눈치도 없었다. 공사가 왜 지연되는지 묻는 시공사 측에게 법정 근로시간을 어길 순 없다고 대꾸하는가 하면 작업반장들에게 리더답게 솔선수범해서 안전수칙을 지켜야 하지 않느냐고 지적했다. 싸움을 말리기는커녕 되레 먼저 가서 들이받는 꼴이었다.

병서의 예상과는 달리 소장은 민준에게 너그러웠다. 민준이 하는 말이 틀린 건 아니라며 역성을 들어주었고, 민준과 작업반장이 대거리라도 벌이면 대놓고 민준을 감쌌다. 정작 민준은 달가운 기색이 아니었다. 심지어 소장은 병서와 민준이 잘 지내길 바랐다. 둘이 나이 차가 얼마 나지 않고 비슷한 점이 많으니 친해질 수 있을 거라고 했다. 민준이 친 사고 수습은 결국 병서의 몫이 되었다.

지방에서 상경해서 수도권 4년제 대학의 토목학과를 졸업했고 일찌감치 군대에 다녀온 미혼 남성. 병서와 민준의 공통점이라곤 그게 전부였다. 대학 서열이나 졸업 학점, 자격증 개수만 봐도 병서는 자신이 민준보다 더 우세하다고 생각했다. 민준이 하는 행동이나 말은 딱히 새롭거나 대단한 것이 아니었다. 교과서처럼 빤하고 당연했다. 하지만 세상일은 시험처럼 정답이 있는 게 아니었다. 어제 맞았던 게 오늘은 틀리고, 오늘 틀렸던 게 내일은 정답이 됐다.

계산은 병서가 했다. 경음이 커피를 사겠다고 했지만 가는 까페마다 사람들로 붐볐다. 그들은 커피만 사서 나가기로 했다. 병서는 커피 대신 허브차를 주문하는 경음을 보면서 새해부터 건강이라도 챙기는 거냐고 놀렸다. 경음은 진지한 표정으로 그럴 예정이라고 대답했다. 어릴 때나 지금이나 그에게 경음은 영 재미없는 사람이었다.

광장은 한산했다. 병서는 화강암으로 광장 바닥을 포장하는 데 얼마나 들었을지 헤아리고 있었다. 문득 경음이 말을 꺼냈다.

"요즘도 만나는 사람 없어?"

"바쁘다니까. 누구 만날 시간이 없어요."

"그럼 만들어."

결혼했다고 유세 떨기는, 병서는 슬쩍 경음을 흘겨보았다. 남의 프라이버시나 꼬치꼬치 캐묻는 걸 보면 경음은 서울 사람이 되기는 그른 것 같다고 생각했다. 서울 사람들은 다른 사람에게 관심이 없었다. 구경거리라면 이미 서울에 차고 넘쳤다. 아버지는 서울에서 코 베이지 않게 조심하라고 했지만, 서울 사람들은 병서에게 별 관심조차 보이지 않았다. 유달리 짙고 굵은 그의 눈썹보다는 눈썹이 없거나 머리카락을 총천연색으로 물들인 사람이 더 흥미로울 터였다.

서울에서 나고 자란 대학 동기는 그게 교양이라고 했다. 무심해지는 것. 서울은 아주 반듯하게 다져진 아스팔트 도로와 같았다. 그 위로 많은 것들이 물처럼 흘러왔다가 흔적도 없이 사라지길 반복했다. 변화가 일상이었다. 고향에서 병서는 배나무집 아들에 지나지 않았다. 아버지가 배나무 농사를 그만둔 뒤에도 배나무집 아들로 불렸다. 하지만 서울에서는 직업이나 어울리는 무리에 따라 얼마든지 다른 사람이 될 수 있다고 했다. 한때는 그도 그 말을 믿었다.

"아줌마가 걱정하시더라."

"뭐 걱정할 게 있다고. 그냥 참고 조사야. 만일 그날 개가 지나갔으면 개도 조사받을걸."

"뉴스에도 나오던데? 그 사람, 많이 위험했다며."

"안 죽었어. 팔다리도 멀쩡해. 야, 우리는 진짜 해줄 만큼 다 해줬어. 누가 옆에서 부추기니까 생각 없이 돈 좀 더 받겠다고 일 벌여놓은 거지."

"연초부터 좋은 말 한다."

"그러게 왜 가만히 있는 사람을 들쑤셔. 다 끝난 이야기인데."

"난 그냥 아줌마한테 연락 좀 드리라고 말한 거야. 솔직히 너, 그동안 내려간 적이 없잖아."

"시간이 없었다니까? 난 집에서 잘 시간도 부족해."

"하나밖에 없는 아들이 매정하기도 하다."

효녀 납셨네, 병서는 이죽거리려다가 꾹 참았다. 오늘 아쉬운 사람은 그였다. 공연히 경음을 수틀리게 했다가는 계획이 꼬일 수 있었다. 둘은 아무 말도 없이 서점으로 향했다. 묵직한 유리문을 열고 들어가자 뜨거운 바람이 얼굴을 덮쳤다. 병서는 후끈한 얼굴을 쓸면서 언제쯤 봉투를 건네면 좋을지 고민했다. 경음이 병서의 옷소매를 잡아끌었다.

"이거 봐. 이 소설 다시 나왔네? 우리 중학생 때 이 시리즈 유행했잖아."

그때는 밋밋한 종이 표지였지만, 매대 위의 개정판은 반짝반짝하고 화려했다. 병서는 별 감흥 없이 책을 펼쳤다. 어찌나 유행했는지 새 시리즈가 나올 때마다 도서관이 아이들로 문전성시를 이루던 기억이 다 났다. 그 역시 열심히 따라 읽었으나 지금 와서 생각해보면 결국 판타지였다. 자신도 어릴 적에는 그런 소설을 좋아할 만큼 순진했던 모양이었다. 어차피 다 가짜인데.

병서가 기억하는 한 경음은 책에 미쳐 있었다. 저 판타지 소설도 도서관에서 제 순서가 올 때까지 기다리는 대신 직접 시내로 책을 사러 가곤 했다. 시내까지 가는 버스는 배차 간격이 들쑥날쑥했고 무사히 타더라도 왕복하는데 두시간이 걸렸다. 경음의 어머니는 병서의 어머니에게 푸념하듯 말했다. 내 딸이지만 참 독하다고. 일리가 있는 말이었다.

"넌 요즘에도 책 많이 읽냐?"

"많이는 아니고 조금씩은 읽지. 나도 바쁘니까. 이 소설, 결말 기억해?"

"잘은 기억 안 나는데, 주인공 애가 죽지 않던가?"

"아닐걸. 그랬으면 후속편이 안 나왔겠지."

"마법으로 살려냈나. 넌 왜 기억 못 하냐? 너도 이 소설 좋아했잖아."

"마지막 시리즈는 못 읽었어. 네가 내 책 버렸잖아."

"난 돌려줬는데."

"안 돌려줬거든. 넌 어릴 때랑 변한 게 하나도 없네."

솔직히 병서는 좀 억울했다. 직접 책을 돌려주진 못했으나 경음에게 빌렸던 책들을 종이가방에 넣어서 대문 앞에 둔 건 사실이었다. 누가 주워갔다면 그건 어쩔 수 없는 사고였다. 그리고 그런 일이 있었다면 진작 말할 것이지 지금 와서 따진들 무슨 소용이 있나 싶었다. 다른 날이었다면 대충 사과하고 넘어갔을 테지만 오늘만큼은 그 누구에게도 사과하고 싶지 않았다. 경음이 한숨을 쉬었다.

"됐다. 올해부터는 그렇게 우기지 좀 마. 그래서, 아줌마께 뭘 전해드리면 되는데?"

봐준다는 듯한 태도가 거슬렸으나 병서는 입을 꾹 다
문 채 봉투를 꺼냈다. 봉투는 가벼웠다. 든 것이라곤 통장
과 수표, 편지가 다였다. 그는 경음에게 다른 사람 말고 꼭
어머니에게 전하라고 당부했다. 경음은 알았으니 가보라
며 손을 내저었다. 뭐가 들어 있는지 묻지도 않았다. 생전
본 적도 없는 외국인 노동자의 안위는 궁금해하면서 동향
지인에게는 관심조차 없다니, 병서는 좀 서운했다. 나중
에 경음이 제일 크게 후회하길 바랐다.

시작은 인권단체에서 온 성명서였다. 소장은 성명서를
읽더니 호기롭게 웃었다. 별일 아니라며 모두를 타이르더
니 한시간도 채 지나지 않아 담배를 찾았다. 소장이 금연
한 지 두달째 되는 날이었다. 병서는 민준에게 담배 몇개
비를 빌렸다. 평소라면 빌려주기 싫다는 티를 팍팍 냈을
민준도 순순히 제 담뱃갑을 내밀었다. 그래도 눈치가 없
진 않은 모양이라고 생각했다. 소장은 고맙다는 말도 없
이 담배를 받아들었다. 그러고는 뻑뻑 피우다가 툭 던지
듯 말했다.

"도대체 어떤 놈이지?"

처음에는 사고 당사자가 제보한 줄 알았다. 그러나 이

미 몇달치 월급과 병원비, 소정의 위로금까지 두둑하게 받아가는 대신 산재 신청을 하지 않겠다는 합의를 마친 후였다. 합의서까지 받은 이상 이대로 마무리될 일이라고 믿었다. 그러나 신문에 기사가 나고 뉴스에 나오자 사태는 심각해졌다. 소장과 병서가 병실로 찾아갔으나 면회조차 하지 못했다.

법석을 떨 만큼 큰 사고는 아니었다. 합판 몇장을 이어 만든 토러스 작업대에서 일하다가 발을 헛디뎌 그물로 떨어졌고, 갈비뼈와 팔다리에 금이 간 게 다였다. 맨바닥으로 추락한 것도 아니거니와 생명에 지장이 있지도 않았다. 무엇보다도 사고의 원인은 당사자 본인이 벨트에 달린 고리를 채우지 않았다는 데 있었다. 안전수칙상 근로자들은 벨트에 달린 고리를 철근 구조물에 채우고 움직여야 했지만, 보통은 일일이 풀었다가 채우는 걸 번거롭게 여겼다.

인권단체에서 나왔다는 변호사는 두가지 문제점을 제기했다. 첫번째는 사고 은폐와 조작인데, 합의를 마쳤더라도 불법이라는 건 변하지 않는다고 못 박았다. 그리고 두번째로 사고를 당한 근로자가 외국인이라는 점이었다. 소장이 불법 채용이 아니라고 반박하자 변호사가 바로 대꾸했다. 한국어도 할 줄 모르는 사람에게 어떻게 합의서 사인을 받았느냐는 지적에 소장은 할 말을 잃었다. 변호사는 부끄러운 줄 알라고 했다. 그들은 무력하게 쫓겨났다.

"이미 돈은 다 받아 처먹고, 부끄러운 쪽이 누군데? 병서야, 우리가 어떡하면 좋겠냐?"

소장이 푸념하듯 물었고, 병서는 뭐라고 대답해야 할지 난감했다. 변호사는 그들에게 진심 어린 사과와 산재 처리, 향후 공사장에서 안전점검을 철저히 하겠다는 각서와 사고 방지 대책을 마련하라고 요구했지만 다 쓸데가 없었다. 그들은 대기업 건설사가 아니라 하청업체에 불과했다. 우물쭈물하는 사이 소장이 중얼거렸다.

"돈이 문제야. 못 사는 나라 애들이 돈에 환장해서 그래. 그러니까 남의 나라에 와서 사고나 내지."

그러더니 병서의 얼굴을 낯선 시선으로 훑어보았다. 병서가 어색하게 웃었으나 소장은 심드렁한 어조로 이만 가자고 말했다. 평상시의 소장이라면 근처에서 저녁이라도 먹고 가자고 했을 터였다. 병서는 소장이 많이 상심한 모양이라고 생각했다. 소장과 회사를 위해서 어떻게든 타개책을 마련하고 싶었다.

경찰서에서 전화가 왔을 때 병서는 안전관리 부서 팀

장과 함께 감사 자료를 만드느라 바빴다. 드라마 속 경찰들은 윽박지르거나 책상을 내리치는 등 무서워 보였는데 실제로 만난 담당 수사관은 생각보다 정중했다. 참고인 조사일 뿐이니 긴장할 필요는 없다고 안내는 받았으나 병서는 바보가 아니었다. 협조적이지 않으면 언제든 참고인에서 피고인 신세가 될지도 몰랐다. 조사일이 평일 오전으로 잡혔다고 연락하자 소장은 반차를 쓰라고 했다. 보통 회사 일로 외부에 나가게 되면 외근으로 처리해주던 터라 좀 기대했던 참이었다. 병서는 아쉬운 마음을 숨기고 자리로 돌아왔다. 민준이 물었다.

"대리님은 가서 뭐라고 하실 거예요?"

"대답만 잘하면 되는 거죠."

"사실대로요?"

"그럼 사실대로 말하지 어떻게 말해요? 과실은 그쪽에 있는 건데. 본인이 자초한 일이잖아요. 우린 교육도 했고 안전장치도 제공했으니까 문제는 없어요."

"그러면 반장님 탓인가요? 작업반장님이 근로자들을 통솔하잖아요."

"꼭 그렇게 누구 탓을 해야 해요? 같이 일하는 동료인데."

병서는 민준이 영 거슬렸다. 대체 무슨 답을 듣고 싶길래 계속 꼬투리를 잡는 건지 궁금했다. 공사장에서 작업반장이 실질적으로 근로자들을 이끌긴 했지만 그렇다고 해서 그들에게 책임을 물을 순 없었다. 작업반장들은 보통 자신보다 현장 경험이 적은 중간 관리자들을 아니꼽게 여겼다. 그렇다고 해서 완공 일자를 터무니없이 앞당기는 시공사를 탓하는 것도 불가능했다. 시공사는 하루라도 작업을 안 하면 중간 관리자들과 근로자들을 싸잡아서 돈벌레 취급했다.

중간 관리자는 이름 그대로 위도 아래도 아니었다. 어느 한쪽과 척지는 순간 처지가 난처해졌다. 병서는 손날로 이마 주변을 꾹꾹 누르면서 화를 가라앉히려고 노력했다. 마음 같아서는 민준에게 대체 누구 편이냐고 묻고 싶었다. 소장도 아마 민준이 이런 말을 하는 걸 들으면 마냥 감싸주지는 못할 것이라고 생각했다.

"반장님도 마음이 얼마나 안 좋겠어요. 본인을 아버지라고 부르면서 따르던 사람인데. 민준씨가 이해해야지. 이렇게 돌아가는 게 사회야. 사회가 문제지 우리가 문제야? 우리는 정말 잘해준 거예요. 사실 본인 과실이라서 다른 데서는 위로금도 안 줘."

물론 그 외국인 근로자가 반장님에게 진심으로 아버지라고 부른 것인지는 알 순 없었다. 한국어가 서툰 외국인들은 작업반장을 아버지라고 부르곤 했다. 니은 받침이 있는 반장님보다 받침이 하나도 없는 아버지가 발음하기 쉽다는 이유였다. 아버지라는 호칭은 일종의 인사 같은 것이었다. 민준은 조금도 물러서지 않았다.

"계속 우리, 우리라고 하시는데 그 사람도 저희랑 같이 일했잖아요."

좋게 넘어가려고 해도 소용이 없었다. 병서는 더는 민준을 상대하고 싶지 않았다. 그는 컨테이너 사무실을 나와서 무작정 걷고 또 걸었다. 불이 꺼진 공사장은 폐허처럼 보였다. 마음 같아서는 어릴 때처럼 내달리고 싶었다. 무릎이 축축 꺾이고 숨이 턱까지 차오를 때까지 달리면 마음이 저절로 풀리곤 했다.

동네 사람들은 어머니가 한국인처럼 하얀 피부라 예쁘다고 했지만, 병서가 보기에 동네에 어머니보다 하얀 사람은 러시아에서 왔다던 경음의 어머니 말고는 없었다. 마을회관에서는 외국인을 대상으로 일주일에 한번씩 한국어를 가르쳤고, 학교에서는 각 나라의 문화를 배우자며 방과 후 수업시간에 외국인을 초청했다. 한국어를 배우고 수업강사로 초청받을 수 있는 건 평판이 좋은 외국인 며느리들뿐이었다. 병서의 어머니도 그중 하나였다.

동네에서 어머니를 못마땅하게 여기는 사람은 할머니뿐이었다. 할머니는 제삿날마다 어머니가 은수저나 산적거리로 쓸 고기를 훔쳐서 베트남으로 보냈을 거라는 등 의심하고 온갖 누명을 뒤집어씌우곤 했다. 심지어 병서가 정말 친손자가 맞는지 의심하는 눈치였다. 아버지 판박이라고 불리는 병서로서는 미치고 팔짝 뛸 일이었다. 아버지는 할머니를 달래기는커녕 담배만 벅벅 피웠고, 어머니는 묵묵히 제사상만 차렸다.

제사에서 병서가 제일 싫어하는 건 절이었다. 할머니는 툭하면 병서의 뒤통수를 꾹 누르면서 제대로 절하라고 윽박지르곤 했다. 장손으로서의 성의가 보이지 않는다는 이유였다. 나중에 그 터무니없는 의심과 폭력이 치매 초기 증상이라는 사실을 알게 되었지만 그는 할머니를 측은하게 여길 수 없었다. 이해와 용서는 다른 문제였다.

민준처럼 모든 게 당연한 사람은 아마 자신을 이해하지 못할 테고, 이해할 필요조차 느끼지 않았다. 병서는 그런 사람들을 수도 없이 봐왔다. 그들은 병서가 쓸데없는 피해의식이 있다고 생각했다. 당해본 적이 없어서 아무것도 모르는 주제에. 병서는 화풀이라도 하듯 발부리로 제 앞에서 굴러다니던 깡통을 차버렸다. 깡통은 굴러가다가 어딘가에 부딪혀 멈췄다. 거대한 벽이 그의 앞을 가로막고 있었다.

병서가 죽을 곳으로 고른 장소는 서울 도심부의 상가였다. 연휴라 그런지 대부분 불이 꺼져 있었다. 병서는 어두침침한 복도를 가로질러 벽에 붙어 있는 에스컬레이터를 탔다. 매끄럽다 못해 미끄러운 바닥을 보니 왁스 칠을 한 지 얼마 안 된 듯했다. 회백색의 가늘고 파르스름한 선들이 뒤엉켜 있어 진짜 대리석처럼 보였지만, 사실은 가짜였다.

건물주는 예산을 들먹이면서 사무소 측을 들들 볶았고 개축은커녕 결국 외관만 그럴싸하게 꾸미는 것으로 결론이 났다. 누수나 단열재 보강은 자연스럽게 제외되었다. 곳곳에 간 금은 시멘트로 메꾼 다음 페인트를 발랐다. 점주들이 항의하자 소장은 시멘트에 수축 성질이 있어서 접착제 역할을 한다는 말로 타일렀다. 리모델링이 끝나자 건물주는 기다렸다는 듯이 월세를 올려받았다. 안된 일이지만 소장이나 병서가 해결할 문제는 아니었다.

공사를 마친 날 병서가 차라리 이 건물을 허물고 새로 짓는 편이 낫겠다고 했을 때 소장은 그러면 이 일대가 다 쑥대밭이 된다고 했다. 서울은 이리저리 기워놓은 누더기 도시였다. 깎아지른 비탈길에 기기묘묘한 샛길들, 창문을 열면 바로 옆 건물 사람의 얼굴이 보일 만큼 빌딩과 아파트들이 빽빽하게 붙어 있었다. 법정 최소 간격만 유지하면 무엇이든 가능했다. 조경을 가꾼답시고 나무들을 심어두었으나 대부분 몇년을 넘기지 못하고 말라 죽기 일쑤였다.

가끔 싱크홀이 생기면 사람들은 천재지변이라도 일어난 것처럼 호들갑을 떨었다. 병서가 보기에는 당연한 결과였다. 얼핏 보이면 단단하고 평탄해 보이는 길이며 도로들은 원래 있던 구멍들을 대충 모래와 자갈로 메운 다음 뜨겁게 끓은 아스팔트를 부어서 만든 눈속임이었다. 가장자리부터 천천히 깨져나가거나 금이 가다보면 구멍이 점점 커지는 건 당연했다. 만일 이 도시가 거대한 구멍 속으로 무너진다면, 병서는 자신이 죽은 뒤이기를 바랐다.

상가 오층 모서리에 있는 점포는 몇년째 누수와 외풍이 심해서 입주자가 없었다. 그나마 입주한 점포도 계약 기간을 채우지 못하고 이사했다. 건물주는 공사하는 동안 휴게실로 쓰라며 열쇠 복사본을 내주었다. 선심 쓰는 척 했지만 휴게실치고는 춥고 좁은 데다 있는 것이라곤 온수통과 종이컵이 다였다. 그나마 커피믹스도 소장이 사다둔 것이었다. 공사를 마치면 반납해달라고 했으나 병서는 괘 씸하다는 마음에 모른 척했다. 덕분에 죽기에 적합한 장 소가 마련된 셈이었다.

오층 복도는 어둑어둑했다. 점포 쪽으로 걸어가던 병서 는 음악 소리를 듣고 제자리에 멈춰 섰다. 조금 더 발길을 옮기자 빛이 보였다. 미용실이었다. 하필이면 바로 옆 가 게라니, 그는 주춤거렸다. 아무렇지도 않은 척 지나치려 고 했으나 이내 미용실 안에 있는 남자와 눈이 마주치고 말았다. 노란색 머리카락을 하나로 묶은 남자는 병서를 향해 웃어 보였다.

나와서 문까지 열어주니 병서는 울며 겨자 먹기로 들 어갈 수밖에 없었다. 죽기 전에 단정한 꼴로 죽는 것도 괜 찮겠다고 생각했다. 미용사는 어떤 스타일을 원하느냐고 물었다. 단정하게 잘라달라고 했더니 상한 부분을 다 치 고 짧게 가는 건 어떻겠냐고 제안했다. 미용사는 병서의 머리카락에 스프레이로 물을 뿌렸다.

"저녁에 약속 있으세요? 연휴에 여기까지 오신 걸 보니 급하신가보다."

"그런 건 아니지만……"

"걱정하지 마세요. 멋지게 해드릴게요. 어휴, 전 처음에
는 손님이 도둑인 줄 알았잖아요?"

"여기 도둑이 많아요?"

"종종 있어요. 여기 방범 업체랑 계약 끝난 지 좀 됐거
든요. 건물주가 좀 그래서. 그리고 다음 주에 네일숍 하나
들어오거든요. 젊은 애들이 하는 곳인데 비싼 기기가 많
아서 걱정하더라고요. 제가 봐주기로 했어요."

"그랬구나. 좋은 일 하시네요."

마지못해 맞장구를 치면서도 병서는 눈앞이 막막했다.
비싼 기기가 있든 다음 주에 개점 예정이든 그야 상관할
바는 아니었다. 애당초 방범 시스템조차 제대로 돌아가지
않는 건물에 입주한 사람의 잘못이 더 크다고 생각했다.
보기에 번듯하고 서울 한가운데 있으니 장사가 잘될 것
이라고 기대했나. 세상살이는 생각대로 흘러가지 않았다.
방심하는 순간 돌아와서 뒤통수를 쳤다.

제보자는 민준이었다. 민준은 인권단체 쪽에 건설사와
공사장 정황을 제보했다. 그뿐만이 아니라 병서의 어머니

가 베트남에서 왔다는 사실도 변호사에게 흘렸다. 변호사에게서 협조를 요청하는 전화를 받았을 때 병서는 아연실색했다. 다친 사람과 어머니의 국적이 같다고 한들 무슨 상관인지 이해가 가지 않았다. 자신은 그 사람과 한번도 대화를 나눠본 적도 없거니와 베트남에 가본 적도 없었다. 병서가 따질 새도 없이 민준은 소장의 책상에 사직서를 올려두고 가버렸다.

민준은 사직 사유에 죄송하다는 말은커녕 제 선택이 어떤 이유에서 옳은지 구구절절 적어놓았다. 병서는 웃을 수조차 없었다. 소장이 펄펄 뛰며 화를 냈다. 상도조차 없는 놈이라 상대할 가치도 없다는 등 온갖 험담을 늘어놓다가 얼어붙어 있는 병서의 어깨를 두드렸다. 속상해도 어쩔 수 없는 일이라고 했다. 사건이 터진 이후로 소장이 친근하게 구는 건 오랜만이었으나 병서는 하나도 반갑지 않았다. 자신도 얼마나 속상한지 읍소하는 소장이 낯설어 보였다.

병서의 어머니는 이장을 도와 지역 개발에 동의한다는 서명을 받으러 집집마다 돌아다니는가 하면 노인회관에서 김장을 하거나 고추를 말릴 때 나서서 돕곤 했다. 아직 어렸던 병서는 어머니가 이장이 되려고 그런 일을 자처해

서 하는 줄 알았다. 그럴 의향이 있는지 묻자 어머니는 코
웃음을 쳤다.

"괜히 모나게 굴어서 책잡힐 필요가 있니? 너도 큰 기
대하지 마라. 일 터지면 저들끼리 뭉쳐."

어머니의 말이 맞았다. 소장은 이해하라고 했다. 이해
하고 용서한 다음 넘어가야 한다고 했지만, 이전에 받아
놓은 합의서와 보상금을 더 얹어주기로 하고 무사히 넘어
갔으니 부릴 수 있는 여유였다. 병서는 민준을 이해하고
싶지 않았다. 이해는커녕 용서할 수 없었다. 소장의 신임
을 얻기 위해서, 이 사무실 책상 중 하나를 자신의 자리로
만들기 위해 얼마나 노력했는지 모르는 채로 병서가 쌓
아놓은 것들을 무너뜨렸다. 이제 그에게는 아무것도 남아
있지 않았다.

미용사는 병서의 머리를 너무 짧게 잘라놓았다. 병서가
상한 머리카락이 많았던 모양이라고 말하자 미용사는 미
세먼지의 심각성에 대해서 떠들기 시작했다. 끝없이 이어
지는 이야기에 병서는 졸고 말았다. 이내 제 목덜미를 쓸
어내는 스펀지 감촉에 깨기는 했다. 그는 미용사의 넉살
에 떠밀려 엉겁결에 회원카드까지 만들었다. 미용사가 문

을 열어주면서 새해 인사를 했다.

"새해 복 많이 받으세요."

"아, 네. 새해 복 많이 받으세요."

처음으로 주고받은 새해 인사였다. 병서는 에스컬레이
터를 향해 느릿하게 걸었다. 혹시 바닥에 납작 엎드려서
기어가면 어떨지 고민했다. 옥상에서 뛰어내리자니 이 건
물은 옥상 문을 잠가놓은 터라 그럴 수도 없었다. 다른 선
택지를 미리 준비했어야 했는데, 그는 머리를 감싼 채 신
음했다. 손에 왁스가 묻어서 끈적거렸다. 저 미용사는 왜
연휴에 쉬지도 않고 영업을 하나 싶어 억울했다. 떠드는
동안 영업시간이 몇시까지인지 물어봤어야 했는데, 괜히
돈만 쓴 셈이었다.

다른 날로 미루자니 소장의 얼굴이며 텅 빈 자신의 집
이 눈앞에 아른거렸다. 편지에 클리닝 업체를 부르라고
적을 걸 그랬다는 생각이 들었지만, 청소비용도 만만치
않았다. 그는 첫 입주 당시 멋모르고 입주 청소를 맡겼던
것을 아직도 후회했다. 그리고 산 사람보다 죽은 사람 집
치우는 게 더 비쌀 수도 있었다. 그는 서러워졌다. 더는 물
러날 길이 없었다.

병서는 허리를 숙인 채 소리 죽여 점포 쪽으로 향했다.

미용사의 노란 뒤통수는 보이지 않았다. 몇발짝만 더 가면 끝이었다. 그러나 미용실 앞을 채 지나기도 전에 바로 눈앞에서 문이 열렸다. 의아한 표정으로 자신을 바라보는 미용사와 눈이 마주치고 말았다. 아무리 봐도 의심하기 좋은 상황이었다. 그는 애써 태연한 척했다.

"아, 제가 무선 이어폰을 떨어뜨린 것 같아서요."

"정말요? 그럼 제가 매장 한번 찾아볼게요. 마침 청소하려고 했어요."

"아, 감사한데…… 복도에서 흘린 것 같아서요. 제가 찾아볼 테니 사장님은 들어가서 일 보세요."

"아뇨, 약속 있다고 하지 않으셨어요? 어차피 제가 손님 번호 아니까, 찾으면 연락드릴게요."

회원카드를 만들 때 이름이며 번호까지 줄줄이 불러주었으니 제 무덤을 스스로 판 꼴이었다. 병서는 마지못해 감사하다고 말했다. 돌아서려는 순간 미용사가 잠시만 기다리라며 그를 붙잡았다. 혹시 정말 모르는 사람의 이어폰을 건네주면서 이게 맞느냐고 물을까 걱정스러웠다. 그러면 정말 병서는 도둑이 되는 셈이었다. 그러나 미용사가 내민 건 손바닥만 한 상자였다.

"이거 떡인데, 저희가 내일 오시는 손님부터 드리려고

했거든요. 가져가서 드세요. 이어폰 곧 찾을 테니까 너무 걱정 마시고요."

"아니, 정말로 괜찮은데……"

"이게 사람이 새해가 되면 괜히 본인이 뭘 잘못해서 삶이 이렇게 풀리나 싶기도 해요. 사양 말고 드세요. 나중에 또 오시고요!"

병서는 하는 수 없이 떡 상자를 들고 다시 에스컬레이터 쪽으로 걸어갔다. 속이 부글부글 끓어올라서 어디에든 화풀이하고 싶었다. 때마침 휴대전화가 울렸다. 새해 복 많이 받으라는 문자들 속에 낯익은 이름이 하나 있었다. 그는 에스컬레이터를 타고 내려가면서 전화 버튼을 누르고 기다렸다. 대체 무슨 심보로 새해 복 많이 받으라는 문자를 보냈는지 묻고 싶었다. 민준은 전화를 받지 않았다. 대신 음성사서함에 메시지를 남겼다.

아는 욕을 음성 메시지에 모조리 쏟아부었으나 병서의 분은 도무지 풀리질 않았다. 마음 같아서는 민준에게 직접 따지고 싶었다. 병서는 에스컬레이터 난간에 기댄 채 어디서부터 잘못된 건지 헤아려보았다. 애당초 땅은 좁고 사람만 많은 도시에서 죽을 자리를 찾는 게 무리였을까. 딱히 다른 사람보다 더 나쁘게 살지도 않았는데 억울했다. 정처 없이 걷고 또 걷다보니 어느새 서점 앞이었다.

어릴 적 병서는 학교에서 경음에게 한마디도 건네지 않았다. 공연히 아이들의 이목을 끌면 질문 세례를 받을 위험이 있었다. 그는 뒤처지고 싶진 않았으나 눈에 띄고 싶지도 않았다. 원래 제일 눈에 띄는 잡초부터 뽑히기 마련이었다. 선배들은 심심할 때마다 화풀이 겸 튀는 애들을 손봐주곤 했고, 여자 남자 가릴 것 없이 애들에게 한번 밉보이면 순식간에 밀려났다. 병서는 조용히 공부만 했다. 싸운 적도 없었고 싸울 만한 일을 만들지도 않았다.

먼저 책을 빌려달라고 부탁한 사람은 병서였지만 그전에 선을 넘은 사람은 경음이었다. 경음은 하필이면 모두가 보는 교실에서 언제 책을 돌려줄 수 있느냐고 물어보았다. 병서는 대답하는 대신 팔 사이에 얼굴을 파묻고 자는 척했다. 수업이 파하자 몇몇이 다가와서 경음과 무슨 사이냐고 심술궂게 질문을 던졌을 때도 잘 모르겠다고 얼버무렸다. 그가 쌓은 성채가 무너질지도 몰랐다.

어차피 끝까지 읽을 필요는 없었다. 주인공은 모든 시련과 역경을 극복하고 친구들과 행복하게 지낼 터였다. 보통 소설들은 다 그렇게 끝났다. 특히 청소년들이 읽는 소설에서는 사람들이 죽는 경우가 얼마 없었다. 희망과 사랑, 꿈처럼 영문 모를 가치들과 교훈을 줄줄이 늘어놓고는 착하게 살라는 말로 끝맺곤 했다. 다 읽고 나서 덮으면 결국 그렇지 않은 현실과 마주해야 했다. 그래서 병서는 나이가 들면서부터 소설을 읽지 않았다.

지금 와서 읽어보니 소설의 결말은 병서의 예상을 보기 좋게 깨버렸다. 생각보다 많은 사람이 죽었고 나쁜 캐릭터들은 주인공과 함께 살아남았다. 병서는 혼란스러운 마음으로 책을 덮었다. 서점 바깥은 벌써 어둑어둑했다. 매대에 책을 돌려놓을 겸 일어난 순간 누군가가 어깨를 툭툭 쳤다. 경음이었다.

"바쁘다며. 너 눈은 왜 그래. 설마 울었니?"

병서는 차마 대답하지 못한 채 경음을 바라보았다. 경음은 책에 미친 애였다. 가끔 옆 반 애들이나 선배들이 교실 앞을 기웃거릴 때도 있었다. 어떤 선생은 책을 읽는 경음의 모습이 도서실에 걸린 명화 속 소녀와 닮았다고 했지만, 명화 속 소녀는 자세가 곧은 데 반해 경음은 거북이 같았다. 한번은 기어코 교실까지 들어와서 경음 주변을 서성이던 선배 하나가 말했다.

"별거 아니네. 평범하게 생겼잖아."

교실에 있던 아이들 모두에게 들릴 만큼 큰 소리였지만 경음의 시선은 계속 책에 꽂혀 있었다. 선배는 결국 선생에게 쫓겨났다. 다른 나라에서 온 어머니를 둔 아이가 하나뿐인 건 아니었다. 다만 경음이 유독 눈에 띄게 생긴 것이 문제였다. 경음은 호기심 어린 시선과 말을 모조리 무시한 채 책만 붙잡고 있었다. 마치 제 구명줄이라도 된다는 듯이. 어째서 경음이 서울로 올라왔는지 병서도 이제는 조금이나마 이해할 수 있을 것 같았다.

"너 몇권부터 못 읽었다고 했지? 내가 사줄게."

"나 지금 들고 갈 힘도 없어. 갑자기 왜 그러는데?"

"미안해서 그래."

"그래서 사줄 테니까 용서해달라고? 안 돼."

"왜?"

"아니, 내가 왜? 책 제자리에 가져다놔. 아무 데나 두고 가지 말고."

"그러면 용서해줄 거야?"

팔짱을 낀 채 노려보던 경음이 한숨을 푹 쉬었다.

"이 책은 됐고, 내후년에 너 삼촌 시켜줄 테니까 애 읽을 전집이나 사줘."

무슨 소리냐는 말이 나오기도 전에 병서의 시선이 경

음의 배를 향했다. 경음이 팔을 때리자 그제야 시선을 거두었다. 남편도 아느냐는 질문을 던졌다가 또 한대 얻어맞았다. 아직 배가 나오지 않은 걸 보니 아이가 나오기까지는 시간이 더 걸릴 터였다. 그는 이상하게도 막막하거나 속상한 기분이 들지 않았다. 그저 어안이 벙벙했다. 경음이 봉투를 건넸다.

"이건 네가 직접 어머니께 드려. 알겠지?"

"진짜야?"

"그럼 진짜지, 가짜겠니? 새해 복 많이 받고."

"어어, 너도 새해 복 많이 받아라."

병서와 경음은 함께 서점을 나왔다. 그 앞에서 기다리던 경음의 남편이 손을 흔들면서 둘을 반겼다. 그리고 병서에게 새해 인사를 건넸다. 어쩐지 병서는 오늘만큼은 그 천진난만한 모습이 싫지 않았다. 경음과 남편은 같이 저녁을 먹자고 했다. 추위도 잊을 만큼 따뜻한 음식으로. 병서는 저도 모르게 고개를 주억거렸다. 그들은 함께 인파를 헤치고 앞으로 나아갔다. 복된 새해였다.

남겨진 생에 대한 묵시록(默視錄)

소유정

산 사람의 이야기

정은우의 소설을 읽을 때면 어쩐지 블랙박스나 CCTV를 보는 것 같다. 익숙한 일상 속에 갑작스레 발생한 사고 현장에 대해서라면 우리는 영상이 더 익숙하지 않은가. 그러나 정은우의 소설은 사고 현장만을 반복적으로 재생하거나 일시 정지하지 않는다. 그의 시선이 향하는 곳에는 사고 이후에 남은 사람들이 있다. 이후의 삶에 대한 이야기를 우리는 미약하고, 막연하게 감각한다. 가슴이 찢어지는 고통이겠지, 말로는 다 못할 아픔이겠지. 이토록 추상적인 언어로는 아무것도 말할 수 없다. 그들의 구체적인 슬픔을 단 일초도 전할 수 없다. 정은우의 소설은 가까운 사람을 보내고 남은 이들의 일상을 재생한다. 불현듯 다시, 일상을 침범해오는 상실의 흔적에도 자신의 삶을 살아야 하는 이들의 이야기다. 이 책에 수록된 여덟편의 소설을 읽으며 나는 종종 소설 너머에서 들려오는 작가의 중얼거림을 들었다. 산 사람은 살아야 한다면. 그런데, 어떻게?

산 사람은 살아야 한다는 관용적인 위로에는 어떠한 방향성도 찾기가 어렵다. '살아야 하는' 이후의 삶에 대해 빈자리만큼의 관심을 갖는 경우도 드물다. 정은우는 그들이 그럼에도 어떻게 살아가는지에 대해 골몰한다. 혐오범죄의 피해자로 의식을 잃고 병원에 누워 있거나(「하비의 책」) 추락사, 교통사고, 총기사건 등으로 죽음에 이른 사람들(「묘비 세우기」「캐리어」「이지의 다카코」)의 곁에 있던 이들이 어떻게 일상을 수습하고, 자신의 삶을 지속해나가는지에 대해 소설로써 응시하고 기록한다.

시작은 등단작 「묘비 세우기」부터였다. 소설은 재언이 꾼 꿈으로부터 시작한다. "높은 곳에서 떨어지는 꿈"(8면)은 그날 오후 재언이 이삿짐 운반 리프트에서 추락하는 사고로 이어진다. 한집에 살며 두 사람이 함께하는 미래를 그리기도 했으나 법적인 부부가 아니라는 이유로 연주는 "소송을 걸거나 이의를 제기할 권리"(22면)를 갖지 못한다. 그렇기에 장례 방식은 물론 산재로도 인정받지 못한 재언의 죽음이 단순한 '위로금'으로 처리되는 일에 어떠한 간섭도 할 수 없게 된다. 연주가 자신의 손으로 선택할 수 있는 건 집에 남은 재언의 물건 중 무엇을 남기고, 버릴 것이냐의 문제뿐이다. 하지만 당장 수습해야 하는 업무 때문에 이마저도 쉽지 않다. 연주가 편집한 문제집의 한 문제를 두고 "풀리지도 않고 해설조차 이해할 수 없는 문제"(19면)라며 이의를 제기한 학생이 있던 까닭이다. 연주는 해당 문제를 출제했던 연구원인 최선생을 설득하기로 한다. 최선생은 학생이 못 풀었다고 해서 틀린 문제는 아니지 않느냐며 풀이만 다시 쓰겠다고 하지만, 연주가 바라는 건 상세한 풀이 정도가 아니다. 바로 "애들이 풀기 좋은 문제"로 "정정"(24면)하는 것. 이 방법이 "출판사의 대처"로 가장 "진정성"(27면) 있게 느껴지는 것이므로. 최선생에게 문제 정정을 요구하며 연주는 재언의 죽음을 되짚는다. "매사에 철저"해 "융통성이 없다"(21면)며 다른 직원들에게 타박받던 재언은 그의 신념대로라면 전혀 하지 않았을 '일종의 관행'을 따르다 목숨을 잃었다. 그 사실을 폭로하지 못하고 입을 다물어야 했던 연주는 지금 재언을 업신여기던 사람들과 어떻게 다른가. 최선생이 직접 수정하지 않는다면 "다른 선생님께 부탁"(26면)하겠다며 협박 아닌 협박으로 '융통성' 있는 대처를 요구하던 자신은, 그들과 정말 다르다고 할 수 있는가.

연주는 생각한다. "풀리지 않는 문제"가 "잘못된 문제"라면, "풀어보려고 붙잡고 있는 대신 깔끔하게 포기하고 다른 문제에 집중하는 편이 나았다." 그것이 현명한 선택이다. 그러나 재언을 잃고 난 지금, "만일 다른 선택을 했다면 다른 결말을 맞이했을지도 모른다는 생각"(28면)이 연주를 사로잡는 건 왜일까. 재언은 늘 '풀리지 않는 문제' 대신 집중할 수 있는 '다른 문제'를 찾아나서는 사람이었다. 전공에 따라 진로를 선택하지 않고 운전면허를 취득하고, 냉동 탑차를 운전하다 이삿짐 센터로 이직한 것이 그랬다. 그 선택의 목적은 오직 하나였을 것이다. 안정된 수입으로 "둘이 함께하는 결말"(29면)을 향해 가는 것. 연주가 혼자 남는 건 결코 예상치 못한 결과였을 것이다. 선택받지 못해 묘비처럼 남은 순간들을 곱씹는 대신 연주는 자신이 할 수 있는 방식으로 재언을 보낸다. 재언의 옷을 정리하고, 먹지 않는 걸 알면서도 그를 위해 남겨두었던 아이스크림 묘비들을 치우고, 가끔은 재언을 불러보는 것으로. 지워도 남아 있는 재언의 흔적은 굳이 지우려 하지 않는 방식으로 애도한다.

만일 재언과 연주가 다른 선택을 했더라면, 그리하여 둘이 조금 더 함께일 수 있었다면, 「사계」의 명조와 미주 같았을까? 두 사람은 이제 막 부부가 된 참이다. 같이 산 건 오래되었지만, 혼인 신고를 하게 된 건 신혼부부 자격으로 신축 아파트 청약에 당첨되었기 때문이다. 두 사람은 새로 입주하게 된 아파트를 고군분투하며 살아온 지난날에 대한 일종의 포상이라 여기며 "그들이 바라는 미래로 도약하기 위한 발판"(84면)이기를 기대한다. 기쁨도 잠시 미분양 가구가 많은 탓에 아파트 주변 인프라 구축이 잘 되지 않자 명조와 미주의 불안은 점점 커져간다. 상대의 작은 부분들이 거슬리기 시작한 것도 그 무렵이었다. 두 사람의 문제가 먼저인지 아니면 아파트를 둘러싼 문제가 먼저인지는 모르겠지만, 중요한 건 둘 중 무엇도 우열을 가릴 수 없을 정도로 이들 부부 사이의 균열이 발생하기 시작했다는 것이다. 그럼에도 두 사람은 싸우지 않았다. "차마 싸울 용기가 나지 않"(78면)는 이유는 돌이킬 수 없어서였다. 법적으로 부부가 되었기 때문에, 아파트라는 공동재산을 가졌기 때문에, 아이와 함께할 — 그러나 당장은 불가능한 — 미래를 꿈꾸었기 때문에. 명조와 미주는 둘뿐이었던 시절을 넘어 이미 너무 많은 문제로 얽혀 있었다. 깨진 그릇이 그들의 결말에 대한 암시로 읽히는 가운데 소설의 마지막 장면에서 두 사람은 두번째 임신중단을 암묵적으로 약속하며 서로를 바라본다. "미래에 대한 확신을, 남아 있는 부스러기를 찾으려" 하지만, "보이는 건 핏발 선 흰자와 탁한 눈동자뿐"(93면)인 지극히 현실적인 눈 맞춤이다.

그럼에도 이 둘은 적어도 선택할 수 있었다고 긍정해본다. 부부가 되기로 선택할 수 있었고, 부부의 이름으로 아파트 분양을 받을 수 있었고, 언젠가 아이와 함께 행복한 삶을 사는 꿈을 꿀 수 있었다. 이 모든 것은 명조와 미주가 이성애 규범을 수행하기에 가능한 일이다. 「피존」의 수진은 어떤가. 한때는 수진도 "사랑하는 사람만 있다면 언제든 과거를 버리고 새롭게 삶을 시작할 수 있다고 믿었"던 적이 있었다. 그러나 동성애에 대한 사회적 합의가 이루어지지 않는 현실과 불투명한 전망 속에서 애정만으로는 믿음을 이어나가기가 쉽지 않았다. 수진의 애인은 결국 "선을 본 남자와 결혼할 예정"(56면)이라며 수진의 통장에 전세금 반액을 돌려주고 떠난다. 일방적인 이별 통보에도 수진은 애인을 원망하지 않는다. "전쟁터에서 벗어났으니 평화로운 삶을 누"리기를, 그저 "순탄한 미래로 흘러가길" 바란다. 애인의 '평화'를 바라며 수진이 자신의 '평화'를 찾는 방식은 슬프고도 간결하다. "누군가를 사랑하기를 그만두"(57면)기, 자신에게 없는 '평화'(강아지 '피존')를 만들어내기. 이것만이 사랑하는 사람을 보낸 후 수진이 간신히 하루를 견뎌내는 방법이다.

피존이 사실 수진의 반려견이 아니며 사실 그와 비슷한 생활 조건을 가진 블로거의 반려견 '밍키'라는 사실은 소설의 말미쯤에 밝혀진다. 사칭까지 하며 없는 반려견을 만들어낸 이유는 "관리실 손님들에게 할 만한 이야깃거리가 필요"(34면)했기 때문이다. 말주변이 없던 수진에게는 블로그를 보며 '밍키-피존'에 대해 이야기하는 것이 도움이 됐고 이는 대부분의 손님에게도 우호적인 반응을 이끌어냈다. 그야말로 피존의 상징처럼 수진의 일상에 평화를 가져다주는 것이었다. 수진이 자신의 것이 아닌 이야기를 할 수밖에 없던 배경에는 부족한 말주변 탓도 있지만, 자신의 퀴어 정체성을 드러낼 수 없었던 사정도 있다. 손님과 시시콜콜한 일상이나 경험을 공유하기도 하는 관리실의 특성상 '나' 자신을 빼놓고는 이야기할 수가 없었다. 그런 점에서 재영은 달랐다. 자신의 이야기를 서슴없이 하고, "관리실에 왔던 친구가 애인이라"(47면) 말하는 재영을 보며 수진은 불안을 느낀다. 재영의 커밍아웃이야 본인의 의지라지만 혹여나 수진을 아웃팅했다면. 불안이 사실일지도 모를 거라는 확신은 재영의 손님인 소미를 통해 전해진다. "두분이서 알고 지낸 지 꽤 오래되었다면서요."(49면) 그 말에 수진도 "분명한 선"(50면)을 넘어가기로 한다.

정은우의 소설에서 관계의 균열 혹은 단절은 분명 특징적이나 이것이 성애적 관계에만 해당된다고 할 수는 없겠다. 이 소설에서처럼 사랑하는 사람의 부재로 인한 관계의 단절(수진과 애인)이 드러나는 한편, 수진과 재영의 관계처럼 학연, 지연 등으로 맺어지는 친구는 아닌 다른 방식으로 맺어진 관계의 단절 또한 보이니 말이다. 「피존」뿐만 아니라 몇몇의 수록작품에서 정은우는 조금 특별한 인간관계를 그린다. 「피존」과 「하비의 책」에서는 온라인 커뮤니티를 중심으로 친구가 되고, 「캐리어」에서는 특정 질환 모임에서 만나 점차 친밀한 관계로 발전하는 식이다. 공통점이 있다면 이들이 단순히 온라인에서만 만나는 친구이거나 같은 병을 앓고 있는 환자의 관계를 넘어서 초점화자의 사적인 영역으로 들어올 때 불편해진다는 사실이다. 가령 「피촌」의 수진과 재영은 퀴어 커뮤니티에서 처음 만나 친구가 되었으나 수진이 일하는 관리실에 재영이 들어오면서 두 사람은 직장 동료가 된다. 이전에는 사적으로 즐거운 시간만을 나누었으나 이제는 한 직장 내에서 서로를 ─ 정확히는 상대의 입에서 나올지 모를 '나'의 이야기를 ─ 의식하고 경계하지 않을 수 없게 된 것이다.

"솔직해질수록 서로 가까워"지지만, "그만큼 더 치명적인 상처를 입을 수"(40면)도 있는 관계는 「하비의 책」에서도 나타난다. 아주와 하비는 팬 커뮤니티에서 처음 만나 지금은 오년 넘게 같이 사는 중이다. 전염병의 여파로 실직한 하비는 아주의 이야기를 소설로 써보겠다며 아주가 "영영 문을 잠가둔 방"의 문을 두드린다. 그 방에 숨겨둔 기억은 "이미 오래전에 일어난 일"(211면)이지만 절대로 잊을 수 없는 일로, 학부 강사에게 성폭력을 당했던 것이었다. 아주 스스로라면 문을 열고 다시 그때의 기억을 끄집어낼 생각을 하지 않았겠지만, 끝내 걸어잠근 문을 열기로 결심한 건 하비가 그에게 큰 위로가 된 어느 날의 기억 때문이 아닐까. 함께 좋아하던 배우가 갑작스러운 은퇴선언을 한 어느 날, 한자리에 모인 커뮤니티 사람들은 "자신이 겪었던 불행"을 하나둘 꺼내기 시작한다. "거대한 위로의 원"(216면)에 끼고 싶던 아주 역시 자신의 경험을 말하려 하지만 좀처럼 입이 떨어지지 않던 그때, 하비가 말했다. "말하기 힘들면 하지 마." "지금은 견딜 만해?" "그럼 됐어."(217면) 아주는 하비가 부러웠다. "고백할 것이 있든 없든 감추지 않아도 되는 삶"을 산다는 것이. 그래서 "걔는 결핍도 상처도 없"(218면)다며 커뮤니티 사람들이 하비를 모두 멀리하게 됐을 때에도 아주만은 곁에 남아 하비의 친구로, 동거인으로 관계를 지속한다.

이런 기억이 있기에 지금, 아주는 하비의 사고에 더 죄책감을 느끼는 것일지도 모른다. 색이 잘 구분되지 않는 "같은 코트"(205면) 중 하비가 "아주의 검은 코트"를 입고 나갔으므로, 어쩌면 사고를 당할 뻔했던 건 하비가 아니라 자신일 수 있었다는 불안과 하비가 자신을 대신해 사고를 당한 것 같다는 죄책감, 제 불행이 하비에게 전염된 것 같은 슬픔이 한데 섞여 아주의 마음은 복잡했다. 그러나 그 마음이 산산조각 나는 것도 순식간이었다. "원체 삶에 굴곡이 많은 애"(223면)라는 하비 어머니의 말에 하비 역시 아주와 비슷한 불행의 기억을 가지고 있다는 것을 알게 된 까닭이다. 그때야 아주는 하비가 완성된 소설을 보여주지 않은 이유를 깨닫는다.

집으로 돌아가 단숨에 읽어나간 '하비의 책'에는 "하비의 것"도, "아주의 것"도 아닌 이야기들이 뒤섞여 있다. 누구의 것이라 말할 수 없음에도 "잊을 수 없다는 사실이 분명"해지는 이야기였다. 이백권의 책 중에서 하비는 그 어떤 것도 세상 밖으로 내보내지 않았다. 심지어는 아주에게도 보여주지 못하고, "이백권의 실패들"과 함께 "영영 문을 잠가둔 방"(212~213면)안에 갇힐 셈이었다. 고백할 것이 있든 없든 감추지 않아도 되는 삶이 아닌, 영원히 감추는 삶을, 불행의 기억을 가진 은영이 아니라 그저 하비로. 의식이 돌아온 뒤에도 아주에게 연락하지 않고, 집에도 돌아오지 못한 건 그러한 이유에서였을 것이다. 굳게 잠겨 있던 방문을 아주가 열었음을 하비도 알아차렸기 때문에. 하지만 판도라의 상자가 열린 뒤에도 이 소설을 관계의 실패로 단정할 수 없는 이유는 아주가 하비의 책을 '실패'로 남겨두지 않으려 하기 때문일 것이다. 아주는 하비를 대신해 서점에 입고제안서를 보내고, 수락하는 곳에는 책을 부친다. 누구에게도 알리지 못한 누군가의 이야기를 문밖으로 나오게 한다. 그리고 단 두 글자에 지나지 않는 "초라한 사과"를 보낸 하비에게 "언제 돌아올 거야"(236면) 되물으며 기다릴 뿐이다.

「캐리어」의 경우는 어떨까. 경주의 갑작스러운 죽음에 환우 모임 사람들 중 대표로 장례식장에 가던 지언은 조위금을 모은 봉투에서 돈을 꺼내 쓰며 평소의 자신이라면 절대 하지 않았을 행동을 한다. 가진 물건의 대부분이 "모두 무채색 아니면 채도가 낮은 색"인 그였으나 "레몬처럼 밝은 노란색 캐리어"(192면)를 사고, "생전 본 적도 없는 가수 포스터를 뒤적이는가 하면 좌판에 깔린 분홍색 후드 티셔츠를 입어보"는 식이었다. 그리고 "고소하고 달콤하며 짜고 매운"(197면) 음식들을 사서 남김없이 먹는다. 경주의 장례식장에도 가지 않고, 모은 조위금을 모조리 다 써버렸음에도 지언의 행동은 경주에 대한 기만이나 능욕으로 읽히지 않는다. 오히려 지언이기에 할 수 있는 정확한 애도라 이해된다. 왜인가. 경주는 모범 식단표를 따르며 매일매일 식단일기를 쓰는 단조로운 환자 생활과는 다른 삶을 살았다. 금세 피부염으로 증상이 나타나기는 하나 먹고 싶은 것은 먹고, 합병증 발생 위험을 무릅쓰고 자신의 꿈을 이루기 위해 해외에 나갈 결심을 마쳤던 이가 바로 경주였다. 자신도 꿈을 꾸고 싶었기에 경주가 꿈을 이루길 바라던 지언은 경주가 했을 법한 행동으로 그를 보낸다. 이 애도의 끝에서 느껴지는 건 아이러니하게도 '살아 있다'는 감각이다. 한 사람의 죽음에 남겨진 사람이 생의 감각을 여실히 느낀다는 소설의 마지막 장면은 읽는 이에게 어쩌면 불편한 감정을 선사할 수도 있다. 하지만 소설은 불편함보다는 진한 여운을 남기는데, 이는 '살아 있음'이 '생존'했기 때문에 죽음보다 더 나은 혹은 우위에 선 것으로 감각되지는 않기 때문일 테다. 지독한 통제 아래 스스로를 가두며 견뎌왔던 날들의 끝에서 비로소 소설은 죽음 같은 건 관계를 끝내는 데 어떤 영향도 미치지 못한다는 것을 여실히 말해준다.

경계로부터 한 걸음

앞의 소설에서 친밀했던 이를 떠나보낸 이가 위치한 곳은 삶과 죽음의 경계다. 자신은 건널 수 없는 문턱에 서서 보이지 않는 뒷모습을 오래도록 바라보는 사람이 정은우의 소설에는 있다. 그러면서도 한편으로는 이러한 경계자적 특성이 타인과의 이별로 인해 부여되는 것만이 아닌, 인물 고유의 정체성으로 드러나는 경우가 있다. 「이지의 다카코」 「심해로부터」 「복된 새해」에서 나타나듯 디아스포라적 정체성을 가진 인물이나 다문화가정 2세의 정체성이 그렇다. 이 소설들에서 경계인의 정체성을 가진 인물들은 저마다의 이유로 갈등을 겪는다. 자신과 가족들을 몰아내다시피 했지만 그럼에도 돌아올 수밖에 없는 나라(「이지의 다카코」 「심해로부터」)와 부모의 피 중 절반이 다르다는 이유로 부당한 대우를 하는 현실(「복된 새해」)에 갈등하면서도 주어진 생에 충실하기 위해 또 한걸음 내디뎌보려는 의지 또한 엿보인다.

연작인 「이지의 다카코」와 「심해로부터」는 이지의 이모할머니인 다카코를 중심으로 전개되는 소설이다. 다카코는 이 소설에서 대표적인 디아스포라 경계인으로, "육지 사람들" "공비 취급"(123면)이라는 언급 등에서 그가 제주 4·3 사건 이후 일본으로 건너간 피난민임을 짐작할 수 있다. 돌아갈 수 있다는 선택지가 없었기에 다카코는 일본에 정착해야만 했다. 모국에서 부정하고 배척한 조선인이라는 정체성을 스스로 버리지 않을 수가 없었다. 그에게는 화과자 가게 주인이 지어준 '다카코'라는 이름만이 자신의 정체성이었다. 그렇기에 다카코는 조카손주들에게도 할머니가 아닌 그저 다카코라 불리기를 원한다. "할머니라고 부르다보면 자신이 다카코인지 세이코인지도 모를"(155면) 것이므로, 새로운 호명으로 새로운 정체성을 갖게 되었듯이 가족들에게도 일본 이름으로 불리는 것을 자신의 정체성을 잊지 않으려는 노력일 것이다. 일본으로 이주 후 화과자 가게에서 일을 하며 생활했지만 다카코가 일본에 완전히 정착할 수 있게 된 건 나카무라 성을 가진 내지인 미노루와 혼인을 했기 때문이다. 그러나 다카코조차 모르는 미노루의 비밀은 그 역시 태생부터 내지인은 아니었으며 어머니가 후처로 들어간 집의 성을 물려받았다는 사실이다. 미노루의 가족은 본래 미군정 시기 오키나와에서 나가사키로 건너온 이주민으로 다카코의 경험과 유사하게 본토와의 차별을 경험한 적이 있었다. 미노루야 어렸을 적의 일이라지만 그는 늘 아버지로부터 이주민으로서 받는 차별과 "분노의 감정"을 간접 체험해왔다. "눈에 닿는 모든 걸 태워버리려는 듯이 눈을 번뜩이며 길길이 날뛰곤 했"던 걸로도 모자라 그 감정들을 "모조리 일기장에"(159면)에 기록했던 아버지에게 미노루는 항상 두려움을 느끼곤 했다. 그런 미노루에게는 다카코의 조용한 분노가 더 잘 보였을지도 모를 일이다. 아버지와 같이 불길을 내뿜는 식으로 분노를 표출하지는 않았지만, 그 안에 용암처럼 들끓는 마음이 있다는 걸 누구보다 빠르게 알아차렸던 게 아닐까. "자신의 조선어 이름이 뭔지 알려주지 않"(166면)는 것은 물론이거니와 "조선어로 인사를 건"(149면)네도 모르는 척하는 다카코가 사실은 조선인이기를 거부 '당한' 사람이라는 사실마저도. 그렇기에 "미노루, 제발 아무것도 묻지 말아요. 그래줄래요?" 하고 부탁하는 다카코의 말에 미노루는 그러겠노라 다짐한다. "그역시 다카코에게 미처 말하지 못한 것들이 있었고, 평생토록 이야기하고 싶지 않았"(167면)으므로. 두 사람은 신원이나 내력 같은 어떤 배경 없이 그저 서로의 존재만으로 평생을 약속하고, 함께할 수 있었다.*

미노루의 죽음 이후 일본에 계속 머무르지 않고 한국

---

* 다카코와 미노루의 서사 틈에 삽입되는 이지와 정준의 이야기는 어떤 부분에서 다카코와 미노루를 닮아 있다. 물론 시대가 다르기에 각각의 사례에 완전히 부합한다고 할 수는 없겠으나, 전(前) 세대에

에 들어오기를 택한 다카코의 결심에는 얼마나 많은 고민이 있었을까. 언니인 금화의 절대적인 만류에도 다카코는 서울에서 여생을 살아가기로 한다. 그러던 중 이지와 다카코는 함께 제주 여행을 계획하고, 각자 다른 곳에서 출발해 제주에서 조우하게 된다. 그런데 다카코는 호텔에 도착한 이후로 내내 그 밖을 나가지 않으며 로비에서만 시간을 보낸다. 마치 이 안에서만 안전하다는 듯, "유리 너머의 풍경에 눈길조차 주지 않"(118면)으며. 서술로 모두 공유되지는 않지만 다카코의 마음을 가늠해볼 수 있는 부분은 짧은 여행을 끝마치고 돌아가는 날, 잠깐 들렀던 금모래에서의 장면이다. "레이스 장갑을 끼지 않은 맨손으로 눈앞의 해변을 묵시"(127면)하는 다카코의 눈에 비치는 제주는 그가 기억하는 마지막 모습과는 정반대이다. 말하지 못한 분노와 원망, 슬픔의 감정들은 언어로 환원되기보다 그의 깊은 묵시 안에 자리한다. 다카코는 손이

비해 디아스포라적 정체성이 전면에 드러나지 않는다는 점에서 이지는 미노루와 유사하며, 다카코는 같은 조선임을 부정당하며 무차별적인 폭력과 학살의 대상되었다는 점 그리고 정준은 "설령 비굴할지라도 가끔은 맞서는 대신 납작 엎드릴 때도 필요하다"(120면)는 식으로 고유한 '나'를 부정당해 한국을 떠나왔다는 점에서 연결고리를 갖는다.

아닌, 눈으로 돌을 쌓는 마음으로 고요한 풍경을 바라본다. 그 시절 무고하게 죽음을 맞이해야 했던 사람들을 위해, 저와 같이 일본으로 건너온 이들을 위해, 그리고 평생을 함께했던 미노루를 위해. 그들의 평안을 기리며 바라고 바라본다.

마지막 수록작인 「복된 새해」로 글을 마무리하려 한다. 이 소설의 주인공 병서는 새해 첫날, 죽기로 결심한다. 이유는 "소장의 신임"(264면)을 잃었기 때문. 건설 현장에서 외국인 노동자가 당한 사고에 "산재 신청을 하지 않"(253면)기로 처리된 건에 대해 누군가 제보를 했고, 제보자가 누군지 추측하는 과정에서 병서의 어머니가 베트남인이라는 사실이 밝혀지면서 병서가 오해를 받는 상황에 몰린 까닭이었다. 어째서 소장의 신임이나 "병서가 쌓아놓은 것들"(264면)이 그의 출생으로 인해 단번에 사라지고 마는 걸까 싶지만, 다문화가정 2세를 향한 잘못된 사회적 인식과 시선을 생각해보면 그리 낯선 일은 아니다. 병서와 마찬가지로 다문화가정 2세인 경음을 향한 수군거림만 보더라도 말이다. "베트남 출신인 어머니에게 물려받은 것이라곤 짙은 눈썹과 희멀건 피부뿐"이었던 병서와 달리 "연갈색 머리카락뿐 아니라 파란 눈동자, 지나치게 뚜렷한 이목구비와 길쭉길쭉한 팔다리"(242면)를 가진 경음은 늘 눈에 띄었고, 입방아의 대상이 되지 않았나. 병서는 그런 경음을 부러 모른 체해왔다. 사람들의 수군거림이 자신의 몫이 될까봐 곤란에 처한 경음을 모르는 척하며 학창 시절을 보냈다. 그러고 보면 "병서가 쌓아놓은 것들"은 늘 그런 외면으로 축적된 것이 아니었나. 경음을 외면해온 방식으로 병서는 자신의 '우리' 안에 많은 것들을 배제시켜왔다. "우리가 남이가"(244면) 하는 소장의 말버릇 속의 '우리'에는 근로자가 포함되지 않는다는 걸, 그중에서도 외국인 근로자는 논외 대상이라는 걸 철저하게 학습해오며 말이다. 하지만 그것이 곧 자기부정이기도 했다는 것을, 이미 눈치챈 것 같지만 병서는 더이상 돌이킬 수 없다. 어머니에게 전달될 유서와 통장을 경음에게 맡기고 돌아오는 길, 이상하게도 죽는 것마저도 쉽지 않다. 의도치 않게 이발을 하고 떡까지 받은 병서는 죽으려는 사람이라기보다 말끔하게 새해를 맞이하려는 사람에 가까워 보인다. 그리고 그를 정말로 살리는 건, 다름 아닌 경음이다. 죽지 말라는 말 대신 "내후년에 너 삼촌 시켜"(270면)주겠다는 말로 병서를 조금 더 살게 만드는 경음은 자신의 '우리' 안에 병서를 초대한다. "추위도 잊을 만큼 따뜻한 음식"을 같이 먹고 내후년에 태어날 아이의 모습을 함께 그려보며, 삶과 죽음의 경계에서 갈팡질팡하던 병서를 완전히 생의 영역 안으로 끌어들이는 방식으로.

정은우의 소설은 이렇게 마지막 인사를 건넨다. "새해 복 많이 받고." "너도 새해 복 많이 받아라." 그 안에는 가끔 슬퍼하고, 삶이 위태롭다는 걸 실감할 때도 있겠지만 끝내 "복된 새해"(271면)를 맞이하여 주어진 생을 이어나가기를 바라는 마음이 있다. 의례적인 인사일지라도 어떤 주고받음 속에 한 사람은 내일을 향해 조금 더 가볍게 걸음을 옮기게 될지도 모를 일이니까. 소설은 끝이 났지만 이들의 삶은 어딘가에서 계속해서 재생될 것이다. 저마다의 물결을 따라 흘러갈 것이다. 그것을 궁금해하고 쓰는 사람, 씀으로써 지나치지 않고 바라보는 사람이 있어 알지 못했던 누군가의 삶을 알아간다. 정은우의 소설을 통해 적어도 나는 타인의 삶을 더 궁금해하게 되었다. 깊은 묵시 속에서 해치지 않고 기록될 또다른 이들의 이야기를 기다린다.

蘇柔玎 | 문학평론가

처음 앞에서

요즘 나는 처음이라는 단어를 덜 버거워한다. 이전까지 내게 처음이란 겨우 쌓아올린 일상을 무너뜨리는 변수였다. 그래서 변수가 생길 때마다 얼른 제거해서 원래 상태로 돌아가려 했다. 행복이든 불행이든 익숙한 편이 더 낫다고 믿었다. 비교적 대처하기 수월하니까. 무너져야 다시 제대로 쌓아올릴 수 있다는 사실을 몰랐을 때는 그런 줄로만 알았다.

발레 선생님은 어떤 동작이든 겁내선 안 된다고 말씀하셨다. 가령 아라베스크라는 동작에선 축이 되는 다리에 힘을 주고 꼿꼿하게 세워야 하는데, 한 발로 섰다가 넘어지는 게 두려워서 무릎을 구부리거나 어중간하게 힘을 주면 오히려 무게중심을 잃고 허우적거리다가 넘어질 수 있다. 고질적인 부상은 몸을 움츠러들게 만든다. 결국에는 악순환의 반복이다.

발레 동작은 머리로 이해하더라도 막상 하려면 어렵다. 보통은 일상에서 한쪽 다리를 구십도 가까이 들고 서 있을 일이 없기 때문이다. 무작정 축 다리에 힘을 준다고 해서 할 수 있다는 보장도 없다. 하지만 제대로 하고 싶으면 제대로 힘을 줘야 한다. 제대로 힘을 주려면 내 몸을 믿어야 한다. 그리고 내 몸을 믿어주는 사람은 나뿐이다. 내가 내 몸을 믿어야 처음과 마주할 수 있다.

내게는 글쓰기 역시 마찬가지였다. 소설은 결국 내가 모르는 사람들의 삶이고, 모르는 사람들에게 가닿기 위해서는 머리와 몸을 움직여야 한다. 끊임없이 쓰고 고치면서. 처음 지면에 발표한 「묘비 세우기」부터 발표하지 않은 단편들을 쓰는 동안 나는 수없이 불신과 신뢰 사이에서 갈팡질팡했다. 한두편을 뺄까 싶다가도 다시 붙잡고 고쳤다. 영 진척이 없으면 발레를 했다. 둘 다 술술 풀린 적은 드물다. 매번 처음인 것처럼 긴장하거나 나가떨어질 때까지 달려들곤 했다. 다시, 다시.

좋게 말하자면 나는 끈기가 좀 있는 편이고, 나쁘게 말하자면 요령이 없다. 요령이 없는데 좀처럼 포기는 하려고 들지 않는다. 왜일까. 나는 소설이 누군가를 구원할 수 있다고 믿진 않는다. 다만 누군가를 구하려는 이에게 용기를 줄지도 모른다는 가능성을 믿는다. 그래서 계속 쓰고 싶다. 소설 속 인물들이 계속 살아가듯이. 만사를 일정한 반복이라 여기며 통달한 척하고, 회의와 냉소에 안주하고 싶진 않다. 나와 비슷한 성정을 지닌 지인은 늘 잠들기 전에 대충 살자는 말을 주문처럼 읊조린다고 한다. 아무래도 둘 다 편하게 살기는 그른 듯한데, 그래도 심심하지는 않으려니 싶다.

만일 이 책에 엔딩 크레디트가 있다면 아마 단편 하나 분량은 족히 나올 것이다. 크레디트에 적을 모든 분에게 앞으로도 계속 살아가자는 말을 전하고 싶다. 내가 할 수 있는 최대의 애정 표현이다. 그리고 함께 첫 단편집을 만든 창비 편집자들께, 특히 이해인 편집자께 감사드린다.

이번 소설집을 묶으며 세상에 쉬운 글이란 없다는 걸 새삼스럽게 깨달았다. 원래 글쓰기란 어려운 것이니 별수 없다. 그러니 계속 쓰겠다.

2023년 5월
정은우

| 수록작품 발표지면 |

묘비 세우기 …… 『창작과비평』 2019년 가을호

피존 …… 「창작세계」 2021년 9월호

사계 …… 미발표작

이지의 다카코 …… 문장웹진 2020년 1월호

심해로부터 …… 미발표작

캐리어 …… 「창작세계」 2020년 1월호

하비의 책 …… 『창작과비평』 2020년 겨울호

복된 새해 …… 미발표작

묘비 세우기

초판 1쇄 발행 • 2023년 5월 15일

지은이 / 정은우
펴낸이 / 강일우
책임편집 / 이해인
조판 / 황숙화
펴낸곳 / (주)창비
등록 / 1986년 8월 5일 제85호
주소 / 10881 경기도 파주시 회동길 184
전화 / 031-955-3333
팩시밀리 / 영업 031-955-3399 · 편집 031-955-3400
홈페이지 / www.changbi.com
전자우편 / lit@changbi.com

ⓒ 정은우 2023
ISBN 978-89-364-3903-3 03810

* 이 책은 경기도, 경기문화재단의 지원을 받아 발간되었습니다.
* 이 책 내용의 전부 또는 일부를 재사용하려면
  반드시 저작권자와 창비 양측의 동의를 받아야 합니다.
* 책값은 뒤표지에 표시되어 있습니다.